Je pensais t'épargner

Pétronille Rostagnat

Je pensais t'épargner

BLACK LAB

Du même auteur

La Fée noire, Incartades, 2016
Ton dernier souffle, Incartades, 2017
On a tous une bonne raison de tuer, Incartades, 2019
Un jour tu paieras, Marabout, 2020

À papa, que j'ai toujours vu un livre
entre les mains, et qui m'a transmis
son goût pour la lecture.

Est-il possible de détruire autrui
sans détruire au moins une partie de soi ?

André Brink

Prologue

Un bruissement d'eau. Elle émerge de son sommeil. Elle a mal partout, surtout au bras gauche. Elle s'étire comme elle peut et bâille. Elle ouvre les yeux, elle est plongée dans le noir. Un claquement. Ce son ne l'effraie plus, il lui est devenu familier. Les premiers temps, elle s'est figuré un bâton tapé sur le sol et ne pouvait empêcher ses membres de trembler. Ce bout de bois lui était destiné, l'heure de la punition avait sonné. La porte de sa prison s'ouvrirait bientôt, révélant ses pires craintes. Son bourreau l'observerait pour juger de son niveau de stress. Satisfait de son emprise, il s'avancerait de quelques pas. Puis, sans un mot, la frapperait encore et encore.

Ce scénario ne s'était pas produit… Pas avec un bâton… Depuis, elle a compris que ce tapage provient des tuyaux qui courent le long du mur. La chaleur les dilate. Cette détonation lui indique que l'immeuble reprend vie et qu'une nouvelle journée commence. C'est son réveil et elle ne peut plus s'en passer. Comment savoir si le soleil est éclatant dans le ciel quand vous êtes enfermé dans une pièce sans fenêtre ? Elle est devenue une spécialiste dans ce domaine. Elle sait faire la distinction entre une chasse d'eau, un bain qui se vide ou la chaudière qui se met en route. De sa cachette, ces sons lui permettent d'avoir des repères sur le temps qui s'écoule. Quand elle sera grande, elle deviendra plombier ! Lorsqu'on la questionnera sur sa vocation, elle racontera avoir vécu au milieu des tuyaux et des canalisations. Selon le diamètre, la matière, l'alignement, chaque tube émet une musique qui lui est propre. Il suffit d'être attentif pour le percevoir. Aujourd'hui, cette mélodie rythme son quotidien et la rassure. Elle est toujours en vie…

L'eau se déverse en continu. Elle enroule ses doigts autour du conduit d'où provient ce chant. Sensation de douce chaleur. Peu vêtue, elle n'a jamais ressenti le froid grâce à ses compagnons de mésaventure. Unique avantage de sa geôle. À l'aide de ses ongles, elle gratte la surface. Des résidus de peinture tombent sur ses doigts. Son esprit vagabonde. Cloîtrée dans cette pièce humide, les occupations sont limitées. Son jeu favori consiste à interpréter les bruits qui viennent jusqu'à elle. Parfois, en collant son oreille contre un tuyau, elle perçoit des bribes de conversations. Murmures lointains, elle devine selon l'intonation des voix s'il s'agit d'une dispute, d'une conversation anodine, du cri d'un petit en plein caprice… En cet instant, elle se représente un homme sous la douche quelques étages plus haut. Il se prépare pour aller travailler. Il accompagnera ses enfants sur le chemin de l'école, comme son papa… avant… Une larme coule le long de sa joue et meurt à la commissure de ses lèvres.

Elle sent un objet froid sous la paume de sa main. Elle s'en saisit et essaie de deviner de quoi il peut s'agir. La chose est carrée, froide, en métal. La lampe torche ! Les piles sont mortes depuis longtemps et elle n'a pas osé en réclamer de nouvelles. Elle ne désire pas connaître le prix à payer pour les obtenir. Elle repose sa trouvaille et poursuit ses investigations à tâtons. Rien d'autre que la surface lisse du ciment froid sous ses doigts. Sa gorge est sèche, elle doit retrouver sa gourde. Elle étire le bras. Aïe ! Elle ne peut pas aller plus loin. Son poignet gauche lui fait mal. C'est leur dernière invention. La laisser enfermée dans une cave ne leur suffit pas, il faut qu'elle soit attachée. Avec trois verrous sur la porte, elle ne voit pas comment elle pourrait s'enfuir ! Elle reprend ses recherches. Tout serait tellement plus simple si elle pouvait actionner l'interrupteur.

Les premiers jours, elle avait été libre de ses mouvements. La pièce n'était pas très spacieuse, mais elle avait disposé de la lumière du plafonnier et des trésors cachés dans les cartons entreposés sur les étagères métalliques. Les journées avaient été moins pénibles. Elle avait eu accès à toute la collection des livres de Jules Verne. Certaines pages étaient cornées, jaunies ou collées entre elles, mais elle avait pu s'évader de ces quatre murs le temps de ses lectures. Depuis, ses conditions d'enfermement ont été révisées et elle n'a rien gagné au change.

Soudain, elle sent le métal froid de sa gourde au bout de son pied. En se contorsionnant, elle réussit à la faire tomber sur le sol. Elle l'enveloppe de sa voûte plantaire et la fait rouler jusqu'à sa main libre. Elle va pouvoir s'hydrater. Elle fait abstraction du goût rance du liquide et boit quelques gorgées avec délectation. Elle s'interdit d'en finir le contenu, ne sachant pas quand aura lieu le réapprovisionnement.

Son estomac gargouille. Elle n'a rien mangé depuis… Elle réfléchit… Deux jours d'après son expertise en plomberie. Elle a mal au ventre. Plus que la faim, elle éprouve le besoin de faire pipi. Comment faire en étant attachée ? Le seau prévu à cet effet est à l'autre bout de la pièce. Ils ont oublié de le déplacer quand ils l'ont menottée. Elle se hisse sur ses jambes. Elle ne souhaite pas uriner sur le matelas en mousse qui lui sert de lit. Elle le redresse et le pose contre le mur. Cette mission accomplie, elle retire son bas de pyjama, s'accroupit, et soulage sa vessie. Des gouttes chaudes viennent éclabousser ses pieds et ses chevilles. Ce besoin assouvi, elle se rhabille et repose le matelas sur le sol. Elle espère qu'il soit suffisamment épais pour absorber son urine sans humidifier le dessus. Elle peut s'accommoder de l'odeur, mais aspire à conserver une couche bien au sec ! Elle s'allonge et attend. Rien ne vient l'incommoder, elle a remporté son pari. Le matelas a tenu le choc !

Un rai de lumière apparaît sous la porte. Elle s'arrête de respirer. Quelqu'un est là, à quelques mètres. Elle n'a pas perçu le moteur de l'ascenseur, bruit annonciateur de tout visiteur. Elle devait être absorbée par son histoire de matelas. Elle se tient immobile. Personne ne doit savoir qu'elle est là. Elle se recroqueville contre le mur poreux. La lumière s'éteint. Le couloir dispose d'un interrupteur à extinction automatique. Un bruit sourd, la lumière, de nouveau. Lui apporte-t-on un repas ? Elle en doute. En général, ils attendent que les tuyaux aient cessé de chanter pour descendre… Le premier verrou s'enclenche. Elle panique. Aura-t-elle droit à une nouvelle punition ? Elle a pourtant fait attention de ne pas taper ses menottes contre les canalisations ! Peut-être en se levant pour faire pipi ? Non, c'est impensable ! Elle essaie de se faire plus petite encore. Elle aimerait tant se fondre dans le mur ! Deuxième verrou. Le bruit est hésitant et maladroit. Ce n'est pas le cliquetis ordinaire. Qui vient la voir ? Ses dents se mettent à claquer. Elle se mord le bras pour cesser ce mouvement compulsif. Les battements de son cœur bourdonnent dans ses oreilles. Elle se fige telle une statue. Rester invisible, toujours et encore. Troisième verrou. Le dernier déclic, la porte s'ouvre. La lumière s'engouffre dans son cachot et lui brûle les rétines. Par réflexe, elle abrite ses yeux de son bras. La porte se referme. Est-elle seule ? Sont-ils entrés ? Elle tente un regard. L'éclairage électrique l'éblouit. Elle ne distingue pas grand-chose autour d'elle. Elle attend… Quoi ? Elle ne le sait pas… De recevoir un coup de pied, une claque, un seau d'eau froide… Elle va bientôt le savoir…

Une main effleure son visage… Est-ce un dernier jeu, une nouvelle torture ? Une minute de douceur avant de se faire arracher une touffe de cheveux ? La caresse s'arrête. Ses yeux s'habituent à la luminosité, son environnement prend forme. Elle sent une pression sur le poignet gauche. On la libère. Son bras tombe tel un pantin à qui on vient de sectionner un fil. Cette voix… Elle n'est pas certaine de la reconnaître. Cette voix l'appelle par son prénom ! Elle l'avait presque oublié… Oublié qu'elle demeurait un être humain. On l'aide à se relever, elle suit le mouvement et se met debout. Une force dans son dos. On la pousse vers la porte. D'instinct, ses jambes protestent. Si elle déserte cette pièce, elle est morte. On insiste. Elle abandonne la lutte, et se laisse guider vers l'extérieur. Dehors, tout n'est que béton du sol au plafond. Elle entend des mots qui semblent provenir d'un autre monde : « Tu dois partir… Tout de suite ! ».

1

Samedi 31 août 2019, 17 h 20, plage du gros Pin, Grimaud, région Provence-Alpes-Côte d'Azur

Alexane referma son livre et le posa sur la table étroite en plastique qui jouxtait son transat. Un roman sentimental, une histoire aux antipodes de sa vie de commandante à la Crim'. Désireuse de se changer les idées, elle avait arrêté les polars. Suivre une enquête sur trois cents pages, allongée sur une chaise longue, n'était pas sa définition des vacances ! Elle s'étira, puis ajusta ses lunettes de soleil. De légères gouttes de transpiration perlaient sur son corps. Une baignade s'imposait. Elle se leva. Le sable était bouillant sous ses pieds, elle accéléra le pas.

Dernier week-end d'août, à deux jours de la rentrée scolaire. L'affluence sur la plage était à son maximum. Un château de sable, des joueurs de *beach ball*, un crocodile en plastique, Alexane dut esquiver de nombreux obstacles avant d'accéder à la mer. Les premières secondes d'immersion dans les vagues furent difficiles. Le mistral avait soufflé la veille, abaissant de trois ou quatre degrés la température de l'eau. Quelques brasses plus tard, loin du tumulte des adolescents s'amusant à s'éclabousser, elle profita de son environnement : la vue était imprenable sur la citadelle de Saint-Tropez et, à ses pieds, s'étendait la vieille cité maritime à l'architecture génoise. Sur la gauche, un bateau de croisière dévorait une partie du paysage. Elle compta neuf ponts. Elle n'osa imaginer le nombre de cabines que devait contenir un tel vaisseau. Des yachts rentraient au port, après avoir mouillé toute la journée dans une des nombreuses criques qu'offre le rivage découpé du massif des Maures.

Elle avait découvert ce coin de paradis une semaine auparavant. Souhaitant fuir la capitale pour quelques jours, son mari Charles et elle avaient pris la décision de s'offrir un séjour dans le Midi. Le couple avait jeté son dévolu sur une maison du domaine des Rives de Beauvallon, qui disposait d'une plage privée accessible par un tunnel en dessous de la route du Golfe. Ils bénéficiaient ainsi de transats et de parasols tout le temps de leur escapade. Sept jours, loin de leurs soucis quotidiens, à explorer la région et à jouir de tous les plaisirs que ces lieux pouvaient prodiguer. Ils avaient profité des joies de la baignade et arpenté les sentiers du littoral, chemins caillouteux qui s'égaraient dans le maquis et la vieille montagne Maure comme un immense désert végétal et minéral offrant ici ou là de surprenants balcons en surplomb sur la Méditerranée.

La veille, ils se promenaient sur la plage de Pampelonne, une vaste baie de quelque cinq kilomètres de sable fin, entre le cap du Pinet et le cap Camarat. Ils avaient longé en amoureux ce rivage mythique où Roger Vadim et

Brigitte Bardot avaient tourné dans les années 1950, le film culte *Et Dieu… créa la femme*. Ce lieu idyllique, où était apparue la mode du monokini, attirait aujourd'hui trente mille visiteurs par jour pendant la saison estivale.

Alexane et Charles avaient achevé leur promenade en allant déguster une farandole d'entrées, le tout accompagné d'un rosé château-Minuty à l'Orangerie. Ils avaient trinqué à ces vacances sans enfant. Leur cadet, Arthur, qui avait obtenu son baccalauréat avec mention en juin, était chez son meilleur ami à Concarneau. Les deux garçons effectuaient un stage de voile aux Glénans. Il leur restait un mois de vacances avant de fouler les bancs de la fac. Leur aîné, Raphaël, qui avait clôturé sa quatrième année d'école de commerce avec succès, s'était envolé dix jours auparavant pour un trimestre à Shanghai. Alexane et Charles étaient fiers de leurs rejetons. Ils étaient devenus des jeunes hommes responsables, bien dans leurs baskets et aux résultats scolaires satisfaisants. Le stress cumulé était, autant pour Alexane que pour Charles, lié à leur vie professionnelle. Le couple avait ressenti le besoin de souffler et de se recentrer sur lui.

Les derniers temps n'avaient pas été faciles. Après l'emprisonnement de son associé Philippe Dubontel pour détournement de fonds au sein de leur cabinet d'avocats, trois ans auparavant, Charles avait dû repartir de zéro. S'il avait été blanchi de tous les chefs d'accusation, sa réputation avait été entachée par ce scandale. Il s'était armé de patience et de courage pour reconquérir une clientèle devenue méfiante à son égard. Aujourd'hui, il voyait le bout du tunnel, mais physiquement, il était épuisé.

Pour Alexane, le suicide de son mentor et ancien patron, David Ménestrel, avait représenté le coup de grâce. Après cette tragédie, elle avait donné sa démission au nouveau dirigeant de la brigade criminelle, le commissaire Alexis Noiret. Ce haut fonctionnaire ne portait pas la policière dans son cœur. Il avait pourtant rejeté sa demande et lui avait accordé un délai de trois mois de réflexion étant donné ses états de service. Onze semaines plus tard, Alexane regagnait sa place de chef de groupe. L'adrénaline du terrain était une drogue dont il était difficile de se sevrer. Noiret ne lui avait pas fait de cadeaux à son retour, et, depuis, elle avait l'impression de ne récolter que des enquêtes de second ordre.

Trois jet-skis passèrent, troublant ses pensées. Elle entreprit de rejoindre la terre ferme. Cinq minutes plus tard, elle avait retrouvé son transat et enfilait une tunique. Elle chercha Charles du regard pour le découvrir au bar du restaurant de la plage. Assis sur un haut tabouret, il semblait en pleine discussion avec Manu, le patron des lieux. Un mojito à moitié vide reposait sur le comptoir, à côté d'un bol de cacahuètes. Elle prit le temps de l'observer. Vingt-cinq ans de vie commune, et autant de rebondissements : un mariage, deux enfants, un divorce, une réconciliation, des tromperies, des non-dits… Ils n'avaient pas été épargnés par les épreuves, mais aujourd'hui ils étaient encore et toujours l'un à côté de l'autre. Elle trouvait son mari plus séduisant qu'à leur rencontre. Charles avait pris de l'assurance. Il avait posé plusieurs fois un genou à terre, pour repartir de plus belle.

Il était têtu et pugnace : deux qualités qu'elle lui avait découvertes, et qui lui convenaient totalement. Il était loin d'être parfait, mais elle devait reconnaître qu'elle l'avait dans la peau.

Sereine, elle se dirigea vers le bar. Arrivée à destination, elle passa un bras dans le dos de son homme pour lui signaler sa présence.

— Ça va ma chérie ? L'eau était bonne ? Tu veux un mojito ?

Alexane répondit à cet interrogatoire par un immense sourire. Charles lui avança un tabouret pendant que Manu entreprenait d'écraser des feuilles de menthe dans le fond d'un verre haut.

— Vous repartez bientôt ? demanda-t-il en tendant le cocktail.

— Nous prenons l'avion à Nice demain matin, soupira l'avocat. Rentrée pour tout le monde lundi !

— Vous fermez la semaine prochaine ? questionna Alexane.

— Non, plus tard. Début octobre, après les Voiles[1]. Il y a encore pas mal de monde en septembre.

— Vous connaissez un endroit sympa pour un dernier dîner en tête à tête ?

— Si vous n'avez rien contre la cuisine thaï, vous avez la terrasse de l'hôtel l'Ermitage. La vue panoramique sur le golfe de Saint-Tropez est fantastique. Mais n'y allez pas trop tard pour être sûr d'avoir une table et pour profiter du soleil couchant.

1. Les Voiles de Saint-Tropez : manifestation nautique qui se déroule sur une semaine, une fois par an, fin septembre-début octobre.

— Merci du conseil. On viendra prendre un café demain matin avant le départ.

Les mojitos avalés, Charles et Alexane prirent le chemin de leur villa. Alors qu'ils venaient de franchir le tunnel pour regagner le domaine de Beauvallon, le portable de la policière sonna. À sa moue, Charles comprit que le message reçu ne l'enchantait guère.

— Mauvaise nouvelle ?

— Noiret. Il me demande d'arriver à la première heure lundi pour accueillir un petit nouveau dans mon groupe. Après les enquêtes foireuses, il me confie la formation d'un bleu ! Je suis ravie !

— Éteins ton téléphone et oublie-le jusqu'à dimanche soir, OK ?

— Tu as raison. Profitons de nos derniers instants en amoureux !

❖

À 800 kilomètres de là, boulevard Voltaire, dans le XIe arrondissement de Paris, Roger pestait devant sa boucherie. Six jours qu'une Audi A3 était garée sur l'emplacement réservé aux livraisons en face de son magasin. Il avait relevé les essuie-glaces, laissé un mot sur le pare-brise, mais rien n'y faisait. Le propriétaire n'avait pas touché à son véhicule. Excédé, Roger avait alerté un policier qui passait dans le quartier. Après avoir vérifié que la voiture n'avait pas été volée, le représentant des forces de l'ordre avait contacté la fourrière.

Alors qu'il dressait son procès-verbal, une senteur pestilentielle mit le fonctionnaire en alerte. Elle semblait provenir de l'Audi. Il en fit le tour, mais ne constata rien d'inhabituel dans l'habitacle.

— Tout va bien ? demanda le boucher.

— Je trouve qu'il y a une forte odeur !

— Ah ça, oui ! Je peux vous en parler. Il y a une bouche d'égout à cet endroit. Avec la chaleur, les remontées nauséabondes me donnent des haut-le-cœur ! J'en ai plein les narines !

La remorqueuse arriva, coupant court à la conversation. Vingt minutes plus tard, Roger la regarda repartir dans les rues de Paris, un air satisfait et soulagé dessiné sur les lèvres. Il ne put pourtant s'empêcher de lâcher à haute voix : « Bizarre, quand même ! Ça ne peut pas être que les égouts… Cette bagnole pue l'enfer ! »

2

Lundi 2 septembre 2019, 7 h 52, Hôtel de la Gare, rue Vicq-d'Azir, X^e arrondissement, Paris

Un bruit sourd. Nicolas ne réagit pas. Il éprouvait un unique désir : rester allongé dans ce lit une journée de plus.

— Service d'étage, insista une voix féminine cassée par le tabac.

Nicolas émit un grognement en guise de réponse. Il entendit des pas, la femme de ménage avait capitulé… encore. Elle reviendrait demain.

Nicolas n'avait pas quitté sa chambre d'hôtel depuis son arrivée. Sept journées interminables à faire le point sur sa vie. Le bilan n'était pas glorieux. Après avoir perdu son épouse, ses enfants, sa dignité, il allait certainement pouvoir faire une croix sur son emploi. Il avait claqué la porte de son domicile un dimanche soir, et n'y avait pas remis les pieds. Avait-il eu le choix ? Pas exactement. Éprouvait-il un soulagement ? Il n'avait jamais été si déprimé. Prendre la fuite était une étape, mais rien n'était réglé pour autant. Et les enfants ? Qu'avaient-ils pu ressentir en découvrant que leur père avait pris la tangente ? Un sentiment d'abandon ? Que pouvait-il faire ? Subir ? Combien de temps aurait-il pu tenir ?

Il repoussa le drap poisseux qui collait à son corps. Il tâtonna à la recherche de l'interrupteur. La lumière fit apparaître une chambre à l'image de son état : pitoyable. Moisissure sur les murs, un sol constellé de taches, de la poussière dans tous les recoins. Il n'y prêta pas attention. Il enfila un tee-shirt, un jean, et s'aventura dans le couloir, pieds nus. Il ne croisa personne, tout semblait calme. Une porte au fond avec un pictogramme annonçait une douche et des toilettes. Il frappa. Personne ne répondit. La place était libre. Il entra, actionna le plafonnier. Comme celle de la chambre, la propreté des lieux laissait à désirer. Il ferma le verrou, découvrit une serviette pliée près du lavabo. Avait-elle été utilisée ? La réponse était sans importance. Il retira ses vêtements, les mit en boule près de l'évier, puis s'engouffra dans la douche. Il fit abstraction des joints abîmés, de l'état de la tuyauterie, et se lava. Le jet d'eau brûlant le revigora. L'insalubrité de l'hôtel ne le dérangeait pas. Il avait quitté un enfer. La saleté des lieux était un détail insignifiant dans le marasme de son existence. Dix ans de vie commune, deux enfants, pour se retrouver seul dans un hôtel de seconde zone avec trois cents euros en liquide pour survivre. S'il ne se ressaisissait pas très vite, il était bon pour finir dans la rue.

Nicolas se mit à trembler. Il serra les poings de toutes ses forces. Une envie soudaine de tout casser autour de lui le submergea. Il ferma les yeux, gonfla ses poumons, puis relâcha la pression. Ce n'était pas ainsi qu'il allait résoudre ses problèmes. Il observa ses mains : deux paluches clairsemées de poils noirs masquant de fines cicatrices. Elles avaient commis l'irréparable quelques jours plus tôt. Il s'était pourtant toujours promis de ne pas franchir la ligne rouge. Pourrait-il se le pardonner ? Il n'en était pas certain. Il ferma le robinet, sortit de la douche, se sécha, puis s'habilla. Il retourna dans la chambre sans rencontrer âme qui vive. Une fois la porte verrouillée, il prit son sac de sport et le vida sur le matelas. Les quelques affaires qu'il avait réussi à emporter dans sa fuite s'étalaient devant lui. Quatre caleçons, trois tee-shirts, un jean, un pantalon, deux pulls : maigre trésor. Il se changea, se saisit de son portefeuille et sortit.

Dans la rue, les rayons du soleil l'éblouirent. Il ne connaissait pas ce quartier. Il l'avait choisi en conséquence. Il se trouvait à des kilomètres de son domicile et de son lieu de travail. Ici, il n'était personne, et cela lui convenait parfaitement. Une odeur de café chatouilla ses narines. Il plongea une main dans sa poche, sortit son portefeuille et y trouva un billet de vingt euros. Il hésita à s'offrir un petit-déjeuner. Il ne se nourrissait que de sandwichs et de paquets de chips depuis une semaine et avait envie d'autre chose.

Il entra dans le PMU qui touchait l'entrée de l'hôtel et s'installa au bar. Il commanda une formule café-baguette avec un supplément pour un jus d'orange pressée. Il l'avala avec appétit. Ce besoin primaire assouvi, ses idées devinrent plus claires. Il devait contacter son employeur pour lui expliquer son silence radio. Il lui fallait un portable. Il demanda au patron, qui astiquait des verres derrière le comptoir, où il pouvait trouver un magasin de téléphonie dans le coin. L'homme lui indiqua une adresse à dix minutes de là. Nicolas paya l'addition, récupéra sa monnaie et s'engagea rue Vicq-d'Azir. Au premier carrefour, il tourna à gauche, rue de la Grange-aux-Belles. Il continua rue des Vinaigriers, prit la rue Lucien-Sampaix, puis tourna à droite pour arriver à sa destination finale, boulevard Magenta. Au numéro 23, il trouva la devanture recherchée, et acheta un téléphone à carte prépayée.

De retour sur le trottoir, les mains tremblantes, il composa le numéro du directeur marketing, son supérieur hiérarchique. À la troisième sonnerie, celui-ci décrocha.

— Luc Broissard.

— Bonjour. Nicolas Rousset à l'appareil.

— …

— Je voulais vous téléphoner plus tôt, mais j'ai eu de gros soucis familiaux ces derniers jours, et…

— Je suis désolé, Nicolas. Votre appel arrive trop tard.

— Je ne comprends pas.

— Nicolas, vous comprenez très bien. Vous avez déjà eu trois avertissements cette année pour absence injustifiée et prolongée. J'ai essayé de vous joindre à plusieurs reprises cette semaine. Je vous ai laissé de nombreux messages sur votre portable, je vous ai envoyé des e-mails. Vous avez dû recevoir deux mises en demeure dans votre boîte aux lettres. Sachez que devant votre absence de réaction, une convocation pour un entretien préalable au licenciement est partie ce matin par courrier.

— Mais, vous ne pouvez pas me faire ça. J'ai une famille à nourrir… Je vais tout vous expliquer.

— Il est trop tard pour ma part, Nicolas. Je vous laisse voir les modalités avec les RH. Vous avez sept jours pour réagir à la convocation. Au revoir.

Nicolas était abasourdi. Sonné, dans les cordes.

Elle avait gagné…

3

8 h 22, préfourrière de Pantin, 15 rue de la Marseillaise, XIXe arrondissement, Paris

Kevin s'approcha du ventilateur. Il avait dû enlever cinq véhicules de la voie publique depuis sa prise de service, il avait un coup de chaud. Le brasseur d'air était au maximum. Il ne supportait plus ce préfabriqué. Il y faisait un froid glacial l'hiver et on y étouffait l'été. Il s'empara d'une bouteille d'eau qui traînait sur le bureau de sa collègue Christiane et la termina d'un trait. Désaltéré, il tourna la tête vers la fenêtre. Une cinquantaine de voitures attendaient d'être récupérées par leurs propriétaires. Derrière lui, il entendait Christiane se faire insulter par l'un d'entre eux. Il n'intervenait plus, à la demande de sa consœur. En définitive, elle s'en sortait très bien toute seule. Elle avait trouvé l'astuce. Elle attendait que les plaignants aient terminé de vider leur sac avant de prendre la parole, avec un sourire qui déstabilisait les plus coriaces. Son discours était rodé, depuis le temps. « Ce n'est pas nous qui choisissons d'enlever telle ou telle voiture, monsieur. Nous exécutons les demandes transmises par les donneurs d'ordre. Ce n'est pas nous, non plus, qui fixons les tarifs de l'amende, mon cher monsieur. C'est l'État. Personne ne tolère un stationnement gênant devant sa propre porte, vous êtes d'accord ? Alors, pourquoi vous garer devant celle des autres ? Bon, il n'y a pas eu de blessé, ni d'accident… Ça pourrait être pire… »

Kevin s'amusait sous cape. *Trop forte la Christiane !* L'heure de sa pause avait sonné. Il ouvrit la porte et partit faire un tour dans les allées. Snoopy, le labrador de sa collègue, le suivit dans sa promenade, heureux de se dégourdir les pattes. Ce chien était devenu la mascotte de l'équipe depuis une dizaine d'années. Il était ici chez lui, passant l'essentiel de ses journées allongé aux pieds de sa maîtresse.

Le parking de la fourrière n'était pas immense, mais il pouvait réceptionner jusqu'à une centaine de voitures. Ce matin, la moitié des places était occupée. L'été avait été calme, mais l'activité avait repris avec la rentrée. Kevin aimait flâner entre les véhicules. Il arrivait que de beaux spécimens soient enlevés. Le jeune homme avait alors plaisir à en faire le tour et se mettait à rêver : Ferrari, Maserati, Range-Rover… Alors qu'il allumait une cigarette à l'ombre des platanes, il entendit le labrador aboyer. Il le retrouva trois allées plus loin, les pattes avant sur le coffre d'une Audi.

— Viens ici, Snoopy, tu vas rayer la carrosserie.

Le chien ne broncha pas et se mit à grogner. Kevin s'approcha et le poussa délicatement. Une odeur l'interpella. Il se mit à genoux pour inspecter le bas de caisse. Les effluves semblaient provenir du coffre. Pour en avoir le cœur net, il actionna le bouton d'ouverture. Une senteur écœurante le saisit immédiatement à la gorge. Il eut un geste de recul et plaqua une main devant sa bouche pour ne pas hurler d'effroi. La surprise passée, il courut vomir cinq voitures plus loin.

Alertée par les aboiements incessants de son chien, Christiane vint à leur rencontre. Au teint blême de son collègue, elle comprit que quelque chose de grave venait de se produire. Snoopy était en arrêt devant une Audi A3. Il alternait gémissements et grognements sourds, une façon pour lui de manifester à la fois sa peur – dictée par l'instinct – et son courage de brave bête. Arrivée à la hauteur du véhicule, Christiane eut la nausée et un terrible pressentiment. Elle sortit son portable et, les mains tremblantes, composa le 112.

❖

Alexane gara son Cityscoot rue André-Suarès, à quelques mètres du Bastion, le nouveau « 36 ». Habituellement, depuis le déménagement du siège de la PJ, elle empruntait le RER C. Mais ce matin, en sortant de son immeuble, elle avait découvert un scooter en libre-service devant sa porte. Ses garçons l'avaient initiée à ce moyen de transport 100 % électrique pendant leurs vacances d'été. Ils lui avaient téléchargé l'application et, depuis, elle avait plaisir à s'en servir quand l'occasion se présentait. L'installation des nouveaux bureaux de la PJ porte de Clichy avait été une source de mécontentement pour les fonctionnaires de police, l'accès au périphérique étant problématique. Aujourd'hui, sa voiture dormait au parking dans l'un des quatre sous-sols du Bastion. Entre une heure bloquée dans Paris et vingt minutes de transport en commun, le choix n'avait pas été cornélien.

Les premiers mois d'adaptation dans ce bâtiment « neuf, fonctionnel, sécurisé et doté des technologies les plus avancées », d'après le ministre de l'Intérieur, avaient été épiques. Les 1 700 fonctionnaires de police étaient arrivés dans un quartier sinistré qui se révéla être un immense chantier. Moins d'une semaine avant l'inauguration, des ouvriers finissaient de poser l'asphalte sur le trottoir, quand d'autres étaient occupés par la construction d'un immeuble qui jouxtait le Bastion. Les plots en métal pour éviter toute attaque à la voiture bélier étaient encore emballés dans du plastique. Les travaux du palais de justice voisin avaient accumulé un tel retard que le déménagement, qui devait à l'origine être concomitant, ne débuta que six mois plus tard. Au départ, des camions cellulaires faisaient des allers-retours avec l'ancien palais pour accompagner les déférés.

Désormais, tous ces désagréments étaient loin derrière eux, et Alexane commençait à apprécier son cadre de travail. Le nouveau QG de la PJ était bien différent de son ancien siège au Quai des Orfèvres. Avec son escalier en colimaçon de 148 marches, son lino noir élimé, ses pièces exiguës et le bureau 315 du taulier, on était loin des 32 500 mètres carrés d'espace de travail répartis sur dix niveaux, et des 17 500 mètres carrés en sous-sol où se trouvaient, outre des parkings, deux salles de sport et un stand de tir de 25 mètres équipé pour reproduire des ambiances sonores et visuelles d'intervention.

Alexane remonta la rue et tourna à gauche. Les rayons du soleil se reflétaient sur la façade en panneaux de verre, éblouissant la policière. Elle baissa les yeux et changea de trottoir. Décidément, la rue portait bien son nom. Un bastion désignait une forteresse et cela correspondait à l'image que lui renvoyait ce cube truffé de caméras. Elle passa son badge devant un lecteur et franchit la grille. Système de reconnaissance biométrique, sas de sécurité, un vrai parcours du combattant pour arriver au sixième étage. Dans le couloir, elle reconnut la voix de Stéphane, son second.

— Tu as de la chance d'arriver en septembre. Je ne te raconte pas comme on se gelait l'hiver dernier. L'administration coupait le chauffage à 19 heures ! Tu nous aurais vus. On bossait tous en polaire et, à la fin, Gauthier est arrivé avec un radiateur électrique. Le comble pour un bâtiment aux normes HQE[1] !

Alexane entra dans le bureau. Son groupe était réuni au grand complet. Chacun avait une tasse de café à la main. Seul un visage lui était inconnu : le petit nouveau.

— J'espère qu'il reste du café !

Six têtes se retournèrent. Le jeune officier de police alla à sa rencontre.

— Bonjour, commandante. Côme Tellier.

Il avait gonflé sa poitrine en lui tendant la main. *Pas à l'aise, le bleu*, s'amusa la policière.

— Salut, Côme. Bienvenue dans l'équipe. Les présentations ont été faites, j'ai l'impression. Bon, je te les refais par principe. Le plaisantin charmeur, assis accessoirement

1. HQE : haute qualité environnementale.

sur MON bureau, est le capitaine Stéphane Revalon. Tu verras, sous ses airs bourrus, c'est un véritable nounours. Derrière toi, Thierry Garnier, notre procédurier méticuleux au point près. À ta gauche, les deux inséparables, Gauthier et Jérôme, notre quatrième et cinquième de groupe. On les surnomme « les jumeaux ». Et enfin, à ta droite, le timide, notre Vincent. Il parle peu, mais c'est un fin limier. Rien ne lui échappe. Ah, une chose importante. Première règle : tu m'appelles Alexane et on se tutoie. Et je veux bien un café, s'il te plaît !

Elle vit le jeune homme hésiter.

— Ne réfléchis pas trop. Ce n'est pas un bizutage. Je te demande un café car la cafetière est à ta droite... Tu comprendras vite que je ne suis pas du matin, et que sans ma dose de caféine, je ne suis bonne à rien !

Côme s'exécuta. Voulant bien faire, il en versa à côté. Stéphane lui donna une tape amicale dans le dos.

— Détends-toi, petit. On ne va pas te manger !

Le téléphone retentit dans la pièce, Alexane décrocha.

— Commandante Laroche. Oui... OK... Où ça ? On arrive.

La policière raccrocha.

— Engloutissez vos cafés, les gars. On a un corps retrouvé dans une fourrière du XIXe. Thierry, Stéphane, Vincent et Côme, vous venez avec moi. Jérôme et Gauthier, vous restez en *back up*.

4

8 h 35, école Saint-Alexandre, 23 boulevard Jean-Jaurès, Boulogne-Billancourt, région Île-de-France

La cour de récréation était noire de monde. Tous les parents s'étaient donné rendez-vous en ce jour de rentrée scolaire. Emily ne quittait pas Noah des yeux. Il avait lâché sa main pour rejoindre le préau où les listes de classes étaient affichées. La couleur rouge de son sac à dos permettait de le repérer au milieu de tous ces enfants. Elle dut jouer des coudes pour rejoindre son fils. Elle remarqua au passage que le filet du panier de basket avait été changé pendant l'été et que les murs de la cour avaient été repeints en beige. Les barrières avaient conservé leur couleur bleu ciel.

Noah avait le doigt sur une feuille et lisait à voix haute les noms de famille de ses nouveaux camarades de classe.

— Maman, je suis dans la classe de madame Levreur. Et regarde, je suis avec Timothée et Gustave. Trop cool !

Emily se pencha pour déchiffrer à son tour la liste des CE2.

— Oui, c'est une excellente nouvelle, mon chéri. Et tu as Justine, aussi. On pourra s'arranger avec sa maman pour les conduites.

— Maman, je reste à la cantine aujourd'hui ?

— Oui, mon ange, mais je viens te chercher à 16 h 30.

— Avec papa ?

— Non, il ne sera pas encore rentré de son voyage, chéri. Tiens, et si je venais avec un délicieux pain au chocolat pour ton goûter ?

— Oh oui ! Tu es la meilleure des mamans.

Une sonnerie retentit. Les maîtresses rassemblèrent leurs classes respectives et mirent les élèves en rang deux par deux. Emily lança un dernier sourire à son petit garçon avant qu'il ne franchisse la porte du réfectoire. Cinq minutes plus tard, la cour de récréation retrouvait son calme. Le préau était vide des rires d'enfants. Seuls quelques parents, contents de se revoir en cette occasion, traînaient encore. Emily regagna la sortie d'un pas précipité. Elle n'avait ni l'envie ni le courage de faire des mondanités. Arrivée sur le trottoir, elle fouilla dans son sac à main à la recherche de son portable. Aucun message de son mari… Une semaine sans signe de vie. Noah ne semblait pas affecté par l'absence de son père. Elle lui avait parlé d'un déplacement pour son travail. Le garçon de 8 ans avait hoché la tête et était reparti jouer dans sa chambre sans poser de question.

Ce silence l'inquiétait-elle ? Un peu… Ne devait-elle pas prévenir la police de sa disparition ? Pas encore… Souhaitait-elle son retour ? En aucune façon…

Elle désirait avant tout sauver les apparences. La question était de savoir combien de temps ce manège allait durer.

❖

Après quinze minutes de périphérique, le groupe d'Alexane Laroche arriva devant les portes de la fourrière. La voiture garée, ils passèrent sous les rubalises pour rejoindre la scène de crime. Le soleil était éclatant dans le ciel, et la température écrasante. Les officiers de la PJ saluèrent les policiers de proximité qui avaient gelé la scène, ainsi que les techniciens de la police scientifique qui finissaient d'enfiler combinaisons, surchaussures, charlottes, gants et masques. Alexane fit le point avec l'un des officiers.

— De quels éléments disposons-nous ?

— Une gamine dans un coffre. Je dirais dans les 8 ans. Le corps doit être là depuis plusieurs jours.

— Qui l'a trouvée ?

— Le chien de la fourrière… À l'odeur.

— Le coffre ?

— Le dépanneur, là-bas, assis à côté du labrador et de la petite dame avec le chemisier bleu. On a déjà prélevé leurs empreintes.

— Parfait. Les témoins, ont-ils essayé de réanimer la victime ?

— Ils n'ont rien touché. Trop secoués pour tenter quelque chose. Vous comprendrez par vous-même. Ils nous ont immédiatement contactés.

— Quelque chose sur le propriétaire du véhicule ?

— L'Audi est enregistrée sous le nom d'une société basée à Neuilly. Il doit s'agir d'une voiture de fonction.

— Et en ce qui concerne la victime ?

— C'est une gamine en pyjama. Elle n'a pas de papiers sur elle !

La commandante Laroche ne reprit pas l'officier. Chacun se protégeait de l'horreur à sa façon. Alexane agissait comme un robot avec ses automatismes de flic pour maintenir une distance avec une réalité parfois insupportable. Elle le remercia. Les secours n'étaient pas intervenus. Le lieu du drame n'avait pas été souillé, ce qui faciliterait le travail de tout le monde.

Après avoir enfilé des combinaisons de protection, le groupe d'Alexane prit connaissance de la scène de crime. Personne ne s'activa dans un premier temps. La commandante désirait voir ses hommes enregistrer mentalement chaque élément avant de partir à la quête d'indices. Comprendre un homicide avant d'agir, tel était son *leitmotiv*.

Quand cinq minutes se furent écoulées, elle donna son GO et chacun assura son rôle. Sans rien abîmer, les TSC[1] photographièrent le moindre détail de leur environnement : la façade de l'immeuble d'en face, le parking, la voiture, jusqu'aux détails des marques sur le corps inanimé. De leur côté, les équipiers d'Alexane se répartirent les tâches. Stéphane et Vincent recueillirent l'identité des témoins et commencèrent les premières auditions. Thierry se lança dans les constatations. Les techniciens récoltèrent les premiers indices à l'aide d'outils stériles, conservés dans un plastique scellé, précisant l'origine de l'échantillon et son emplacement. Côme se retrouva debout au milieu du parking, les bras ballants, ne sachant que faire. Alexane sourit – ce grand gaillard aurait pu être son fils – et s'approcha.

1. TSC : techniciens en scène de crime.

— Essaie de te rancarder sur le propriétaire du véhicule auprès de la société basée à Neuilly.

— Euh oui, très bonne idée. Je m'en occupe.

Alexane le regarda s'éloigner. D'après son dossier, Côme venait d'avoir 26 ans. Il sortait tout juste de l'école de police. Il avait fini major de sa promo, ce qui pouvait expliquer en partie son affectation à la brigade. Elle se méfiait de cette arrivée soudaine dans son groupe. Était-il une connaissance de Noiret et placé là pour la surveiller ? Elle avait du mal à l'imaginer établissant un rapport au taulier après le boulot. Il avait une tête d'ange plus que de fouine. Elle se ressaisit. Elle devait arrêter d'être parano. Le bleu faisait gamin avec son crâne rasé, son visage imberbe. Il était grand, mais peu épais. Quelques séances à la salle de sport lui feraient du bien. Il devait s'endurcir. Son quotidien au sein de la Crim' y contribuerait.

Alexane se rendit compte qu'elle était entrée dans la police l'année de la naissance du jeune homme. En définitive, cette arrivée au sein du groupe représentait une bonne chose. Sa fougue et sa jeunesse allaient dynamiser leur quotidien. La relève débarquait. Le visage de David Ménestrel, son mentor parti dans de tragiques conditions, envahit ses pensées. Elle avait tout appris à son côté. Il était devenu un guide, un conseiller avisé et expérimenté pour qui elle avait eu beaucoup d'estime. Dans quelques mois, elle fêterait ses 47 ans. Le moment n'était-il pas venu d'assurer ce rôle et de transmettre sa connaissance du terrain ? Côme incarnait le candidat idéal. Et cette enquête allait être un bon point de départ pour son apprentissage.

Le médecin légiste se présenta, coupant court à ses réflexions. Il n'était pas seul. Une jeune femme se tenait près de lui. Alexane rentra son ventre et se passa une main dans les cheveux. Décidément, elle se sentait vieillir. Le docteur Chemet restait fidèle à sa légende. Malgré la moiteur de l'air, il portait une chemise blanche à manches longues. Il lui tendit chaleureusement la main.

— Toute bronzée ! Vous rentrez de vacances ?

— Ce matin même. Vous avez aussi l'air en forme, docteur.

— Moi ? Toujours. Je vous présente madame Delatour, la substitute du procureur.

La jeune femme n'avait pas trente ans. Alexane la trouva un peu gauche dans ses mouvements. Elle portait une jupe droite noire avec un corsage crème. Son maquillage se voulait discret, malgré une teinte de rouge sur les lèvres. Débutante, elle portait des chaussures à hauts talons. Pas idéal pour le terrain. Encore une qui venait de prendre ses fonctions. *Tant qu'elle ne tourne pas de l'œil !* ne put s'empêcher de penser la policière.

— Bonjour. Commandante Alexane Laroche.

— Bonjour, Commandante. Vous nous mettez au parfum ?

Alexane exposa en quelques mots les circonstances de la découverte du corps. La voiture, en stationnement sur une place de livraison dans le XIe depuis une semaine, était arrivée à la fourrière un peu plus tôt dans la matinée. Les aboiements du chien autour du véhicule avaient alerté le personnel qui avait pris l'initiative d'inspecter le coffre.

— Qu'en pensez-vous ? interrogea Delatour.

— Pas grand-chose. Pour être honnête, je vous attendais pour m'approcher du cadavre. Je ne voulais pas interférer dans le travail des techniciens. Ah, docteur, pour votre information, le corps n'a pas été bougé.

— Vous attendiez mes petits mouchoirs au menthol, vous voulez dire, taquina Chemet. Tenez, mesdames, pour vous.

Avec la chaleur ambiante, les relents de putréfaction étaient difficilement supportables. Chemet, après avoir enfilé son attirail de protection, se mit au travail. Il s'approcha du coffre et entreprit l'examen externe de la victime. Laroche et Delatour se positionnèrent derrière lui. Outre l'odeur nauséabonde dégagée par le corps, son état de décomposition était avancé. Ses paupières, ses lèvres et son abdomen avaient doublé de volume. Sous la pression des gaz, les yeux sortaient de leurs orbites, la mâchoire inférieure était relâchée, la langue pendait. Lors de nombreuses autopsies, Alexane avait entendu le médecin légiste évoquer l'effet « tête de veau ». Si cela lui avait permis de rire et de dédramatiser certaines situations, personne n'avait envie de plaisanter en cet instant. La substitute recula, puis partit d'un pas alerte se réfugier derrière une voiture pour vomir. Alexane et Chemet ne formulèrent aucune remarque. La commandante détacha son regard du visage de la fillette pour s'attarder sur le corps. Un pyjama gris en coton taché, des pieds nus, position allongée sur le côté droit, un bras sous la tête comme un oreiller, l'autre aligné le long du torse. La victime semblait s'être endormie là, dans ce coffre, et avoir été oubliée. Alexane s'imagina mille scénarios possibles, plus morbides les uns que les autres.

Le légiste sollicita l'intervention d'un technicien pour effectuer un examen sous éclairage ultraviolet. Il souhaitait repérer les fluides biologiques tant sur la victime que sur ses vêtements : sang, sperme, salive, urine… Toute trace pouvait être un indice utile pour la suite. Avec l'aide de cotons-tiges, de nombreux prélèvements furent réalisés. La substitute Delatour revint sur ses pas, mais resta à distance. Le rouge sur ses lèvres avait disparu, les couleurs de ses joues aussi. Chemet sortit un dictaphone de sa poche et enregistra à brûle-pourpoint ses premières impressions.

— Nous avons affaire à un enfant de sexe féminin, de race caucasienne, cheveux blonds, dans les huit ans. Elle est en position fœtale, le bras droit placé sous la tête. Pas de liens au niveau des poignets ou des chevilles. Les ongles sont abîmés et recouverts de poussière blanche. Elle porte un pyjama léger. Vu son état général, je dirais que la fillette est dans le coffre depuis quatre à huit jours.

— Cela correspondrait à ce qui a été noté dans le constat du dossier de la fourrière. Le véhicule était immobilisé depuis une semaine sur un emplacement de livraison, releva Alexane.

— Une idée de la cause du décès ? embraya Delatour.

— Je ne peux pas vous affirmer si elle était vivante ou déjà morte quand elle a été placée là-dedans, alors les causes exactes du décès ! Un étranglement ? Un étouffement ? Une noyade ? Cela reste vague. Est-ce un accident domestique ? Quelqu'un, pris de panique, aurait voulu dissimuler le corps ? Tout est envisageable. À première vue, je ne décèle pas de plaies apparentes, ni de traces de sang. Il faut la déplacer. Je ne peux pas procéder à un examen approfondi dans ces conditions.

— Je vais demander une housse plastifiée aux techniciens.

— Si vous pouviez aussi solliciter l'aide de deux de vos hommes, commandante ? J'ai besoin de bras supplémentaires.

Alexane répondit par un signe de tête.

Cinq minutes plus tard, une bâche étalée à même le sol attendait d'accueillir la jeune victime. Thierry et Stéphane vinrent prêter main-forte au Dr Chemet. L'un passa ses mains sous les aisselles, l'autre s'empara des jambes. Le médecin légiste se positionna au niveau de la tête, partie délicate qui pouvait se détacher du reste du corps au moindre geste brusque.

— OK, messieurs. À trois, on soulève. Tenez-vous prêts ! 1… 2… 3.

Les policiers s'exécutèrent. L'opération effectuée avec succès, Chemet mit les genoux à terre et s'attela à l'examen du corps. Stéphane partit poursuivre ses auditions de témoins, Thierry resta pour les constatations. Avec Alexane, ils observèrent les gestes précis du légiste dans sa quête de la vérité.

— J'ai une fibre sous l'annulaire gauche.

Un technicien préleva la matière en question, puis la mit sous scellé avec l'aide de Thierry. Chemet continua son inspection avec minutie. Rien d'autre de probant ne fut détecté. Les mains et les pieds furent isolés dans des sacs en papier, le pyjama brossé par un rouleau adhésif pour collecter tous poils et fibres. Ces premières investigations terminées, Chemet s'attaqua au découpage du vêtement avec une paire de ciseaux.

Alexane s'éloigna. Une envie soudaine d'avoir quelques secondes de répit avant de replonger dans l'atrocité du crime commis. Elle passa devant la substitute qui n'avait pas retrouvé ses couleurs. *Dure affaire pour un début de carrière*, pensa-t-elle. Elle profita de cette pause méritée pour contacter son cinquième de groupe resté au Bastion. Il décrocha à la première sonnerie.

— Salut Jérôme. C'est Alexane. Tu peux lancer une recherche dans le FPR[1] ?

— Vas-y, je t'écoute.

— On a retrouvé une gamine dans le coffre d'un véhicule qui stationnait dans le XIe. Type européen, blonde, entre 8 et 12 ans. Elle est en pyjama de couleur grise. La date du décès a été estimée entre le 25 et le 29 août.

— OK, je m'en occupe. Je t'appelle si je trouve une correspondance.

La policière raccrocha. Elle espérait obtenir des nouvelles dans la matinée. Alors qu'elle revenait sur ses pas, son cœur se serra. Pauvre gosse ! Elle n'osait pas imaginer la détresse des parents. Ils devaient être rongés par l'angoisse. Qu'allaient-ils advenir quand ils apprendraient le sort de leur fille ? Certains jours, elle détestait son métier. Elle ferma les yeux et respira un grand coup. Il ne fallait pas fléchir. Prendre du recul était un impératif du métier. Elle avait toujours détesté les dossiers impliquant des enfants. Hier, elle se plaignait des cas futiles qu'on lui confiait. Aujourd'hui, elle se serait bien passée de cette affaire.

Quand elle arriva à hauteur du médecin légiste, celui-ci se relevait péniblement. Une auréole marquait le dos de sa chemise.

1. FPR : fichier des personnes recherchées.

— Je peux vous donner mes premières conclusions.

La substitute qui était restée à une distance raisonnable de la scène de crime s'approcha. Quand le légiste fut certain de capter l'attention de ses deux interlocutrices, il annonça :

— L'autopsie nous donnera plus de précision, mais je pense que nous sommes devant un cas de mort par asphyxie. La coloration bleutée de la peau au niveau du visage, du cou, du thorax et des ongles sont des signes *post mortem* spécifiques.

— Elle est morte étranglée ? questionna la magistrate.

— Pas obligatoirement. Plusieurs hypothèses peuvent être envisagées à ce stade : noyade, nourriture coincée entraînant une suffocation, strangulation, pendaison, étouffement à l'aide d'un coussin.

— Il peut autant s'agir d'un homicide volontaire que d'un accident domestique, si je comprends bien, conclut Alexane.

— Tout à fait, ma chère. L'autopsie nous éclairera davantage sur le sujet.

— Il serait judicieux de la planifier au plus tôt, docteur Chemet, intervint Delatour. Plus vite la cause du décès sera connue, mieux je pourrai orienter mon enquête.

Le ton était glacial et condescendant. Le légiste manifesta de l'agacement devant ce changement de comportement. Alexane sourit sous cape. *Junior la magistrate, mais autoritaire.* La flic apprécia. Elle préférait cela à la jeune femme qui vomissait entre deux voitures quelques minutes auparavant.

— Mercredi matin à la première heure, répondit sèchement Chemet.

— J'aurai préféré demain, mais j'imagine que vous avez un emploi du temps serré. On fera avec. Commandante, je compte sur vous pour me communiquer régulièrement l'avancement de vos investigations. On se revoit donc tous les trois à l'institut médico-légal dans un peu plus de vingt-quatre heures. Nous sommes bien d'accord : l'identification de la victime est notre priorité. Au revoir.

Sur ces paroles, elle regagna la sortie de la fourrière d'un pas décidé. Ce fut au tour de Chemet de rire devant l'air médusé d'Alexane.

— On va bien se marrer avec la petite ! Pas d'expérience, donc on prend de grands airs. Bon courage, commandante. Moi, après l'autopsie, j'en serai débarrassé, mais vous…

— N'oubliez pas que j'ai Noiret à la maison… Je suis à bonne école !

Chemet rit à gorge déployée. Quelques têtes se retournèrent.

Après l'avoir salué, Alexane emprunta la direction du préfabriqué. Elle espérait s'y rafraîchir, et faire un premier point avec ses hommes. Elle surprit ses collègues plantés devant le ventilateur.

— Alors, les trois mousquetaires ? On ne transpire pas trop, j'espère !

Côme sursauta, ce qui fit rire ses deux acolytes. Il sortit précipitamment un calepin de sa poche.

— J'allais venir vous… te voir. J'ai eu la société à qui appartient l'Audi. Il s'agit d'une voiture de fonction attribuée à leur responsable commercial, un certain… Attends, j'ai noté son nom sur mon bloc-notes… Voilà… Nicolas Rousset.

5

10 h 45, villa Rochefoucauld, 12 rue Moreau-Vauthier, Boulogne-Billancourt

Emily posa les sacs sur le sol de la cuisine. Ses vêtements collaient à sa peau. Elle dégoulinait de sueur. L'ascenseur était en panne un jour sur deux, elle avait dû gravir les trois étages à pied. Les restes du petit-déjeuner reposaient sur la table. Elle n'avait pas eu le temps de débarrasser avant le départ pour l'école. Elle entrouvrit la fenêtre, elle étouffait. Un vent modéré entra dans la pièce, rafraîchissant l'atmosphère.

La jeune femme entreprit de ranger les courses, et de remplir le lave-vaisselle. Ces tâches accomplies, elle fit le tour de l'appartement. Elle voulait s'assurer que son mari n'était pas venu prendre des affaires pendant son absence. Elle commença par la chambre de Noah. Tout semblait à sa place. Elle en profita pour tirer la couette, puis passa à la pièce suivante. Salon, bureau, salle de bains. Rien ne l'interpella. Elle finit son inspection par sa chambre. Elle ouvrit le placard. Aucun vêtement n'avait disparu. Il n'avait pas remis les pieds à leur domicile depuis qu'il avait claqué la porte huit jours auparavant. Elle se demanda si ce n'était pas le moment propice pour faire changer la serrure.

Elle retourna dans le bureau et s'installa derrière l'écran de son ordinateur. Elle entama une recherche pour un serrurier. Alors qu'elle surfait sur la Toile, une vague de chaleur l'envahit. Ses mains se mirent à trembler. Elle lâcha la souris. Elle se sentait oppressée. Elle quitta la pièce précipitamment, et alla se réfugier dans la salle de bains. Elle retira ses vêtements, entra dans la baignoire et alluma le jet. Elle positionna le mitigeur au milieu. Une eau tiède et bienfaitrice l'enveloppa. Elle commença à se détendre. Elle effleura son visage du bout des doigts. Son maquillage coulait, mais c'était le cadet de ses soucis. Cela faisait une semaine qu'elle était à cran… Depuis le dernier coup de poing… Le bleu sur sa joue s'estompait de jour en jour. Grâce au fond de teint, elle avait réussi à faire bonne figure auprès de son fils et de son entourage. Elle ne s'était pas présentée au commissariat du quartier pour porter plainte. Elle avait hésité. Elle avait marché jusqu'au poste de police à plusieurs reprises ces derniers jours, sans oser en franchir les portes.

Elle avait pris son hématome en photo le lendemain du drame. Le cliché était caché dans un dossier de son smartphone. Il pourrait constituer une pièce à conviction utile pour la suite, dans le cadre d'une procédure de divorce, par exemple. Son mari, n'avait-il pas abandonné le foyer conjugal ? Cela pouvait devenir un atout si elle décidait de le quitter. Elle chercherait un emploi pour subvenir à ses besoins et à ceux de Noah. Elle retournerait à l'hôpital. Elle n'avait pas exercé depuis la naissance de son fils. Mais après une remise à niveau, elle pourrait reprendre son métier de sage-femme sans trop de difficulté. Les services de maternité fonctionnaient en sous-effectifs dans la majorité des cliniques. Il ne serait pas compliqué de trouver une place. Avec une pension alimentaire en complément, elle pourrait parfaitement faire face.

Elle sortit de la douche, revigorée, enfila de nouveaux sous-vêtements et remit les habits qu'elle portait le matin quand elle avait accompagné Noah à l'école. Cinq minutes plus tard, elle passait les premiers coups de fil pour sa nouvelle vie :

— Oui, Bonjour. Je vous appelle, car je souhaiterais changer ma serrure…

❖

— Tu tournes à gauche, rue du Général-Gallieni, et d'ici cent mètres, tu prendras à droite.

— Oui, commandante.

— Je t'ai déjà dit de m'appeler Alexane ! Surtout lorsque nous sommes tous les deux dans une voiture !

— OK.

— Voilà, c'est ici. Gare-toi dès que tu vois une place.

Côme trouva un emplacement vingt mètres plus loin, à deux pas de l'adresse indiquée. Numéro 20. Les deux officiers de la Crim' se retrouvèrent devant une maison des années 1930. Les alentours étaient agréables : quartier pavillonnaire et calme, proche de la forêt de Fausses-Reposes. Derrière le portail et des hauts murs, ils aperçurent une grande pelouse au milieu de laquelle trônait un toboggan en plastique. Pendant quelques secondes, ils visualisèrent tous les deux la petite victime usant ses culottes sur ce jouet. Alors que Côme s'apprêtait à sonner, Alexane le stoppa.

— Tu peux me refaire un topo sur la conversation que tu as eue tout à l'heure avec la RH concernant ce Nicolas Rousset ?

— Oui. Il travaille depuis dix ans pour l'entreprise. Il a commencé comme commercial, et aujourd'hui il chapeaute l'ensemble des commerciaux sur la France. Pour info, c'est une société de cosmétique de luxe. Rousset a toujours eu de très bons résultats jusque-là, mais depuis six mois, son comportement a littéralement changé. Il a récolté trois avertissements pour absentéisme injustifié et là, il ne s'est pas présenté au bureau depuis une semaine. C'est la goutte d'eau. Une procédure de licenciement a été lancée.

— Une semaine… Cela correspondrait avec le décès de notre victime !

— Tu penses à quoi ?

— À rien… Première leçon, Côme : quand tu es à la Crim', les faits et rien que les faits. Oublie les apparences, sinon tu risques de fermer des portes et de passer à côté de toute une affaire.

— Entendu. Autre chose que je dois savoir avant de sonner ?

— Oui, tu me laisses parler et tu prends des notes. Maintenant, tu peux appuyer sur la sonnette.

Deux minutes plus tard, une femme tout en rondeur vint les accueillir, un tablier noué autour de la taille.

Elle ne ressemblait en rien à une mère abattue par la disparition d'un enfant. Son sourire chaleureux finit de déstabiliser Alexane et son jeune collègue.

— Bonjour, madame. Commandante Laroche, officier Tellier. Nous sommes de la brigade criminelle. Nous cherchons Nicolas Rousset. Est-ce que ce nom vous dit quelque chose ?

— Monsieur Rousset ? Cela fait un moment qu'il n'habite plus ici.

6

11 h 50, 20 rue Guinon, Viroflay, région Île-de-France

Côme tendit la main et se servit un énième biscuit qu'il engloutit. Assise sur le canapé, sa supérieure lui lança un regard assassin. Madame Millet revint avec un plateau où trois cafés tanguaient dangereusement.

— Je n'ai que vingt minutes. Je dois aller chercher mes enfants à l'école. J'ai posé ma journée pour la rentrée. Aujourd'hui, ils n'iront pas à la cantine.

— C'est amplement suffisant. Merci. Vous nous disiez donc que vous aviez acquis cette propriété auprès de monsieur Rousset il y a une dizaine d'années…

— Oui, au cours de l'été 2009. Nous avons eu un réel coup de foudre pour cette maison avec mon conjoint. Elle n'est pas immense, mais elle est proche de la gare, et présente l'avantage non négligeable d'avoir un véritable jardin.

— Donc, monsieur Rousset ?

— Oui, pardon. La vente a été rondement menée. Monsieur Rousset avait hâte de partir. Une histoire traumatisante, le pauvre ! Il venait de perdre sa femme. Ils avaient acheté la maison l'année précédente, fait pas mal de travaux et… le voilà veuf… si jeune. Il avait trente-cinq ans à l'époque.

— Et vous avez une idée de l'endroit où il souhaitait s'installer ?

— Pas du tout. La dernière fois que je l'ai vu, nous étions chez le notaire pour la signature de la vente. Il n'a pas beaucoup parlé et paraissait déprimé.

— Merci beaucoup, madame. Nous n'allons pas vous déranger plus longtemps.

Dehors, Alexane sortit une cigarette et en proposa une à Côme qui refusa.

— Nous voilà bien avancés ! Qu'est-ce qu'on fait à présent ?

— On va déjeuner ? Si tu as encore de l'appétit après tous les gâteaux que tu viens d'engloutir !

❖

Emily n'avait pas vu la journée passer. Les heures avaient défilé à la vitesse grand V derrière l'écran de son ordinateur. Une pile de feuilles imprimées au cours de l'après-midi jonchait le sol. Les mots : avocat, garde, maltraitance, main courante, divorce, étaient les thèmes prédominants abordés dans ces lignes. Elle effaça l'historique avant d'éteindre la machine. Elle rassembla les documents sans prendre le temps de les trier, et les cacha sous son matelas. Elle les étudierait à tête reposée ce soir quand Noah serait couché… Et si son mari restait toujours aux abonnés absents.

Elle prit son sac à main, vérifia son maquillage dans la glace de l'entrée et claqua la porte. Comme elle l'avait promis à Noah, elle fit une halte à la boulangerie, les Saines Saveurs, rue Escudier. En plus d'un pain au chocolat, elle s'offrit un chausson aux pommes en guise de déjeuner-goûter. Elle arriva devant les portes de l'école au moment où la sonnerie retentissait. Des parents discutaient en groupes restreints en attendant leurs rejetons. Elle s'efforça de lancer quelques sourires à la dérobée, mais son attitude crispée et distante n'invitait pas à la rejoindre. Elle n'avait pas l'énergie de faire semblant, comme si tout allait bien, alors que sa vie volait en éclats. Elle réservait ses sourires et le peu de vitalité qui lui restait à son fils.

Noah apparut deux minutes plus tard, ravi de sa journée. La maîtresse était gentille, il était assis à côté de Timothée, et une sortie scolaire au jardin des plantes était prévue dans les prochaines semaines. Sa bonne humeur était contagieuse. Emily lui proposa de marcher jusqu'au square Léon-Blum pour dévorer leurs pâtisseries. Le petit garçon accepta avec joie, et donna son cartable à sa maman. Arrivés sur place, ils eurent du mal à trouver un banc disponible. Tous les parents avaient eu la même idée en ce jour de rentrée. Ils restèrent une heure durant laquelle Noah se défoula en tapant dans un ballon avec d'autres enfants. Sur le chemin du retour, les joues rougies par l'effort, il raconta sa journée en détail à sa maman. Quand ils furent arrivés devant l'immeuble, une question de son enfant ramena Emily à sa stricte réalité.

— Maman, tu crois qu'il va revenir papa ?

— Oui, bien sûr.

— Moi, je n'ai pas envie qu'il rentre.

— Pourquoi tu dis cela ?

— Parce qu'il est méchant… avec toi.

Emily ne sut que répondre à son petit garçon de 8 ans. Elle serra les dents pour ne pas pleurer.

— Maman ?

— Oui, chéri ?

— Et Jade, elle va revenir à la maison ?

7

19 h 15, boulevard Flandrin, XVIe arrondissement, Paris

Les portes du RER C s'ouvrirent. Alexane quitta la rame et se dirigea vers la sortie. Dehors, la circulation était dense, et les terrasses des bars étaient prises d'assaut. Le soleil était encore haut dans le ciel, elle n'éprouvait aucune envie de rentrer chez elle. La perspective de se retrouver dans un appartement vide la déprimait. Raphaël était en Chine, Arthur en Bretagne, Charles à son cabinet. Elle n'avait pas eu le temps de faire des courses depuis leur retour. Acheter trois bricoles au supermarché du coin pour le dîner ne l'enchantait guère. Elle passa devant son immeuble, et continua son chemin. Elle marcha 200 mètres puis franchit les portes de sa brasserie de prédilection, Le Chalet. Elle salua de la main Fabrice, le patron des lieux, et un ami de longue date, se faufila parmi les clients déjà nombreux autour du bar, emprunta l'escalier du fond et rejoignit la terrasse où elle trouva une table pour deux. Elle commanda un verre de chablis et envoya un texto à Charles, l'invitant à la rejoindre.

Vingt minutes plus tard, son mari prenait place en face d'elle. À cinquante ans passés, il demeurait un très bel homme. Son teint hâlé faisait ressortir ses yeux clairs, et les cernes qui habituellement marquaient son regard avaient disparu. Il semblait dans une forme olympique.

— Tu as commencé au chablis. Moi, je vais prendre un mojito. Une prolongation de notre séjour dans le Midi. Excellente idée cette petite soirée improvisée.

— J'étais en train de me rappeler l'époque où l'on prenait le petit-déjeuner tous les quatre au Chalet les jours de rentrée.

— Ah oui, je m'en souviens. Fabrice prévoyait généralement une boîte de Chocapic en cuisine pour Arthur qui ne voulait pas goûter aux croissants. Maintenant, ils ont quitté le nid.

— Attends, Arthur rentre à la fac, mais il vit encore à la maison.

— Ne te fais pas d'illusion, Alexane. Tu ne le verras que lorsqu'il faudra laver son linge !

— Génial !

— On va se retrouver comme avant, rien que toi et moi. Bon, allez, raconte-moi. Cette journée de reprise ?

— Le corps d'une petite fille retrouvé dans un coffre… La routine, quoi ! Une enquête comme je les aime impliquant un enfant, des parents introuvables… La belle vie !

— Ah, en effet… Un peu dure pour un retour de vacances. Et ton junior, alors ? Sympa ?

— Oui, ce fut la bonne surprise. Il s'appelle Côme. Il sort de l'école de police, mais il percute vite. Le groupe l'a déjà adopté. Et toi ?

— Rien de spécial. Ah si, j'ai déjeuné avec une avocate qui vient de se mettre à son compte. On a partagé notre quotidien… et nos galères. Figure-toi qu'elle était dans un des meilleurs cabinets pénalistes de Paris. Alors qu'elle venait de remporter un procès médiatique et d'obtenir le poste d'associé, elle a tout plaqué.

— Je la connais ?

— Peut-être… Elle assurait la défense de Mathieu Murlot. Tu sais, l'étudiant en médecine accusé d'un double homicide l'année dernière. Il y a eu pas mal de papiers dans la presse.

— Pauline Carel ?

— Voilà. Eh bien, nous avons passé un bon moment ensemble. Une fille brillante.

— Il faut le dire vite.

— N'oublie pas que dans l'affaire Murlot justement, elle a réussi à faire acquitter un homme que tout accusait.

— Tu veux que je te rappelle la liste des violeurs et des pédophiles qu'elle a défendus ? Une calamité cette nana ! Nos gars dépensent une énergie folle à récolter des preuves contre ces salopards pour la voir réduire leurs efforts à néant lors du procès.

— Je lui ai proposé de nous associer.

— C'est une plaisanterie !

La musique du générique de la série *Starsky et Hutch* retentit. Alexane, gênée et quelque peu énervée par la tournure que prenait la conversation, sortit son portable coincé dans la poche arrière de son jean. Son fils Raphaël s'était amusé à changer sa sonnerie, et elle ne savait comment la modifier.

— Excuse-moi, c'est Jérôme. C'est sûrement important… Oui, Jérôme… Non, tu ne me déranges pas. Je t'écoute… Quand ? Très bien. Contacte le reste du groupe et demande-leur de me retrouver là-bas demain matin. Super. À demain.

— Bonne nouvelle ?

— Peut-être. On a retrouvé la trace du propriétaire de la voiture dans laquelle a été découverte notre victime.

❖

Pauline Carel raccrocha. Elle venait de consacrer une heure à son conseiller bancaire pour le rassurer sur ses futures rentrées d'argent. La situation n'était pas encore critique, mais elle devait trouver une solution, et vite. Depuis qu'elle avait claqué la porte du cabinet Brayard pour faire cavalier seul, les affaires étaient moins florissantes. Défendre la veuve et l'orphelin n'était pas lucratif, et son loyer boulevard de Courcelles était conséquent. Elle éteignit son ordinateur, rangea son bureau.

Elle attrapa son sac à main et une carte de visite tomba à terre. Elle se pencha pour la ramasser. Elle lut le nom inscrit dessus : Charles Laroche. Ils se croisaient régulièrement dans les couloirs du tribunal. Après les sourires à distance et les signes de main pour se saluer, Charles était venu à sa rencontre dans la matinée. Elle savait qui il était, et réciproquement. Le nouveau Palais de justice avait beau faire 62 000 mètres carrés, elle apercevait toujours les mêmes confrères et les rumeurs en interne allaient bon train. Il l'avait invitée à déjeuner. Elle avait accepté par curiosité, et n'avait pas regretté son choix. Charles était un avocat de grande expérience qui sortait d'un coup dur. Il avait été sincère avec elle, et n'avait pas dissimulé ses difficultés à se retrouver seul, après vingt ans passés à exercer au sein d'une équipe. Le nom de son ancien associé, aujourd'hui enfermé dans une cellule, Philippe Dubontel, fut évoqué. Charles s'était dévoilé. Sans filtre, il avait parlé du scandale qui avait touché son cabinet. Pauline avait été touchée par cette marque de confiance. Alors qu'ils savouraient un café avant de repartir à leurs occupations respectives, il lui avait glissé sa carte, et avait évoqué l'idée d'un partenariat. Elle lui avait promis d'y réfléchir. En fermant à clé la porte de son bureau, elle se dit que, vu l'état de ses finances, cette proposition tombait à point nommé.

Elle s'engouffra dans l'ascenseur et s'assura de l'heure sur sa montre pour la troisième fois d'affilée : 19 h 42. Elle allait devoir marcher d'un bon pas si elle ne voulait pas être en retard à son rendez-vous. Le coup de fil de son banquier avait perturbé son planning. Dès la porte cochère de son immeuble franchie, elle tourna à gauche et s'engagea boulevard de Courcelles en petites foulées. La température était douce. Elle longea le parc Monceau perdue dans ses pensées. Il lui avait fallu plusieurs semaines de réflexion avant qu'elle ose franchir le pas, mais maintenant qu'elle était sûre d'elle, il était hors de question de remettre à demain son projet. Elle avait passé des heures à naviguer sur la Toile, à se renseigner sur la meilleure technique à adopter : traditionnelle ou moderne, à éplucher le nom de professionnels qui proposaient ce service, et à choisir son motif. Un dessin gravé dans sa chair pour la vie, il s'agissait de ne pas se tromper.

Arrivée à hauteur de la bouche de métro Villiers, elle traversa et prit la rue de Lévis. Elle fut surprise par le monde. Les terrasses grouillaient de Parisiens heureux de se détendre après leur journée de travail. Elle se faufila comme elle put sans réduire sa cadence. Devant la devanture d'une boulangerie, elle freina. Son ventre criait famine. Elle s'engouffra à l'intérieur et s'offrit un sandwich jambon-fromage. Le temps de payer, elle avait perdu trois minutes. Encore 250 mètres à parcourir avant d'arriver à destination. Elle extirpa son casse-croûte de son emballage et mordit dans le pain. À 20 heures pile, elle entra dans la boutique My Body Art, rue Dulong, la bouche pleine et avec de légères auréoles sous les bras.

Pauline eut l'impression d'entrer dans un antre. D'après ce qu'elle avait lu sur Internet, ce lieu fondé par une seule et même famille dix ans auparavant avait la particularité de réunir trois activités : un salon de coiffure, une galerie d'art et un studio de tatouage. Elle ne fut pas déçue par ce qu'elle découvrit derrière les portes. Elle était au bon endroit. Une femme asiatique l'accueillit d'un sourire derrière un comptoir.

— Bonjour, j'ai rendez-vous avec Nam.

— Pauline, c'est ça ?

— Oui.

— Nam sera là dans cinq minutes.

— OK.

— Vous avez apporté votre dessin ?

— Euh oui, il est dans mon sac.

— Vous pouvez me le donner ?

— Oui, bien sûr. Attendez, il est… Le voilà.

8

Mardi 3 septembre 2019, 2 h 51, villa Rochefoucauld, 12 rue Moreau-Vauthier, Boulogne-Billancourt

Sensation de froid sur sa joue, une douleur à la tête qui lui arrachait une grimace. Elle entrouvrit un œil. Une lumière éblouissante, de couleur bleue, accrochait sa rétine… Elle était allongée sur du carrelage. Combien de temps était-elle restée inconsciente ? Une minute ? Une heure ? Elle se redressa avec difficulté. Elle transpirait. Une remontée acide partait de ses entrailles et lui brûlait la gorge. Elle se cala contre le mur et étendit les jambes. Des taches de sang sur le sol. Elle passa une main sur son visage. Son nez saignait. Elle se concentra sur sa respiration. Elle était perdue. Elle ignorait ce qu'elle faisait ici. La pièce lui était étrangère. Ses yeux rencontrèrent une baignoire. Un pommeau de douche était accroché à une barre de métal. Elle l'observa un moment. Une goutte s'en échappait de temps à autre. Elle n'osa pas bouger. Elle allait défaillir. Elle devait se concentrer. Réfléchir. Ne pas paniquer. Elle poursuivit l'exploration de la pièce, distingua une fenêtre.

Une nuit d'encre, comme le trou noir qui envahissait son cerveau. Elle ne se souvenait de rien.

Elle était dans une salle de bains. L'endroit était propre et moderne. Il y avait un lavabo, une machine à laver le linge dans un renfoncement, un sèche-serviette accroché sur un des murs. Trois peignoirs pendaient à des crochets : un grand blanc en coton, un autre de couleur beige et un plus petit, rose. Une inscription était brodée dessus. Elle plissa les yeux, et déchiffra les lettres : M.A.Y.A. Une petite fille vivait ici. Où était-elle ? Elle se frotta le crâne, devina une bosse. Elle avait mal, elle avait froid. Sa main était rougie de sang. Avait-elle été agressée ? Maudit trou noir ! Elle tendit l'oreille. Le vent soufflait dehors par rafales. Pas d'autres bruits. Elle se décida à se lever.

Délicatement, elle replia ses jambes, posa ses paumes sur le sol. Elle se retrouva à quatre pattes. La tête lui tournait. Elle devait rester calme, se concentrer sur sa respiration. Elle inspira profondément, puis expira lentement pendant de longues secondes. Les battements de son cœur devinrent plus réguliers. La tension dans ses épaules s'évanouit. Elle tendit un bras et attrapa le rebord du lavabo. Elle pouvait y parvenir en tirant de toutes ses forces. Elle poussa un cri pour se donner du courage et se hissa centimètre par centimètre. Un pied, puis l'autre. Sa victoire ne fut que de courte durée. Elle fut prise d'un haut-le-cœur. Elle pencha son visage au-dessus de la vasque, eut peur de vomir. Elle cracha un peu de salive, tourna le robinet. Un filet d'eau froide. Elle s'aspergea le visage. Coup de fouet. Elle releva la tête. L'image que renvoyait le miroir lui était inconnue. Les yeux de cette femme étaient injectés de sang, sa lèvre fendue. Un bleu dévorait sa joue gauche. Elle semblait exténuée. Des cernes creusaient ses paupières, alourdissant son regard. Quel âge pouvait-elle avoir ? 20 ans ? 25 ans, au grand maximum. Elle était en plein cauchemar.

Elle ferma les yeux, puis les rouvrit doucement. L'image n'avait pas changé. Elle ne savait plus qui elle était. Une nouvelle goutte tomba. Le bruit n'était pas sourd. Dans le reflet du miroir, elle observa ces perles d'eau qui tombaient une à une dans la baignoire. Elle n'était pas vide. Un bain avait été coulé. Une forme apparut dans son champ de vision. De quoi s'agissait-il ? Elle se retourna lentement. Vision d'horreur… Elle voulut pousser un cri, mais le son resta coincé dans sa gorge. Elle avança d'un pas sur le carrelage froid. Elle espérait se tromper, être victime d'une hallucination. Non… Un corps fluet flottait… Sa couleur bleue ne laissait aucun doute quant à ses chances de survie… Un électrochoc dans son cerveau… Maya !

Elle se précipita sur ce petit être. Elle l'arracha de son tombeau liquide. Le corps était lourd, inerte. Les cheveux défaits le long du visage répandaient de l'eau sur le sol. Elle n'avait plus de force, elle vacilla. Elle se saisit d'une serviette et enveloppa de sa douceur cette poupée sans vie. Elle la serra dans ses bras. Sa tête froide reposait sur sa poitrine brûlante. Elle la berça. Elle retrouva sa voix, et se mit à chantonner :

« Bonne nuit, cher trésor,
Ferme tes yeux et dors.
Laisse ta tête, s'envoler,
Au creux de ton oreiller.

Un beau rêve passera,
Et tu l'attraperas.
Un beau rêve passera,
Et tu le retiendras. »

Emily se réveilla en sursaut. Elle haletait, ses draps étaient trempés de sueur. Ce cauchemar était revenu la hanter. Il surgissait à chaque période de stress. Elle attrapa son oreiller et le mordit à pleine dents pour ne pas hurler.

9

8 h 05, square des Tilleuls, rue Escudier, Boulogne-Billancourt

Nicolas écrasa son mégot sur le bord de la poubelle, puis le jeta. Caché derrière un bosquet, il scruta la rue devant lui. Depuis vingt minutes, il attendait de les apercevoir. Il espérait qu'Emily n'emprunterait pas la rue Gambetta pour déposer Noah à l'école, mais passerait par la rue Bartholdi comme à son habitude. Une femme âgée, accompagnée d'un caniche, le dévisagea. Son comportement étrange et son accoutrement ne jouaient pas en sa faveur. Un short crasseux, un tee-shirt constellé de taches brunâtres, une barbe d'une semaine qui lui mangeait les joues constituaient la panoplie d'un homme pas net. Il n'avait emporté que peu de vêtements lors de son départ précipité, et n'avait pas pensé à se rendre dans une laverie. Pour donner le change, il étendit sa jambe contre la barrière. Il devenait ainsi un jogger qui s'étirait après l'effort, et non plus un psychopathe qui semblait épier sa prochaine proie ! La vieille femme reprit sa marche, et passa devant la barrière du square en tirant sur la laisse de son chien. Nicolas put reprendre sa position initiale d'observation. Il scruta sa montre, ils ne devraient plus tarder. Deux minutes plus tard, il aperçut sa femme et son fils qui traversaient au passage piéton. Noah finissait un petit pain au lait. Emily lui tenait la main, et riait. Ils ne paraissaient pas traumatisés par son absence prolongée. Qu'espérait-il ?

8 h 16. Nicolas partit dans le sens inverse. Il disposait de quinze minutes avant le retour d'Emily. Cette fourchette de temps était suffisante pour lui permettre de retourner dans l'appartement, de se raser, d'enfiler une tenue correcte, et de repartir incognito. Les ressources humaines l'attendaient à 9 h 30 dans les locaux de Neuilly. Il se devait d'être impeccable pour cet entretien de la dernière chance. S'il lui restait une infime possibilité de sauvegarder son emploi, il devait la saisir. Il ne pouvait se présenter dans une tenue négligée. Ce matin, récupérer une veste et un pantalon était devenu vital.

Quelques foulées plus tard, il arriva transpirant devant les portes de son immeuble. Il pria pour ne croiser personne de sa connaissance. Il composa le code, puis pénétra dans le hall. Il emprunta les escaliers pour accéder au troisième étage. Arrivé sur le palier, il sortit les clés de sa poche et entra sans difficulté. Emily n'avait pas fait changer la serrure. Il ne se faisait aucune illusion sur le sujet : elle allait s'en charger dans les prochains jours, voire dans les prochaines heures. Il ferma derrière lui, et se précipita dans la chambre.

Il fut soulagé de constater que ses affaires n'avaient pas été mises à la poubelle. Il choisit une veste bleu marine légère, un pantalon beige en coton, une chemise blanche qu'il déposa sur le lit. Il n'avait pas le temps pour une douche. Il se dévêtit, alla dans la salle de bains, se rafraîchit rapidement au-dessus du lavabo, puis alluma son rasoir électrique. Un bruit. Il stoppa net tout mouvement. Son cœur s'accéléra. Il tendit l'oreille. Emily était-elle de retour ? Non, il disposait de cinq minutes encore. Il s'agissait sûrement du voisin partant travailler.

Les mains tremblantes, il finit péniblement de se préparer. Comment en était-il arrivé là ? Avoir peur de sa propre femme… Il devait se ressaisir. Il prit une grande inspiration, puis s'habilla, ramassa ses vêtements sales, et se dirigea vers l'entrée. Le quart d'heure était écoulé, il n'avait plus de temps pour récupérer d'autres effets personnels. Emily devait être au coin de la rue.

Dans l'entrée, il marqua une seconde d'hésitation. Son regard se porta sur la console. Le trousseau de clés permettant l'accès au sous-sol dormait dans le tiroir. Une deuxième occasion ne se présenterait pas. Il tendit la main, puis arrêta son geste. Il n'y avait qu'un jeu de clés pour ouvrir la cave. Il ne pouvait le prendre s'il ne le remettait pas à sa place dans la journée. L'enjeu était trop important. Pourquoi n'avait-il pas fait faire un double ? Il porta une main à sa bouche et s'attaqua à ses ongles. Il s'en voulait d'être si faible. Le moment venu, il s'y rendrait. Aujourd'hui, il n'était pas armé pour assumer. Il entrebâilla la porte avec appréhension. Il ne souhaitait pas se retrouver nez à nez avec Emily après ce qui s'était passé le soir de sa fuite.

Personne dans le couloir. Il s'aventura sur le palier. Premier tour de clé, la lumière du plafonnier s'alluma. Le mécanisme de l'ascenseur se mit en marche. Paniqué, il resta figé sur place. Des gouttes de sueur perlèrent sur son front. Vite, agir, faire un dernier tour de clé dans la serrure et monter au quatrième. Il traînait, ses jambes étaient en plomb. Il se trouvait à mi-étage quand l'ascenseur s'arrêta au troisième. La porte s'ouvrit, une odeur puissante de transpiration envahit la cage d'escalier.

— Alors, elle est où cette serrure à changer ma petite dame ?

— Porte de droite.

Nicolas accéda à l'étage supérieur sur la pointe des pieds. À trente secondes près, il se serait retrouvé devant elle, avec ses vêtements sous le bras. Il s'arrêta quelques instants pour reprendre ses esprits. Il devait réfléchir, et quitter cet endroit sinistre au plus vite. Il ne pouvait descendre par les escaliers. Il croiserait le serrurier, et probablement Emily. Il était inenvisageable de prendre un tel risque. Il dut se résoudre à emprunter l'ascenseur. Il actionna le bouton d'appel. Le bruit provenant des entrailles de la machine lui sembla décuplé. En pénétrant dans la cabine, il aperçut son visage dans le miroir. Teint cireux, poches sous les yeux, cheveux hirsutes… Il ne reconnut pas l'homme qui se tenait debout devant la glace. Une larme coula le long de sa joue. Il était à bout.

Rez-de-chaussée. Il jeta ses vêtements sales dans la poubelle de la résidence, sortit de l'immeuble, et se dirigea vers le métro ligne 10. Il avait quarante minutes pour réfléchir à ce qu'il allait pouvoir dire à sa direction. Cette dernière entrevue allait lui ouvrir les portes de l'espoir… ou celles du suicide.

❖

Alexane réajusta son oreillette. Cela faisait une heure que le dispositif pour cueillir Nicolas Rousset était en place. La directrice des ressources humaines de la société Diamant avait contacté la brigade criminelle la veille pour leur signaler un rendez-vous planifié avec leur responsable commercial le lendemain à 9 h 30. Après une semaine de silence radio, elle avait reçu un appel de sa part quémandant une entrevue. L'occasion était inespérée. Ils allaient pouvoir s'entretenir avec leur suspect numéro un dans cette affaire. Pour mettre toutes les chances de leur côté, Alexane et ses hommes s'étaient présentés dans les locaux de cette société de luxe, avenue du Général-de-Gaulle, à Neuilly, tôt dans la matinée. Après un débriefing avec la direction, chacun avait pris sa position. Dès 8 h 30, le groupe était prêt à attraper leur poisson.

— Tout le monde a bien reçu la photo de notre cible ? questionna Alexane.

Six « Oui » se firent écho dans l'oreille de la commandante.

— OK, les gars. On ne bouge pas tant que la fille de l'accueil n'a pas formellement identifié notre bonhomme.

— Notre petit Côme me demande s'il peut faire une pause pipi ! s'amusa le capitaine Revalon.

Des rires fusèrent dans l'oreillette. Alexane fit une grimace. Elle allait perdre un tympan, à ce rythme.

— Allez, on se concentre. Côme, tu apprendras qu'il faut éviter de boire un litre de flotte quand on planque.

La policière entendit fuser quelques vannes, puis le calme revint. Elle décroisa les jambes. Une heure qu'elle se tenait assise sur le canapé de l'accueil à scanner chaque visage entrant et sortant de l'immeuble, une heure qu'elle assistait à un défilé de mode : talons de douze centimètres, sacs à main de créateurs, vestes aux épaules extra-larges, tee-shirts avec des logos *over size*, costumes à rayures... Elle avait l'impression d'être une extraterrestre avec son pantalon noir, sa veste en cuir et ses bottines. Elle bâilla. Elle rêvait d'un grand café. Se lever aux aurores n'était plus de son âge, et elle avait trop forcé sur le chablis hier soir. Elle avait eu une discussion animée avec Charles concernant sa possible association avec maître Pauline Carel. Son mari avait plébiscité les talents de l'avocate et les avantages que pouvait représenter une mise en commun de leurs compétences et de leurs clientèles. Alexane comprenait son enthousiasme devant la pugnacité et l'énergie que pouvait dégager cette jeune femme. Charles se battait seul depuis deux ans pour se refaire un nom dans le milieu et un tel partenariat pourrait le porter plus vite vers les sommets, mais à quel prix ? Elle l'avait cependant mis en garde quant à la réputation de l'avocate. Quelles étaient les véritables raisons de son départ du cabinet Brayard alors que les associés lui déroulaient le tapis rouge ? Était-il prêt à prendre le risque de se lancer dans cette aventure alors que son dernier collaborateur dormait aujourd'hui en prison pour escroquerie ? Charles avait mis fin au débat en soulignant que Pauline ne s'était pas encore prononcée à ce sujet. Alexane n'avait pas renchéri et ils avaient passé le reste du dîner à évoquer leurs souvenirs de vacances autour d'une bonne bouteille.

La commandante étendit les jambes et observa par les baies vitrées le flux rapide des passants. Certains avaient un gobelet de café fumant dans les mains, d'autres semblaient des funambules, sauf que leurs yeux n'étaient pas rivés sur un fil et un balancier, mais sur l'écran de leurs portables. *Des addicts, comme moi*, pensa-t-elle.

Elle croisa le regard de Thierry, son procédurier, qui se tenait dehors, près de l'entrée. Elle l'avait trouvé bien silencieux et distant, la veille. Elle avait compris son comportement en découvrant sur son bureau, en fin d'après-midi, un document qui avait comprimé son estomac : une demande de mutation pour la BRI. Une discussion franche allait être nécessaire. Elle entretenait une relation particulière avec son troisième de groupe, et ce, depuis son premier jour dans l'équipe. Ils avaient résolu des enquêtes difficiles ensemble, qui ne furent pas sans séquelles pour le capitaine. Alcoolisme, enquête avec les bœuf-carottes, son dossier n'était plus blanc comme neige. Elle l'avait défendu sans relâche, même lorsqu'il avait franchi la ligne rouge. Réussirait-elle à le maintenir auprès d'elle, et à le protéger éternellement ? Ils avaient entretenu une brève liaison deux ans auparavant. Ils n'en avaient jamais reparlé. Le temps avait fait son œuvre. Ils continuaient de travailler conjointement sans heurt et avec intelligence. Elle avait espéré qu'il rencontre une fille, et qu'il se stabilise dans sa vie privée. Thierry était toujours célibataire d'après les derniers ragots du groupe. *Quel gâchis !* pensa la commandante. Elle vit le capitaine jeter sa cigarette sur le trottoir, et approcher son kit main libre de ses lèvres.

— Suspect en vue. Je répète, suspect en vue. Il passe la porte.

Alexane sentit une vague d'adrénaline déferler dans son corps. Un homme de grande stature apparut à quelques mètres de là. Il se dirigea vers l'hôtesse d'accueil, occupée au téléphone et peu attentive à son environnement. Alexane ne le quitta pas des yeux, et le jaugea avec son regard de flic. Veste de blazer légèrement froissée, chaussures pas cirées, tache sur le genou droit de son pantalon, teint pâle, poches sous les yeux… L'homme était inquiétant et, par sa carrure, pouvait se révéler dangereux. Sa discussion téléphonique terminée, la jeune fille de l'accueil adressa un grand sourire au nouvel arrivant et l'invita à patienter quelques instants. Le téléphone venait de sonner à nouveau. Le suspect tournait le dos à la policière.

— OK, personne ne bouge. On attend le signal avant d'interpeller. Je vous préviens les gars, notre cible semble agitée, et c'est un sacré morceau. Thierry, tu rentres dans le hall. On ne sera pas trop de quatre pour le serrer. Côme et Stéphane, tenez-vous prêts.

L'hôtesse reposa le combiné du téléphone. Elle s'adressa au visiteur avec un professionnalisme et un sang-froid qui bluffa Alexane. Rien dans ses gestes n'exprimait une crainte ni la moindre inquiétude. La jeune fille réajusta sa queue de cheval – le signal. Nicolas Rousset était identifié.

— C'est notre gars. On arrache.

Nicolas transpirait. Les dés étaient jetés, il allait jouer son avenir dans les prochaines minutes et il savait déjà qu'il ne serait pas à la hauteur. Il n'avait plus la force de mentir, de jouer la comédie. Depuis six ans il se battait pour surmonter ses peurs, cacher ses angoisses, et le vide de son existence. Six ans de souffrance à présenter à son entourage le visage d'un homme conquérant, alors qu'il tremblait chaque jour un peu plus. Il prit une grande inspiration. Il lui restait un dernier acte à jouer avant de disparaître, s'il ne voulait pas tout perdre. La jeune fille de l'accueil lui préparait une carte de visiteur pour franchir la borne d'entrée. Quelle déchéance, lui qui était encore considéré comme le requin du département commercial six mois auparavant !

Au moment de récupérer son badge, il sentit une main ferme envelopper son épaule. Un petit bout de femme se présenta à lui, brandissant une plaque de flic sous son nez. Surpris, il eut un geste de recul. La suite se passa comme dans un cauchemar. En quelques secondes, ses deux mains furent entravées par des menottes, et il se sentit poussé vers la sortie. Il entendit un discours qui n'avait aucun sens : « Vous êtes en garde à vue à compter de 9 h 28, vous avez le droit de garder le silence, de prévenir un membre de votre famille ou de votre entourage, de voir un médecin, de vous faire assister par un avocat de votre choix ou commis d'office, avez-vous bien compris vos droits ? »

Cinq minutes plus tard, une voiture quittait l'avenue du Général-de-Gaulle, toutes sirènes hurlantes.

10

10 h 55, 36 rue du Bastion, salle d'audition 525, XVIIe arrondissement, Paris

Une pièce rectangulaire de 15 mètres carrés, murs blancs, lino gris clair au sol, une table, un ordinateur, quatre chaises noires : ce cadre fonctionnel et impersonnel était le nouvel univers des officiers de la PJ pour mener à bien leurs entretiens. Avant, le gardé à vue allait dans le bureau de l'enquêteur. Aujourd'hui, c'était l'inverse. Fini les victimes, témoins et suspects qui se croisaient dans l'étroit escalier du 36 quai des Orfèvres. Les gardés à vue empruntaient désormais un parcours réservé, du parking aux salles d'interrogatoire, en passant par la zone de fouille et l'espace médical. Un véritable bouleversement dans la culture des officiers, qui apportait son lot d'avantages.

Le capitaine Thierry Garnier reprit son audition.

— Nom ?

— Rousset.

— Prénom ?

— Nicolas.

— Adresse ?

— Villa Rochefoucauld, 12 rue Moreau-Vauthier, à Boulogne-Billancourt. Je peux avoir un verre d'eau ?

— Date de naissance ?

— 3 avril 1974.

— Lieu de naissance ?

— Argenteuil. J'ai vraiment soif !

Thierry stoppa son geste, tourna la tête et lança un regard à Côme assis derrière lui. Le jeune officier saisit le message et quitta la pièce à la recherche d'une bouteille d'eau.

— Je suis désolé, mais je ne comprends pas pourquoi je suis là. Cela fait trois fois que vous me posez les mêmes questions. Oui, j'avoue avoir garé ma voiture sur une place inappropriée. Je le reconnais, et je vais rembourser les frais de fourrière. Je n'ai rien à faire ici.

Les doigts de Thierry recommencèrent à naviguer sur le clavier. Indifférent aux remontrances de son interlocuteur, il avait à cœur de mener son interrogatoire dans les règles de l'art. Il n'éprouvait aucune animosité à l'égard de l'interrogé. Seuls l'intéressaient les faits, dans leur véracité et leur précision ; la quête de la vérité.

— Vous reconnaissez être le propriétaire de l'Audi A3 grise immatriculée : EM 246 XZ ?

— C'est ma voiture de fonction, oui.

— Vous reconnaissez l'avoir garée boulevard Voltaire ?

— Oui, comme je vous l'ai déjà dit. J'ai laissé ma voiture le dimanche 25 août au soir en face de la boucherie, et je n'y ai plus touché depuis. Vous pouvez me dire pourquoi je suis ici exactement ?

— On y arrive, monsieur Rousset. On y arrive.

Alexane, qui assistait à la scène depuis le début, vint s'asseoir sur le bureau où Thierry tapait le procès-verbal. Elle étala une série de photos du corps de la petite fille retrouvée la veille dans le coffre de la voiture en question.

— Je vous en prie, monsieur Rousset. Observez ces photos. Reconnaissez-vous cette enfant ?

Vision d'horreur d'un petit corps… Ce pyjama, ce visage déformé… Non, c'était inconcevable… Des gouttes de transpiration perlèrent sur le front de Nicolas… Son cœur se mit à battre anormalement vite. Sensation d'oppression… Il défit les derniers boutons de sa chemise avec difficulté. Il n'arrivait plus à respirer, l'air lui manquait. Tout son être fut pris de tremblements.

— Putain, il nous fait quoi là ! hurla Thierry.

Les deux flics virent le prévenu s'effondrer par terre.

— Appelle le 15, ordonna Alexane. Il nous fait une crise cardiaque…

❖

Emily était contrariée. Son mari était venu récupérer des affaires. Trois fois rien… Elle n'osait pas imaginer ce qui se serait passé s'ils s'étaient croisés. La serrure était maintenant flambant neuve et solide. Une dépense au-dessus de ses moyens, mais elle ne la regrettait aucunement. Sa sécurité et celle de son fils n'avaient pas de prix. Elle accéléra son pas. Elle avait promis à Noah d'aller le chercher pour le déjeuner, et elle n'était pas en avance. Elle finit le trajet en jetant des regards furtifs derrière son épaule. Impression désagréable d'être suivie.

Il était temps qu'elle prenne les devants si elle ne voulait pas devenir folle. Elle contacterait un avocat dès demain.

Elle arriva une minute avant l'heure de la sortie, légèrement essoufflée. Une cloche sonna, des portes s'ouvrirent, et apparut une horde d'enfants qui courait vers le porche. Noah se jeta dans ses bras. Elle lui ébouriffa les cheveux.

— Ça va mon chéri ? Ta matinée s'est bien passée ?

— Excusez-moi, madame Rousset ?

Emily se trouva nez à nez avec la maîtresse de son fils, une femme d'âge mûr, au sourire chaleureux.

— Noah, peux-tu aller jouer cinq minutes avec tes petits camarades dans la cour, s'il te plaît ? Je souhaiterais discuter avec ta maman.

Le petit garçon partit aussitôt rejoindre la partie de football lancée par les garçons de sa classe.

— Il y a un problème ? interrogea la mère de famille.

— Je ne sais pas. J'ai demandé aux enfants de remplir la feuille de renseignements de leurs parents ce matin. Vous savez la fiche que l'on complète en début d'année pour connaître la profession des parents, les dates d'anniversaire.

— Oui, je vois très bien. Et alors ?

— Noah a marqué que son papa était mort…

11

12 h 50, service des urgences, hôpital Bichat-Claude-Bernard, 46 rue Henri-Huchard, XVIIIe arrondissement, Paris

Alexane arpentait de long en large le couloir de l'hôpital où avait été transféré Nicolas Rousset, le portable collé à l'oreille. À deux reprises, des infirmières lui avaient signalé que téléphoner était strictement interdit au sein de l'établissement. La policière n'en avait cure, elle avait d'autres soucis à régler qu'un problème d'ondes. La substitute n'avait pas apprécié la tournure qu'avait prise l'interpellation du suspect dans l'affaire de la jeune inconnue, et ce n'était pas la seule. Le SAMU était intervenu au 36 ! Cette intrusion au sein du siège de la PJ allait faire les titres des journaux du lendemain : une mauvaise presse dont tout le monde se serait bien passé ! Le commissaire divisionnaire Alexis Noiret ne s'était pas gêné pour lui dire le fond de sa pensée. Si le prévenu leur claquait entre les doigts, elle serait bonne pour s'expliquer avec ses collègues de l'IGPN[1]. Elle raccrocha, le médecin venait de sortir de la chambre.

— Bon, fausse alerte. Votre coco a fait une simple crise d'angoisse, un malaise vagal.

Alexane s'adossa au mur. La tension qui envahissait ses épaules et son cou depuis une heure s'évanouit.

— Il nous aura fait peur, ce con ! Pardon, docteur !

— Pas de soucis. Je comprends, commandante, s'amusa le professeur.

— On peut l'interroger ?

— Non, j'éviterais pour le moment. Je ne sais pas ce qui s'est passé dans vos locaux, mais la crise a duré un moment, et votre gus est épuisé. J'ai dû lui prescrire un sédatif puissant. Il dort comme un bébé. Je vais le garder cette nuit en observation, et vous pourrez le récupérer demain matin. Petit conseil, commandante Laroche : il a subi un choc émotionnel important. Ménagez-le à l'avenir, si vous voulez éviter que l'on se revoie !

— Il est suspecté du meurtre d'une gamine de 8 ans retrouvée dans le coffre de sa voiture… Désolée, professeur, mais j'ai du mal à avoir de la compassion pour ce genre d'individu…

— Comme vous voudrez…

— C'est quoi exactement un malaise vagal ?

— Une perte de connaissance due à une baisse soudaine d'activité du système nerveux et du cerveau. Une sorte de syncope avec ralentissement du rythme cardiaque causé par l'anxiété, le stress et un état de fatigue générale. C'est spectaculaire, voire impressionnant, mais ce n'est pas grave.

1. Inspection générale de la police nationale.

— Il y a un profil type ?

— Non, non. Ça peut arriver à tout un chacun, même à un président de la République. Souvenez-vous, il y a une dizaine d'années, la médiatisation du malaise vagal du chef de l'État de l'époque. Un homme très sportif pourtant. Vélo, courses à pied… Ça lui était d'ailleurs arrivé alors qu'il faisait son jogging à la Lanterne, la résidence présidentielle qui jouxte le château de Versailles…

Alexane n'avait pas l'intention de suivre un cours improvisé de médecine. Encore moins d'écouter une conférence sur la vie quotidienne des présidents de la Ve République. Elle interrompit le toubib qui pérorait comme s'il s'adressait à un groupe d'étudiants ou de journalistes en herbe.

— Et ça se soigne comment, votre truc ?

— Autrefois, on recommandait les sels de pâmoison, et, en milieu bourgeois, on envoyait les gens se reposer à la montagne ou à la mer…

— Excusez-moi. Sachez que j'apprécie votre expertise, mais je suis pressée, une enquête m'attend. Je répète donc ma question : que préconisez-vous, aujourd'hui ?

— Du repos, rien que du repos… Et il sera sur pattes sous peu.

Alors que le médecin venait de prendre congé, vexé par la dernière réplique de son interlocutrice, le capitaine Stéphane Revalon apparut, un gobelet de café fumant dans chaque main.

— J'ai croisé le doc, tu as des news ?

— Fausse alerte. Notre suspect a fait un malaise vagal.

— C'est un signe d'aveu, non ?

— Ne te réjouis pas trop vite... Pour le moment, nous sommes bloqués pour l'interroger. Il est dans le coaltar. Je vais prévenir Delatour. On va lancer la perquise à son domicile. On trouvera peut-être des éléments à charge qui nous permettront de le cuisiner demain.

— J'ai eu Jérôme au téléphone pendant que j'allais chercher les cafés. L'Audi est passée au peigne fin dans la cabine cyanoacrylate[1] du sous-sol en ce moment.

— Très bien. On avance. Je demande à Gauthier de venir nous relayer ici, et nous, on file à Boulogne fouiller l'appartement de notre ami.

❖

Pauline tourna le robinet de la douche. Elle attrapa la serviette qu'elle avait jetée plus tôt sur le mur de séparation, et se frictionna le corps. L'avocate grimaça, elle avait pris un coup dans l'épaule qui se rappelait à son bon souvenir. Elle se préparait depuis des semaines pour passer le premier darga[2] en krav-maga : la ceinture noire, le Graal. Son instructeur, Olivier, n'était pas tendre avec elle. Si Pauline maîtrisait les techniques de combat, elle conservait quelques lacunes sur ses positions de défense. Les exercices de parade contre les coups de bâton étaient son talon d'Achille. Elle avait été la cible d'une attaque surprise par l'arrière qu'elle n'avait pas eu le temps de parer, son épaule droite en avait

1. Dans les sous-sols du nouveau siège de la PJ, une cabine cyanoacrylate permet de révéler, grâce à un procédé physico-chimique, les traces papillaires sur des véhicules.

2. Grade utilisé par la fédération européenne de krav-maga pour désigner le niveau des pratiquants à partir de la ceinture noire.

fait les frais. Elle vérifia sa montre. Il lui restait deux heures avant de se rendre au tribunal.

Elle était de permanence cet après-midi. Elle allait devoir assurer la défense des personnes n'ayant pas d'avocat, et qui seraient présentées au juge d'instruction, au juge de la liberté et de la détention, ou devant le tribunal correctionnel. Une vraie partie de plaisir, au service du citoyen à titre gratuit : la définition du bonheur pour Pauline ! Avant cela, elle avait un autre rendez-vous important. Enroulée dans sa serviette-éponge, elle ouvrit son casier et récupéra ses affaires. Alors qu'elle finissait de se préparer, elle distingua une voix qui la perturba. Curieuse, elle regagna la sortie des vestiaires sur la pointe des pieds. La porte s'ouvrit brutalement. Elle se retrouva nez à nez avec Xavier, son ancien formateur, et ancien amant, en grande conversation avec Olivier.

— Excuse-moi, je pensais que tout le monde était déjà parti, expliqua, penaud, l'instructeur. Je montre nos locaux à un confrère qui désire s'inspirer de nos installations pour son centre de formation.

Xavier sourit. Il semblait heureux de la revoir. Pauline émit un grognement à peine audible. C'était bien la première fois qu'elle perdait ses moyens, et encore plus face à un homme.

— Bonjour, Pauline. Tu as l'air…

— Mouillée ?

Devant l'air amusé du jeune homme, Pauline rougit. Sa réponse pouvait contenir un double sens.

— Je parlais de mes cheveux ! Je sors de la douche !

— Mais ne te justifie pas, taquina Xavier.

— Vous vous connaissez tous les deux ? coupa Olivier.

— Pauline assistait à mes cours l'année dernière. Une élève brillante… quoiqu'un peu indisciplinée !

— Ne vous dérangez pas pour moi. Je vous laisse le vestiaire. Je m'en vais.

Pauline se faufila entre les deux instructeurs et accéléra le pas vers la sortie. Cette rencontre fortuite l'avait bousculée. Elle avait quitté Xavier aussi vite que leur relation avait commencé. À l'époque, elle traitait un dossier qui lui prenait toute son énergie et tout son temps. Pour être honnête avec elle-même, elle traînait trop de casseroles pour s'investir dans une histoire. Les traumatismes de son enfance ne lui permettaient pas d'envisager une vie de couple. Arrivée aux portes du centre sportif, l'avocate perçut des pas.

— Attends-moi !

Pauline se retourna. Xavier avait stoppé sa course, et marchait d'un bon pas pour la rejoindre. Une minute plus tard, il l'invitait à déjeuner.

— C'est gentil, mais je suis attendue au tribunal.

— Toujours en train de défendre les truands ?

— Non, figure-toi. Je suis passée de l'autre côté de la force !

— Le pitbull se serait-il transformé en agneau ? Je t'avoue que l'idée ne me déplaît pas. Un dîner, alors ?

— Je mords toujours, tu sais ! Va pour un dîner.

— Ce soir ? Je viens te chercher à 20 heures ?

— Tu connais mon adresse.

Pauline lui tourna le dos sans attendre de réponse. Elle s'engouffra dans les méandres du métro, le sourire aux lèvres.

12

13 h 40, villa Rochefoucauld, 12 rue Moreau-Vauthier, Boulogne-Billancourt

L'équipe était en place, Alexane sonna. Le temps que Gauthier prenne le relais devant la chambre du suspect à l'hôpital Bichat, et que le groupe se retrouve en bas de son immeuble à Boulogne, la matinée avait défilé à vive allure. Vingt-quatre heures après la découverte du corps, l'enquête allait pouvoir commencer. Une journée de perdue, des heures précieuses qu'il fallait rattraper en mémoire de la jeune victime. L'autopsie était programmée pour le lendemain matin. La commandante Laroche espérait découvrir l'identité de la petite fille d'ici là. Personne ne vint leur ouvrir. Elle pesta et tapa du poing sur la porte.

— Vous cherchez les Rousset ? quémanda une voix chevrotante.

Les cinq officiers de la police judiciaire se retournèrent en un seul mouvement. Ils découvrirent une voisine sur le pas de sa porte ; une canne à la main, elle leur offrait un sourire édenté. Jérôme fut le premier à réagir.

— Bonjour, madame. Nous sommes de la police. La famille Rousset habite bien ici ?

— Oui. Mais il n'y a personne à cette heure-là. Le petit est à l'école, le papa au travail et la maman fait souvent des courses en début d'après-midi.

— Merci pour ces précisions. Vous savez vers quelle heure elle risque de rentrer ?

— Elle va chercher son fils à la sortie de l'école. Elle sera là à 17 heures, s'ils ne s'arrêtent pas au parc avant !

Bien informée, la mémé, pensa Alexane. Un témoin qui pourrait se révéler utile pour la suite. Elle nota qu'elle n'avait pas évoqué l'existence d'une fillette.

— Vous auriez un portable à nous communiquer pour que nous puissions la joindre et la prévenir de notre présence ?

— Non, désolée. Nous n'avons jamais échangé nos numéros.

La commandante Laroche prit les choses en main. Il était hors de question de perdre trois heures à guetter le retour de la propriétaire des lieux.

— Côme, tu nous appelles un serrurier. Jérôme, tu me trouves deux témoins dans l'immeuble pour la perquise. Thierry, je te laisse discuter avec madame sur la vie de ses voisins, son témoignage peut nous être précieux.

❖

Le groupe et deux riverains réquisitionnés pour l'occasion faisaient le pied de grue derrière le serrurier accroupi qui offrait en spectacle une vue plongeante sur la raie de ses fesses. Il bataillait depuis une heure pour ouvrir la porte. Il avait évoqué l'installation récente d'une serrure en applique sept points carénée. Du charabia pour Alexane, qui avait toutefois compris qu'il s'agissait d'un système anticrochetage et antiperçage. Un travail d'orfèvre était nécessaire pour en venir à bout. Après une attente qui leur parut à tous interminable, un léger clic se fit entendre. Les flics soupirèrent de soulagement.

Alexane sortit son Sig Sauer de son étui. Elle pénétra dans l'entrée sans un mot, suivie de près par son second. Même si le serrurier n'avait pas été discret lors de son intervention, la sécurisation des lieux était une étape primordiale avant toute perquisition. Les deux officiers de la PJ firent le tour de l'appartement en silence. Rien ne les choqua lors de leur inspection, la fouille du domicile de leur principal suspect pouvait commencer. Tout le monde enfila gants et protections pour les pieds avant de prendre possession du lieu. Les portables des témoins furent réquisitionnés. Les policiers ne souhaitaient pas se retrouver sur les réseaux sociaux. Après l'épisode du malaise ce matin à la Crim', une photo de leur intervention sur Instagram ou Facebook serait la goutte d'eau pour les nerfs du taulier.

Alexane répartit les pièces à explorer. Stéphane fut chargé du bureau et du salon, Côme de la chambre parentale et de la salle de bains, Jérôme de la cuisine et de l'entrée. Alexane s'attribua l'unique chambre d'enfant que comprenait ce T3. Elle commença par scanner du regard cet espace d'une dizaine de mètres carrés : au fond, sur la droite, un lit encombré de peluches, en face, un bureau en bois blanc avec une lampe et un pot à crayons, à côté, une commode où reposait un aquarium rectangulaire dans lequel un poisson rouge nageait mollement. Un tapis de jeux où s'alignait une collection de petites voitures envahissait le centre de la chambre. La décoration générale était succincte, mais accueillante. Pas de papier peint aux motifs du héros du dernier dessin animé à la mode, pas de posters accrochés aux murs, pas de couette aux couleurs criardes, rien que des tons pastel assez neutres.

La policière nota que tout était particulièrement bien rangé. Seules quelques photos dans un cadre façon patchwork cassaient l'harmonie générale. Elle s'en approcha, désireuse de découvrir la frimousse du bambin. Le petit garçon était représenté à différents âges depuis sa naissance, mais aucune trace de parents, ni de frère ou sœur, ou d'amis posant à son côté. Le gamin souriait sur la majorité des clichés. La commandante entreprit d'ouvrir les tiroirs de la commode : des sous-vêtements, des tee-shirts, des pulls, bien pliés et rangés. Rien à signaler. Elle fouilla les caisses de jouets. Là encore, rien d'anormal : des Playmobil, des petites voitures, des Lego, des puzzles. Elle s'attaqua au tiroir du bureau : des bouts de gomme usagés, des stylos sans bouchon, une lampe torche, des cartes Panini de l'équipe de foot du PSG, quelques dessins. Alexane les étudia avec attention : une fusée en plein décollage, une maison avec un soleil et un arc-en-ciel. Elle les retourna et découvrit le prénom de l'artiste : Noah. Les lettres étaient écrites en majuscules dans un style hésitant.

— Mais qu'est-ce que vous faites ?

Alexane sursauta. Elle découvrit, dans l'embrasure de la porte, une femme d'une trentaine d'années, au visage fatigué. Côme se tenait derrière elle, l'air penaud.

— Vous devez être madame Rousset. Je me présente : commandante Alexane Laroche. Nous procédons actuellement à la perquisition de votre appartement. Comme vous n'étiez pas présente, et que nous étions dans l'incapacité de vous prévenir, nous avons fait appel à un serrurier pour ouvrir votre porte.

— Je ne comprends pas ! C'est pour ma plainte que vous êtes là ?

— Alexane, viens voir, j'ai peut-être quelque chose !

Stéphane entra dans la pièce comme un cheveu sur la soupe. Il fit abstraction de l'inconnue qu'il venait de bousculer légèrement en rejoignant la chambre. La policière sortit et emprunta le couloir derrière son capitaine. Elle supposa par son comportement que sa découverte était importante. Elle le suivit dans le séjour jusqu'à une armoire grande ouverte. D'un signe de tête, il lui désigna l'intérieur du meuble. Alexane examina le placard. Il s'agissait d'une imposante armoire en chêne, assez profonde, du genre de celles que l'on trouve généralement dans les maisons anciennes. Des assiettes, des verres, des plats étaient rangés sur des étagères. Elle ne comprit pas ce qu'elle était censée remarquer, et interrogea du regard son coéquipier.

— Penche-toi.

Alexane s'exécuta. La dernière planche de bois semblait absente d'après les crémaillères. Elle se mit à genoux et actionna la fonction lampe torche de son smartphone. Ce qu'elle découvrit la choqua. Un matelas sans drap reposait au fond, avec une poupée en chiffon dans un coin. Une odeur d'urine la saisit. Elle recula.

— Tu supposes la même chose que moi ? interrogea Stéphane.

— J'espère que non…

13

14 h 10, cabinet de la psychologue Véronique Feyrot, 52 rue Gilbert-Cesbron, XVIIe arrondissement, Paris

— Vous êtes bien souriante, Pauline !
— Vous trouvez ?
— Cela ne me déplaît pas, au contraire.
— J'ai fait une rencontre, juste avant de venir vous voir.
— Vous voulez que nous en parlions ?
— Je suis tombée sur Xavier en sortant de mon cours de krav-maga.
— Attendez, vous parlez de Xavier, votre ancien professeur et amant ?
— Lui-même !
— Racontez-moi.
— Il n'a pas changé. Toujours aussi charmant et séducteur. Il m'a invitée à dîner ce soir, et… j'ai accepté…

La psychologue décroisa les jambes, saisit sa tasse de café qui reposait sur un guéridon près de son fauteuil, et but une gorgée. Ce silence prolongé perturba l'avocate. Elle passa une main sur sa nuque. Elle sentit sous ses doigts le pansement qui recouvrait son tatouage. Elle pourrait le retirer d'ici quelques jours. Qui pourrait deviner un tel dessin caché sous ses cheveux ? Il ne regardait qu'elle, et personne d'autre. Pour masquer sa nervosité, elle s'intéressa à la décoration de la pièce. Ses yeux se posèrent sur l'unique tableau accroché au mur lui faisant face. Il s'agissait d'une affiche graphique qui combinait un portrait de l'artiste Frida Kahlo avec un bouquet de fleurs. Les couleurs étaient vives et apaisantes. Pauline rompit cette pause interminable à son goût.

— Vous pensez que je ne suis pas prête ?

— Ce n'est pas à moi de répondre à cette question. Vous, qu'en dites-vous ?

— Je l'ai quitté l'année dernière après une brève liaison. Il espérait beaucoup de notre histoire. Je ne pouvais lui offrir ce qu'il attendait. Je ne vivais que pour mes dossiers, et la perspective de partager ma vie avec quelqu'un me terrifiait.

— Et aujourd'hui ?

— Il y a eu tellement de bouleversements dans ma vie ces derniers mois ! J'ai démissionné du cabinet Brayard où seul le travail et les résultats comptaient. J'ai quitté Paris plusieurs semaines pour voyager, et faire le point sur mon passé. Aujourd'hui, je suis installée à mon compte. J'ai entrepris cette thérapie avec vous pour apprendre à surmonter mes peurs de petite fille. J'ai changé, mais de là à tout dévoiler à un homme !

— Pauline, il faut que vous ayez conscience que Xavier a sans doute les mêmes attentes aujourd'hui qu'hier. Il cherche une relation stable et sérieuse. Si vous vous lancez de nouveau dans cette histoire, il va falloir être franche avec lui, et que vous lui parliez de votre passé.

— Est-ce indispensable ?

— Avant d'envisager un futur à deux, vous n'aurez pas d'autre choix que d'évoquer votre enfance, et vos traumatismes. L'héritage que vous a laissé votre père est lourd à porter. Vous ne pourrez pas l'affronter éternellement seule.

Ce fut au tour de Pauline de rester silencieuse. Facile à dire, mais impossible à réaliser dans les faits. Son esprit vagabonda. Elle pouvait révéler une part de ses blessures. La plupart d'entre elles avaient été évoquées entre ces quatre murs ces dernières semaines, soulageant en partie sa peine. Mais une psychologue reste une professionnelle préparée à entendre des révélations choquantes, voire dérangeantes. Mettre à nu son âme devant une personne qui peut partager votre vie demande une autre forme de courage. Elle s'agita sur sa chaise. Elle n'était déjà pas complètement honnête lors de ces séances, alors dans son quotidien ! Elle n'avait confessé que la partie visible de l'iceberg : son enfance difficile auprès d'un père alcoolique, violent et incestueux ; sa maman tuée à coups de poing par ce même homme ; son témoignage au procès pour le faire condamner ; et son adolescence trimballée de famille d'accueil en famille d'accueil. Sa vie était loin d'être un conte de fées, et il fallait soi-même être équilibré pour l'assumer. La suite de son histoire était plus sombre encore. Elle ne regardait qu'elle, et ne pouvait être dévoilée à qui que ce soit… sous peine d'être traînée devant les assises et condamnée à perpétuité. N'avait-elle pas poignardé son père à sa sortie de prison ? Elle comprit qu'elle serait toujours seule face à ses actes.

Qu'elle vive en couple ou en célibataire n'y changerait rien. Ce constat lucide la libéra. Elle sentit la tension sur ses épaules s'évanouir.

❖

Une odeur de café envahit la pièce. Alexane déposa une tasse fumante sur la table en pin massif dont un des rabats était déplié. Emily, assise sur l'un des tabourets, s'en empara en murmurant un timide merci entre les lèvres. La jeune femme paraissait abattue, son dos était voûté, ses épaules tombaient. Alexane goûta à son tour ce breuvage qui lui était devenu indispensable au fil des années. Un mélange de notes grillées et boisées enivra son palais. Elle se détendit et laissa le silence s'installer. Elle avait souhaité s'isoler avec madame Rousset dans la cuisine, le temps que ses équipiers finissent la perquisition. Elle lui avait révélé la raison de leur présence. Elle lui laissa un peu de temps pour encaisser l'hospitalisation de son mari, et les causes de son malaise vagal. Quand les deux tasses furent vides, la policière reprit son interrogatoire.

— Vous me disiez que votre mari était absent depuis une semaine.

— Oui.

— Il lui arrive souvent de s'absenter ?

— Il est responsable commercial, donc oui, cela arrive régulièrement.

— Et vous a-t-il dit où il devait se rendre cette fois-ci ?

— Non. Il vadrouille un peu partout en France, vous savez. Cela fait un moment que je ne suis plus ses déplacements au jour le jour.

— Et quand il a quitté votre domicile dimanche dernier, dans quel état se trouvait-il ?

— …

— Vous l'avez trouvé nerveux ? calme ? stressé ?

— …

— Vous avez évoqué le dépôt d'une plainte à votre arrivée. Vous vous êtes fait cambrioler ? J'ai cru comprendre que la serrure de votre porte d'entrée était neuve.

— Non, je l'ai changé pour une autre raison.

— Vous pouvez m'en parler ?

— Je ne vois pas en quoi cela vous regarde !

Emily attrapa un mouchoir qui traînait sur la table et le réduisit en confettis. Devant la nervosité grandissante de la jeune femme, Alexane reprit d'une voix plus posée.

— Madame Rousset. Je crois que vous n'avez pas bien saisi la situation. Nous avons trouvé le corps sans vie d'une petite fille dans le coffre de la voiture de fonction de votre mari. Une enquête est ouverte à ce sujet et, voyez-vous, mon rôle est de comprendre ce qui a pu se passer. Je suis désolée d'insister, mais votre vie privée me regarde à présent… Je vous repose donc la question : quel est le sujet de votre plainte ?

— Je suis allée déposer une plainte pour coups et blessures… contre mon mari.

14

19 h 53, siège de la police judiciaire, 36 rue du Bastion, bureau du directeur de la brigade criminelle, XVIIe arrondissement, Paris

Douze kilomètres de couloirs… Tous froids et impersonnels. Alexane se sentait fatiguée. Elle avait l'impression d'avoir ouvert une boîte de Pandore. L'après-midi avait été exécrable. Elle était attendue chez Noiret pour recevoir une explication de texte sur la manière dont elle menait son enquête, et la journée qui l'attendait demain ne l'enchantait guère. Pour couronner le tout, la commandante entendit un éclair au loin.

Elle arriva devant le bureau du commissaire divisionnaire en traînant les pieds. Elle frappa, puis entra : pièce spacieuse, baie vitrée, peinture neuve, mobilier moderne et fonctionnel. Un espace à l'opposé du bureau 315 du Quai des Orfèvres. Ici, tout sentait le neuf. Il manquait juste une âme. Noiret, occupé au téléphone, lui fit signe de s'asseoir. Alexane déclina sa proposition. Elle préférait rester debout et admirer le paysage qui se déchaînait dehors. Le ciel était à l'image de son moral : noir et brumeux. Un éclair stria le ciel, inondant Paris d'une lumière électrique. Des gouttes de pluie moururent sur la vitre puis, en l'espace de quelques secondes, un déluge se déversa sur la capitale. La policière s'amusa à observer du haut de son perchoir les passants courant à la recherche d'un abri, telles des fourmis qui recevraient le jet soudain d'un arrosoir. Noiret toussa dans son dos, signalant que la bataille verbale allait commencer.

— Je viens de raccrocher avec la substitute, mademoiselle Delatour. Je ne sais pas ce que tu lui as fait, Alexane, mais elle t'a à la bonne. Elle ne dessaisit pas ton groupe malgré vos bourdes de ce matin. J'espère qu'elle n'aura pas à le regretter…

Alexane encaissa, et se mordit la langue pour éviter de répondre.

— Tu peux me faire un point sur la perquisition de monsieur… ?

— Rousset, Nicolas Rousset.

— C'est ça. Vous avez interrogé sa femme. Tu as des éléments à charge contre elle ?

— Pas pour l'instant.

— J'ai survolé les PV de ton procédurier. Il évoque un matelas imbibé d'urine retrouvé dans un placard du salon. Bizarre, comme découverte !

— Je ne sais qu'en penser ! Pour être honnête, j'ai imaginé le pire en découvrant ce morceau de mousse miteux caché dans cette armoire.

— Tu as envisagé un cas de maltraitance.

— Immédiatement. Comme tu le supposes, j'ai demandé des explications à la maîtresse de maison. Elle m'a parlé d'un espace aménagé pour leur chat. Le félin aimerait se blottir dans le recoin de ce meuble depuis qu'il est tout petit. Elle aurait placé ce vieux matelas à cet endroit pour que cela soit plus confortable pour l'animal, alors qu'il était encore chaton, et en phase d'apprentissage de la propreté, d'où l'odeur d'urine. Je lui ai fait remarquer que nous n'avions pas trouvé de trace de litière dans l'appartement. Le chat se serait enfui par une fenêtre laissée malencontreusement ouverte il y a six mois, pour ne jamais revenir. Madame Rousset pense qu'il a fini sous les roues d'une voiture, mais pour préserver l'espoir d'un hypothétique retour pour son petit garçon, elle n'a pas eu le courage de se débarrasser du matelas. Il est parti au labo pour analyse.

— Très bien. Il n'y a peut-être pas de maltraitance infantile, mais la femme a porté plainte contre son mari ! Nous avons un suspect qui tombe dans les pommes devant une photo de cadavre, mais qui tape sur sa compagne. Drôle de bonhomme ! Bon, et avons-nous un prénom à mettre sur cet enfant ? Madame Rousset a reconnu la victime ?

— Non. Nada ! Et la recherche dans le FPR n'a rien donné non plus. Demain matin, j'ai rendez-vous avec le légiste Chemet pour l'autopsie. On trouvera peut-être un élément pour identifier le cadavre.

— Tu y vas avec Thierry ?

— Oui.

— Tu as pris connaissance de sa demande pour la BRI ?

— Rapidement.

— On en reparlera le moment venu. Le plus important est la résolution de cette affaire. Et où en est notre suspect au malaise vagal ?

— On le ramène au Bastion demain, si le médecin le permet.

— Très bien. Tu sembles épuisée, je te laisse aller te reposer.

Alexane allait refermer la porte quand Noiret l'interpella.

— Une dernière chose, Alexane. Pas de bavure. Je veux une procédure irréprochable. Les journalistes vont se délecter de ce fait divers : le corps d'une petite fille retrouvé dans une fourrière, le suspect qui fait une syncope dans nos locaux. On a déjà eu notre lot de scoops pour la semaine… Je me suis bien fait comprendre ?

— Oui, patron !

— Et protège-toi. Je te connais, avec les histoires de gosse…

Alexane ne prit pas la peine de répondre à cette dernière remarque. Il l'avait percée à jour. Depuis vingt ans qu'ils se côtoyaient… il n'y avait rien d'étonnant à cela. Elle allait y laisser des plumes, elle le savait. Elle n'avait pas l'intention de laisser tomber pour autant. Elle irait jusqu'à la résolution de cette affaire, même si l'horreur l'attendait au bout du tunnel. Le cœur lourd, elle reprit son lot de couloirs interminables, puis un des six ascenseurs du bâtiment pour atteindre la sortie. Elle rêvait d'un bain chaud pour se détendre. Elle fut accueillie, dehors, par une douche froide.

15

20 h 13, L'Assiette Gourmande, 73 rue de Prony, XVIIe arrondissement, Paris

Pauline était trempée. Sa robe à volants ressemblait à une serpillière mal essorée, ses sandalettes à fines brides étaient bonnes pour la poubelle. Elle tapa sur le bouton du sèche-mains. Un souffle chaud s'échappa de la machine. Elle se contorsionna en dessous pour sécher ses épaules. Elle était frigorifiée. La porte s'ouvrit. Une jeune femme dégoulinante de la tête aux pieds entra. Elles échangèrent un sourire entendu. Elle aussi était une des victimes de l'averse qui s'était abattue sur Paris. Pauline lui laissa la place sous le séchoir, et partit rejoindre Xavier au bar. Le casque de moto avait au moins permis à ses cheveux de rester au sec. Un verre de vin blanc l'attendait sur le comptoir. Xavier se leva, et l'aida à s'installer sur le haut tabouret.

— J'ai commandé deux verres de meursault. Tu apprécies les vins de Bourgogne, je crois.

— Très bonne initiative ! Le meursault est un chardonnay comme je les aime : onctueux et sec. Figure-toi qu'il y a cinq ou six ans, j'ai fait un périple mémorable sur la route des vins de Bourgogne : Beaune, Pommard, Violine… Et, bien sûr, Meursault. Tu as mis dans le mille.

— Je suis bluffé par tes compétences œnologiques. Alors, trinquons au dieu Bacchus.

— Au dieu Bacchus, et à nous surtout !

— Pauline, je suis désolé pour ce faux plan. J'avais réservé une table à l'Auberge du Bonheur dans le bois de Boulogne, mais là, avec cette ondée, et à moto, cela n'aurait pas été raisonnable.

— La prochaine fois ?

— Dois-je comprendre que vous seriez prête à me revoir, mademoiselle l'avocate ?

— Si nous en sommes au vouvoiement ! Si vous nous commandez de tels vins à chaque fois, je vais y réfléchir sérieusement.

— Votre table est prête. Si vous voulez bien me suivre.

Un jeune homme les conduisit près de la baie vitrée. À l'intérieur, le décor était simple et accueillant. Dehors, l'orage avait fait place à une pluie fine. La température avait chuté d'une dizaine de degrés en l'espace de quelques minutes. Pauline frissonna. Xavier lui offrit son blouson en cuir qu'elle accepta. Ils commandèrent leurs plats : un Burger maison pour l'un, un poisson et ses légumes pour l'autre. En attendant, ils savourèrent leurs boissons en se dévorant du regard.

— Cela fait combien de temps que nous ne nous sommes pas vus ? demanda Pauline.

— Treize mois, douze jours et cinq heures, répondit du tac au tac Xavier.

— …

— Je rigole ! Tu m'as manqué, je l'avoue, mais je ne suis pas un psychopathe.

— Les mois ont défilé tellement vite !

— …

— Ne te vexe pas ! Je suis heureuse d'être là ce soir… Mais il y a tant de choses qui se sont passées dans ma vie l'année dernière.

— Je t'écoute. J'ai toute la nuit…

❖

— Maman ?… MAMAN !

— Oui, pardon mon chéri. Tu disais ?

— Pourquoi je suis resté à l'étude aujourd'hui ?

— Je te l'ai déjà dit, Noah. J'avais un rendez-vous important qui a pris plus de temps que prévu. Allez, finis vite ton assiette, et ensuite au lit. Il est déjà très tard, mon ange.

Sans broncher, Noah obéit. Il avala avec gourmandise ses spaghettis à la bolognaise. Emily, elle, ne toucha pas à son assiette. La vision des policiers fouillant dans ses affaires et l'interrogeant sur son intimité l'avait déstabilisée. Et Nicolas qui se retrouvait suspecté d'homicide… L'histoire se répétait…

Tel un automate, elle débarrassa la table, aida son fils à se brosser les dents. Elle lui lut une histoire, l'embrassa sur le front, puis éteignit la lumière de sa chambre en prenant soin de laisser la porte entrouverte. Une demi-heure plus tard, quand Noah fut endormi, elle se dirigea vers la commode de l'entrée. Elle en ouvrit le tiroir et prit un trousseau de clés. Les flics lui avaient demandé si elle possédait une place de parking au sous-sol. Ils avaient omis de lui poser la question pour la cave. *Quelle bande d'abrutis !* Ils allaient revenir et remédier à cet oubli, surtout si Nicolas se mettait à table. Mais d'ici là, elle aurait fait le ménage. Elle referma sa porte d'entrée délicatement. Le serrurier avait dû repasser en fin d'après-midi pour réparer les dégâts de la perquisition. Deux serrures dans la même journée ! Il n'avait jamais vu cela en vingt ans de métier.

Elle descendit les escaliers. Au rez-de-chaussée, elle passa près des boîtes aux lettres, contourna la loge de la concierge et ouvrit la porte antifeu qui menait au sous-sol. Arrivée au parking, elle longea la série de box où stationnaient les voitures et les vélos de ses voisins, puis ouvrit la porte donnant accès aux caves. Elle alluma le plafonnier. Une série de néons s'enclenchèrent, illuminant un couloir gris et humide où une dizaine de portes en bois s'alignaient les unes à côté des autres. Sans hésitation, elle se dirigea vers la dernière à gauche, au numéro 311. Elle enfila une paire de gants en caoutchouc rose, trouvée dans un tiroir de sa cuisine cinq minutes auparavant, et introduisit la clé dans la serrure. Elle pénétra dans une pièce de 5 mètres carrés, et referma derrière elle. Elle appuya sur l'interrupteur. Une lumière blanche éclaira l'ensemble. Sans surprise, Nicolas avait emporté avec lui le plus encombrant. Il restait encore à faire disparaître les preuves. Elle sortit de sa poche un rouleau de sacs-poubelles, et s'attela au nettoyage. D'ici deux heures, tout indice compromettant aurait disparu.

16

Mercredi 4 septembre 2019, 4 h 22, appartement d'Alexane et Charles Laroche, rue de la Pompe, XVIe arrondissement, Paris

Le réveil numérique égrenait les minutes avec une lenteur déconcertante. Charles ronflait paisiblement. Alexane soupira. Cinquante minutes qu'elle cherchait à se rendormir, sans succès. Dès qu'elle prenait les rênes d'une nouvelle affaire, son esprit gambergeait à tout-va au détriment de son sommeil. Vingt-cinq ans que ce rituel se perpétuait inexorablement ; inutile de lutter, c'était un combat perdu d'avance.

Elle sortit du lit et quitta la chambre sur la pointe des pieds. Les yeux gonflés de fatigue, elle se dirigea droit vers la cuisine. La lumière d'un réverbère l'accueillit à travers la vitre. En mode pilotage automatique, elle enclencha la machine à café, inséra une capsule et appuya sur le bouton de la grande tasse. Le temps que l'appareil se mette en marche, elle saisit un bol dans le placard et le plaça sous le bec verseur. Un liquide foncé s'en échappa quelques secondes plus tard. Après un bâillement prononcé, elle plongea ses lèvres dans ce nectar revigorant. Elle sentit son corps reprendre vie. Le légiste l'attendait à 8 h 30, elle avait du temps avant de se préparer. Elle pensa à ses deux garçons. Quelques années auparavant, elle n'aurait pu se servir un café sans prendre le risque de réveiller Raphaël dont la tête de lit était juste contre le mur attenant. Elle calcula le décalage horaire avec la Chine. Il devait être 10 h 30 à Shanghai, elle pouvait essayer de contacter son aîné, *via* Skype. Réjouie par cette perspective, elle alla chercher, telle une petite souris, l'ordinateur portable de son mari qui trônait sur la table de la salle à manger. Son trésor sous le bras, elle regagna la cuisine, ferma la porte derrière elle, et posa le PC sur le plan de travail. Après avoir entré un code d'accès, elle lança l'application. La chance lui souriait, un rond vert clignotait près du prénom de son fils, il était connecté. Elle cliqua sur l'icône appel et attendit qu'il décroche à quelques milliers de kilomètres de là. Le visage de Raphaël apparut en petit format au milieu de l'écran. Une voix légèrement robotisée inonda la pièce :

— Maman ? C'est toi ?

— Coucou mon chéri. Tu vas bien ?

— Maman, tu ne veux pas baisser la caméra, je ne vois que tes cheveux, là !

— Ah oui, pardon.

Alexane ajusta l'angle de vue. L'image qu'elle offrit à Raphaël ne l'avantageait guère. Cheveux hirsutes, yeux rougis par le manque de sommeil, teint blafard accentué par l'éclairage blanc de l'écran de l'ordinateur, lui donnaient des airs de fantôme. Son fils s'abstint de tout commentaire, sans doute pour ne pas la vexer.

— Bon, alors, raconte-moi. J'ai l'impression que tu es parti depuis des lustres ! Je veux tout savoir.

— Eh bien, tout roule. Nous sommes une trentaine d'étudiants à suivre le programme « Luxury Communications and Strategy ». Nous avons une vingtaine d'heures de cours dans la semaine. Il y a une majorité de Chinois, mais nous sommes cinq Français alors on se serre les coudes. On a une médiathèque et une cafétéria. Le campus est dans un grand immeuble gris en plein centre-ville, donc, tu vois, en deux stations de métro, je suis chez moi.

— Et ta coloc ?

— L'appart est grand. Je le partage avec un Marseillais, Thomas. Il est très sympa. Tu l'entendrais parler chinois avec son accent du Sud ! C'est à mourir de rire ! Franchement, la vie est belle.

— Ce n'est pas beaucoup vingt heures de cours, non ?

— J'étais sûr que tu allais tiquer là-dessus. T'inquiète, Maman, nous avons des tonnes d'études de cas à faire à côté, donc on ne chôme pas.

— Tu pourrais m'envoyer des photos que je voie ton cadre de vie ?

— Tu vas faire encore mieux. Il faut que vous veniez me voir avec papa. Vous allez adorer Shanghai. C'est une ville dynamique avec plein d'endroits magiques pour sortir. J'ai déjà pensé au programme : visite de la vieille ville avec le Yu Garden, croisière sur le Yang Pu, promenade sur le Bund, puis sur leur Champs-Élysées local, Nanjing Lu, pour finir au Barbarossa, un restaurant au cœur de People's Square. Vous devriez réserver vos billets. Je rentre fin décembre, ça va vite arriver.

— C'est vrai que présenté ainsi, c'est tentant…

— Maman, ça va ? C'est cool que tu m'appelles, mais il est 5 heures du matin à Paris, non ? Attends, laisse-moi deviner... Tu es sur une nouvelle affaire et tu cogites !

— Tu connais bien ta mère, mon chéri.

— Pourquoi n'irais-tu pas courir au lieu de tourner en rond dans l'appartement ? Papa doit dormir et, toi, tu vas rester là dans le noir à ruminer !

— Je crois que je vais plutôt me verser une nouvelle tasse de café !

❖

Une douleur dans le bras. Pauline grimaça. Elle voulut changer de position, mais sentit une résistance. Gardant les yeux clos, elle se mit à tâtonner de sa main libre jusqu'à l'objet de cette oppression. Elle sentit un corps mou, chaud et poilu. Quelques secondes s'écoulèrent. Elle souleva une paupière, puis la deuxième. Un rayon de lune engouffré entre deux pans de rideaux éclairait légèrement la chambre. Elle ne reconnut pas les meubles qui l'entouraient : une photo de la Cinquième Avenue inondée de taxis jaunes new-yorkais, en dessous, une commode blanche avec son premier tiroir entrouvert, un mètre plus loin, un fauteuil club suffocant sous une montagne de vêtements. Elle orienta son visage sur le côté. Un souffle chaud lui caressait la joue par intermittence. Elle déglutit péniblement. Sa langue était pâteuse. Elle tira sur son bras. La chose à côté d'elle bougea en grognant, libérant son étreinte. Sa mâchoire se crispa. Une sensation inconfortable de fourmis suivie de picotements déferlait dans son bras. Le flux sanguin reprenait ses droits. Délicatement, elle s'extirpa du lit. Elle chancela et dut se rasseoir. Un mal de crâne lui compressait le cerveau. Il lui fallait un verre d'eau et de l'aspirine.

La deuxième tentative pour se lever fut concluante. Elle contourna le lit, devina sous ses pas différentes matières de tissus sur lesquels elle marchait et atteignit la porte. Elle la referma derrière elle, puis du bout des doigts chercha un interrupteur. Une lumière vive éblouit ses rétines. Elle comprit alors qu'elle était debout, entièrement nue, dans le couloir d'un appartement inconnu. Oubliant toute pudeur, elle prit le parti de s'accommoder de cette situation et de poursuivre l'exploration des lieux. La recherche d'un cacheton pour traiter son mal de tête demeurait la priorité du moment. Elle arriva dans une pièce spacieuse éclairée faiblement par une lampe restée allumée. Vu le mobilier, il devait s'agir du salon. Elle s'avança et découvrit ses vêtements de la veille éparpillés ici et là, près du canapé. Elle s'habilla et se retrouva avec une robe froissée et tachée de vin sur le côté. Un caleçon écossais trônait sur la table basse à côté de deux verres poisseux et d'une bouteille vide. Des souvenirs de sa nuit lui apparurent par flash. Elle se rappela être montée sur la moto de Xavier pour aller boire un dernier verre chez lui. S'étaient-ils jeté l'un sur l'autre à peine la porte franchie ? Non, ce n'était pas ainsi que la soirée s'était déroulée. Xavier tenait à lui faire déguster un vin de Bordeaux. Elle n'avait juré que par la Bourgogne pendant tout le dîner ; il désirait lui faire découvrir un cru du Bordelais qu'il affectionnait particulièrement. Pauline s'empara de la bouteille et lu à voix haute le nom inscrit sur l'étiquette :

Château Pape Clément 2012 Pessac-Léognan. Cela avait été une surprise agréable tant au nez qu'au niveau du palais. Le vin présentait une belle robe sombre, aux reflets grenat. Elle avait senti une fraîcheur florale et des notes de fruits noirs bien mûrs. Si, en bouche, elle conservait un souvenir de tanins serrés, il en était tout autrement à son réveil. Elle reposa la bouteille à la recherche d'un robinet.

La cuisine se trouvait dans son dos. Elle se procura un verre près de l'évier. Après de longues gorgées d'eau froide qui la désaltérèrent, elle entreprit d'ouvrir le placard au-dessus de sa tête. Son contenu la fit sourire : pâte à tartiner, pain de mie, céréales aux pépites de chocolat, mélangés à des sachets de pâtes et de riz à moitié entamés. L'attirail du parfait célibataire ! Elle poursuivit son exploration en quête de paracétamol, mais ne trouva pas son bonheur. Elle partit à la recherche de son sac à main qui contenait une trousse de pharmacie de secours. Elle le découvrit dans l'entrée, au pied du portemanteau. Après avoir avalé un comprimé, elle prit son téléphone portable. L'écran affichait 05 h 34. Elle savait qu'elle ne parviendrait pas à se rendormir. Elle ne souhaitait pas s'éterniser, et se retrouver nez à nez avec Xavier au petit-déjeuner. Elle n'était pas à son avantage avec son accoutrement, mais surtout, elle ne voulait pas affronter son regard. Elle s'était confiée sur son enfance hier soir, et n'était pas prête à en lire les conséquences dans les yeux de son amant. Grâce à une enveloppe qui traînait sur le vide-poches de l'entrée, elle put entrer une adresse dans l'application de VTC. Quatre minutes plus tard, elle s'engouffrait dans le véhicule. Xavier se réveillerait seul dans son appartement avec, comme unique signe de son passage, un post-it collé sur la bouteille de bordeaux : « Excellent cru, prête à déguster d'autres domaines… »

❖

— NON… NON !

Emily ouvrit les yeux brusquement, tous ses sens en alerte. Elle se redressa sur les coudes, tendit l'oreille à l'affût du moindre bruit. Aucun son suspect. Dehors, la rue était paisible, Paris dormait encore. Avait-elle rêvé ? Anxieuse, elle décida de se lever. Elle repoussa sa couette, alluma sa lampe de chevet puis enfila la paire de chaussons qui l'attendait au pied du lit, et s'engagea dans le couloir. Elle progressa pas à pas sans actionner le plafonnier. Nicolas, cherchait-il à pénétrer dans l'appartement ? Les jambes tremblantes, elle rejoignit l'entrée. Aucune lueur n'apparaissait au bas de la porte. Tout semblait silencieux. Elle se mit sur la pointe des pieds et scruta le palier dans l'œil-de-bœuf. Personne. Rassurée, elle rebroussa chemin.

Devant la chambre de Noah, elle marqua un arrêt. Elle entendit un froissement de draps, suivi de gémissements. Le sommeil de son petit garçon était agité. Elle poussa la porte déjà entrouverte et pénétra dans la pièce. Les bras de Noah moulinaient dans les airs. Il semblait mener un combat confus contre un fantôme. Avec douceur, Emily s'allongea près de lui et l'enlaça. Noah se calma, puis, sous les caresses de sa mère, se réveilla.

— Là, tout doux, mon ange. C'est moi. Tout va bien. Tu as fait un mauvais rêve.

Ensommeillé, Noah enfouit son visage dans les bras accueillants de sa mère. Emily sentit son corps fluet trembler contre elle. Suivant son instinct maternel, elle le berça en chantonnant une comptine, maintes fois répétée depuis sa naissance. Apaisé par cette mélodie familière, Noah se lança dans le récit de son cauchemar. Les mots : monstre, nuit, cris, pattes interminables, tunnel, s'entremêlèrent sans logique. Emily resserra son étreinte.

— Mon chaton. Les monstres n'existent pas. Je suis là. Si tu veux, je reste à côté de toi jusqu'à ce que tu te rendormes, d'accord ?

Noah ne répondit pas. Il enlaça sa maman et la serra fort. Il ne pouvait lui dire que le méchant, dans son cauchemar, n'était autre que lui-même.

17

7 h 34, café Terminus, 19 boulevard Diderot, XIIe arrondissement, Paris

Alexane mordit à pleines dents dans son croissant, sans éprouver la moindre culpabilité. Sa conversation sur Skype terminée, elle avait enfilé des baskets et parcouru 4,6 kilomètres en petites foulées autour du jardin du Luxembourg, les portes du parc n'ouvrant qu'à 7 h 30. Cela lui octroyait le droit d'engloutir des calories supplémentaires pour accompagner son troisième café de la matinée. Charles avait ri à son réveil en la découvrant transpirante dans leur cuisine, les joues rougies par l'effort. Il préférait la voir en sportive essoufflée qu'en fumeuse invétérée. Quoique courir seule dans les rues de Paris en pleine nuit n'était pas une idée brillante… Leur discussion s'était terminée sous la douche.

Elle commanda deux jus d'orange, un autre grand café crème et un panier de viennoiseries. Thierry n'allait pas tarder à arriver. Elle désirait aborder avec lui sa mutation pour la BRI avant d'assister à l'autopsie de la jeune inconnue. Se retrouver pour un petit-déjeuner dans un lieu neutre lui paraissait adéquat pour évoquer ce sujet. Le Terminus était à l'image des brasseries parisiennes : bruyant, anonyme et chaleureux avec ses chaises rouges tressées en rotin et ses tables rondes aux plateaux en marbre couleur crème. Son regard se perdit dans le flot des passants tirant des valises plus ou moins encombrantes. Rien d'étonnant à cela, la gare de Lyon n'étant située qu'à quelques mètres de là. Son procédurier franchit les portes de la brasserie au moment où le garçon de café achevait de la servir. Elle le trouva fatigué. Il n'était pas rasé et avait de légers cernes sous les yeux. Elle l'accueillit avec un sourire aux lèvres, mais ne reçut en retour qu'un faible rictus.

— Tu es bien souriante pour quelqu'un qui a rendez-vous avec la mort dans moins d'une heure !

Alexane ne releva pas le sarcasme de Thierry et lui posa sous le nez le jus d'orange et le café. Il ne lui gâcherait pas son plaisir et sa bonne humeur.

— Tiens, je t'ai commandé une formule petit-déj.

— Tu sais très bien que je ne peux rien avaler avant d'aller à la morgue.

— Oui, mais ce n'est pas bon non plus d'y aller le ventre vide.

— Tu ne peux pas t'en empêcher !

— De quoi ?

— De nous materner.

— Je vais le prendre comme un compliment. Allez, croque-moi ce croissant. Tu verras, c'est à tomber par terre.

Thierry esquissa un sourire et suivit son conseil. Quand il enfouit sa main dans le panier pour en avaler un deuxième, Alexane se dit que c'était le moment de lancer la discussion sur sa demande de mutation. Indécise quant à la manière de s'y prendre, elle préféra attaquer dans le vif.

— Tu veux quitter le groupe ?

Thierry reposa son café et la fixa droit dans les yeux.

— Nous y voilà ! Les deux pieds dans le plat ! Toujours aussi délicate.

— Tu me connais. Je ne sais pas faire, alors je fonce dans le lard.

— C'est ce qui fait ton charme.

Alexane se déroba. Il y avait eu constamment une alchimie entre eux, et ce, dès leur première rencontre. Ils avaient lutté contre, succombé, puis refermé cette parenthèse qui n'était bonne pour personne. Depuis, ils avaient réussi à trouver un équilibre qui se fendillait ces derniers temps.

— Je ne peux plus travailler avec toi, Alexane. Tu as toujours été là, même quand je déconnais… Je te suis reconnaissant pour cela. J'ai beaucoup appris, je n'oublie pas, mais je n'avance plus. Fais le bilan. Professionnellement parlant, j'ai été à plusieurs reprises au bord de la rupture, et concernant ma vie perso, je n'ai rien construit de solide. Je me perds. Si je veux reprendre les choses en main, je dois quitter le groupe… Je dois *te* quitter.

Le ventre d'Alexane se noua. Elle avait mille choses à lui dire, mais les mots restaient bloqués dans sa gorge. Elle ne réussit qu'à articuler une phrase bateau et insipide :

— Je ne sais pas quoi te dire.

— Alors ne dis rien.

— Vingt-deux euros et trente centimes, s'il vous plaît.

Le serveur arriva avec la note comme un cheveu sur la soupe. Cette intrusion dans leur intimité dédramatisa la situation. Alexane sourit et sortit sa carte bleue. Thierry arrêta son geste.

— C'est pour moi.

— Merci.

Alors que le policier se tournait vers le serveur qui tapotait sa machine comme une console de jeux, Alexane essaya de rassembler ses idées. Qui était-elle pour lui refuser un nouveau départ ? Égoïste, elle était heureuse de le sentir chaque jour à son côté, occultant les sentiments et les envies de son procédurier. Thierry était un partenaire infaillible, toujours présent, et qui n'exigeait rien en retour. Et elle, que lui offrait-elle ? Une relation frustrante qui devenait toxique.

L'addition payée, ils quittèrent l'établissement et s'engagèrent quai de la Râpée, laissant le silence s'installer entre eux. Alexane alluma une cigarette et en proposa une à son coéquipier.

— Thierry ?

— Oui.

— On achève cette enquête ensemble et ensuite, tu pourras partir pour la BRI. Cela te convient comme deal ?

— OK pour moi.

— Tu vas me manquer...

— Toi aussi... cheffe !

❖

Le haut du drap était mouillé et souillé de ses larmes. Nicolas, assit les genoux repliés contre sa poitrine, dodelinait de la tête. De sa bouche sortait inlassablement la même phrase : « Ce n'est pas possible, ce n'est pas possible… » Une complainte sur sa vie, ses actes manqués, et les conséquences de sa lâcheté. Depuis combien de temps pleurait-il dans ce lit d'hôpital ? Il s'était réveillé dans une pièce sombre et peu accueillante. Il avait vite compris qu'il devait s'agir d'une chambre dans un centre hospitalier. Il avait perdu connaissance quand les photographies du petit corps avaient été étalées devant lui, sans préambule. Il n'oublierait jamais ces images. Et lui, qui pensait se retrouver chez les flics pour une voiture mal stationnée ! Il n'avait plus aucune notion de la réalité. Toutes les pilules qu'il ingurgitait depuis des semaines lui bousillaient l'esprit. Il devait arrêter d'avaler ces saloperies.

Il prit conscience que son univers s'était définitivement écroulé. Ces photos avaient sonné le glas. Dans sa tête, des images défilaient. Il ressassait en boucle les événements de la soirée qui l'avaient poussé à franchir les portes de son appartement la semaine dernière. La scène n'était pas jolie à voir, mais il était persuadé d'une chose : elle n'était pas là ! Il n'avait pas pu lui faire du mal… Pas ce soir-là ! Mais alors ? Que lui était-il arrivé pour finir ainsi dans SON coffre ! Il devait se ressaisir et arrêter de pleurnicher. Il émergea de sa torpeur. Il était au bord du précipice. Deux solutions s'offraient à lui : il plongeait, ou il s'accrochait. Il lui restait Noah. Son petit garçon était vivant. Pour lui, il se battrait.

D'un geste brusque, il essuya son visage avec les manches de la blouse blanche dont il était vêtu. Il poussa le drap, et se leva. Il devait trouver des habits pour sortir de cette pièce aseptisée. Il inspecta les placards et découvrit, pendue sur un cintre, la tenue qu'il portait la veille.

Il se débarrassa de la blouse fournie par l'hôpital, la jeta à terre puis enfila son caleçon, sa chemise et son pantalon. Retrouvant forme humaine, il alla se débarbouiller le visage dans la salle d'eau. Avec un peigne en plastique qui traînait dans un verre à la propreté douteuse, il essaya de se coiffer. L'objet en question se cassa entre ses doigts. Ses mains étaient agitées de tremblements. Il posa les deux morceaux sur le rebord du lavabo. Il respira un grand coup et se dirigea vers la porte de la chambre. En l'ouvrant, il tomba nez à nez avec un officier de police.

— Vous comptiez aller où comme ça, monsieur Rousset ?

Dans sa précipitation, Nicolas avait oublié que sa garde à vue courait toujours. Il n'était pas libre de ses déplacements. Le flic n'attendit pas sa réponse et l'invita d'un geste de la main à réintégrer sa chambre. Nicolas s'exécuta. Quand il fut de nouveau assis sur le lit, le lieutenant Gauthier lui annonça la suite des réjouissances :

— Je vais demander au médecin de venir vous examiner. S'il estime que vous êtes apte, je vous conduirai dans nos locaux afin de reprendre les auditions.

— Je désire un avocat.

— Hier, vous avez refusé toute assistance.

— Hier, c'était hier. Je… je n'avais pas bien saisi ce que l'on me reprochait.

— Très bien. C'est votre droit. Je vais contacter un commis d'office.

— Non, je veux MON avocat !

Si Gauthier fut surpris par ce ton impérieux, il n'en montra rien.

— Je vous écoute : nom, numéro de téléphone.

— Maître Pauline Carel. Je ne connais pas son numéro.

18

8 h 23, station de métro Quai de la Râpée, ligne 5, XIIe arrondissement, Paris

Un vent frais envahit la rame de métro à l'ouverture des portes. Chemet sortit sur le quai d'un pas décidé. Il était en retard et n'aimait pas cela. Sa femme, Véronique, avait évoqué sa retraite au petit-déjeuner. « À 64 ans, il serait temps de songer à rendre ton tablier », lui avait-elle suggéré, alors qu'il avalait son café. Une discussion houleuse avait suivi, et le légiste avait refermé la porte de son appartement plus tard qu'à son habitude. Il accéléra le pas. Avec la Seine en contrebas et les tours de verre de Bercy en toile de fond, le bâtiment aux briques rouges et hautes fenêtres, conçu par l'architecte Albert Tournaire au début du siècle dernier, se dessina peu à peu. La bâtisse apparaissait aujourd'hui dans la plupart des séries policières françaises pour figurer la morgue. Pour Chemet, ce lieu était loin de représenter une pure fiction. C'était toute sa vie. Avec ses neuf confrères, ils pratiquaient deux mille autopsies chaque année sur les quatre tables en acier à leur disposition. Il passait plus de douze heures par jour à examiner entre six et dix corps : un véritable marathon au quotidien. « Faire parler les morts au service de la vérité et de la justice » était son sacerdoce. Décrocher lui paraissait inconcevable. Il se sentait utile à chaque instant, et, paradoxalement, tellement « vivant ». Il avait conscience que la fin de sa carrière approchait, mais il ne pouvait s'y résoudre. Quarante années, dont la moitié passée dans ces locaux, ne s'effaçaient pas d'un revers de main.

Irrité, il ouvrit la porte de l'Institut avec énergie. Dans l'aile réservée aux autopsies, le froid plus que l'odeur des lieux le piqua. La température n'y excédait guère 16 degrés. La Javel combinée au formol vaporisé au moment de la désinfection, pour aseptiser les salles en partie défraîchies, ne le dérangeait plus. Ses narines s'étaient accoutumées à ces effluves si particuliers. Mais cette température… Il avait constamment les pieds gelés. Il rangea ses affaires dans son casier puis vérifia le planning inscrit sur le tableau blanc : *8 h 30 : enfant de sexe féminin – identité inconnue – fourrière XIX*[e] *arrondissement*. Chemet frémit. Lorsqu'il avait affaire à une jeune victime, il se félicitait de n'avoir pas eu d'enfant. Quarante ans qu'il côtoyait des cadavres, quarante ans qu'il serrait les dents quand il autopsiait le corps d'un gamin. Il se frotta les mains avec insistance, enfila sa blouse d'un blanc immaculé, et couvrit sa chevelure poivre et sel d'une charlotte. Il scruta l'horloge : il devait se dépêcher pour ne pas augmenter son retard. Son confrère, qui devait l'assister, l'attendait sans doute déjà. Il sortit dans le couloir et se dirigea vers la salle 2. Arrivé à destination, il entra sans frapper.

La pièce était neutre, impersonnelle, chirurgicale. Les murs étaient peints d'un beige tournant à l'orange, le lino au sol donnait dans le marron hors d'âge, moins salissant que le blanc. Au centre, la table en acier incurvée accueillait, en cette matinée, le corps sans vie de la petite inconnue. Une grande lampe de chirurgie éclairait l'ensemble d'une lumière blanche. Chemet salua son confrère, puis enfila une paire de gants en latex. D'un regard, il examina sa « trousse à outils » rangée dans un box en inox : scalpels, pinces et pincettes de toutes tailles, scie, écarteurs, une sorte de maillet et un cystotome pour couper les côtes. Sur le dessus, un large couteau, maintes fois aiguisé, complétait cette panoplie.

Les portes s'ouvrirent sur ceux qui manquaient encore à l'appel pour commencer l'autopsie. La substitute Delatour fit son entrée la première. Elle ne put refréner un mouvement de recul : l'odeur… Chemet sourit discrètement en découvrant son accoutrement. Sa blouse lui arrivait aux chevilles, sa charlotte était de travers. Elle lui fit penser à une étudiante en médecine venant assister à son premier cours d'anatomie à reculons. Les officiers Alexane Laroche et Thierry Garnier franchirent le seuil derrière elle. Tout le monde s'adressa un bref signe de la main, puis le silence prit possession des lieux. Ils étaient prêts et concentrés avec un seul objectif en tête : trouver la cause de la mort, naturelle ou criminelle, et le *modus operandi* qui avait conduit au décès de ce petit être sans défense.

❖

Pauline était enveloppée dans un peignoir en coton qui sentait l'assouplissant. Assise dans son canapé, elle fixait son portable sur la table basse du salon. Ses yeux ne se détachaient pas de l'écran invariablement noir. Elle attendait un coup de fil, un SMS, un message WhatsApp, n'importe quoi… Elle ne désirait qu'un signe de sa part.

Depuis une heure, elle ressassait la discussion qu'elle avait eue avec Xavier la veille au soir. Le vin aidant, sa langue s'était déliée. Elle s'était penchée sur sa prime enfance, évoquant son chat Arsouille qui lui léchait les orteils, les goûters avec sa mère à la sortie de l'école, le frère ou la sœur qu'elle n'avait jamais eu et qu'elle imaginait assis à côté d'elle dans ses jeux… Puis le retour à la maison de son père militaire après une mission en Irak. Les larmes avaient inondé son visage et les mots étaient restés coincés au fond de sa gorge. Xavier s'était rapproché et avait cherché à la réconforter. Elle se souvint de l'avoir repoussé en douceur. Elle ne voulait pas de sa pitié, juste une oreille attentive. Elle ne savait plus avec certitude les événements qu'elle avait dévoilés. La suite de son histoire n'avait plus rien d'un conte de fées. Elle était devenue Peau d'âne, mais sans marraine fée pour la protéger, sans prince charmant pour mettre un point final à ce cauchemar. Et sa mère, victime aussi de la folie de son mari, avait fini par mourir sous les coups. Du haut de ses dix ans, elle s'était retrouvée témoin à charge dans le procès de son père. Elle s'était mise à nu hier soir. La question était de savoir si Xavier allait encaisser ou prendre la tangente.

Rongée par cette attente, Pauline en était réduite à focaliser toute son attention sur son maudit téléphone qui ne bronchait pas. Une larme coula le long de sa joue. Elle sentit une boule de poils lui frôler les chevilles. Elle baissa les yeux et découvrit son chat, Nestor, qui la fixait de ses yeux de félin.

— Oh, ne me regarde pas comme ça ! Pas la peine de prendre tes grands airs avec moi ! Je sais très bien ce que tu penses. Tu te demandes pourquoi je traîne en peignoir alors que je devrais bosser pour payer tes croquettes ! Eh bien, figure-toi qu'hier soir, j'ai raconté…

Sa voix s'étrangla. Elle ne put achever sa phrase. Une boule de chagrin envahit son ventre puis remonta dans sa poitrine. Quel gâchis ! Elle se sentait si seule ! Son unique compagnon de vie était un chat de gouttière qu'elle avait sauvé de la rue quelques années plus tôt. Elle éclata en sanglots. Nestor sauta sur le canapé et vint se blottir contre elle. Avec son museau, il lui donna de légers coups sur le coude. Elle le prit dans ses bras et enfouit son visage dans son pelage. Une sonnerie résonna dans la pièce. Elle sursauta, Nestor se carapata. Elle s'empara de son portable, manquant à deux reprises de le faire tomber, tant elle tremblait. Numéro inconnu. Elle souffla un grand coup, puis de sa main libre sécha ses larmes et décrocha.

— Maître Carel ?

Par ses deux mots, elle fut fixée. Il ne s'agissait pas du coup de fil qu'elle attendait. Elle mit une seconde de trop pour répondre. Son interlocuteur répéta d'un ton sec.

— Maître Carel ?

— Oui, pardon. C'est moi-même.

— Lieutenant Gauthier Morel à l'appareil, de la PJ de Paris. Un de vos clients a été mis en garde à vue dans nos locaux. On vous attend pour commencer les auditions.

— Vous… vous avez son nom ?

— Oui, pardon ! Monsieur Nicolas Rousset. Nous l'avons intercepté sur son lieu de travail hier matin, dans le cadre d'une affaire d'homicide sur mineur.

Pauline scanna mentalement la liste des quelques clients qu'elle avait eus en charge depuis l'ouverture de son cabinet. Ce nom ne lui évoquait aucun souvenir. Un ancien client commis d'office, peut-être ? Vu l'état de son compte en banque, elle ne put qu'accepter ce dossier qui se présentait à elle.

— Laissez-moi quarante minutes.

19

10 h 47, Institut médico-légal, 2 place Mazas, le long du quai de la Râpée, XIIe arrondissement, Paris

De la bile… Son ventre et ses intestins étaient vides, mais ses tripes ne lui accordaient pas un moment de répit. Un nouveau haut-le-cœur. La tête au-dessus de la cuvette, elle cracha ce liquide qui lui brûlait l'œsophage. Alexane haletait, elle se sentait à bout de forces. Des gouttes de sueur coulaient le long de ses tempes. Sa vision se brouilla, elle allait tomber dans les pommes. Ses yeux se fermèrent, elle lâcha prise et laissa son corps glisser sur le sol. Le contact du carrelage froid sur sa peau la rassura. Son rythme cardiaque se calma. Les yeux clos, elle revit par séquences les étapes de l'autopsie. Chaque découverte avait fourni son lot d'horreur.

Une radiographie du corps avait été planifiée la veille, en fin d'après-midi. Avant d'entamer l'examen externe, Chemet avait pris le temps d'analyser les différents clichés. Les premières constatations étaient tombées comme un couperet. Le légiste avait énuméré d'une voix qui se voulait neutre la liste des stigmates révélés par les rayons X : « Le corps présente une fracture ancienne à la jambe, mais aussi des lésions traumatiques récentes : une fracture à l'orbite droite, une entorse au poignet gauche, une fracture par torsion du coude gauche, et une fracture du pubis. Ces blessures correspondent à des coups violents. Je constate des troubles du périoste et de la structure osseuse. Je vois dans le dossier qu'une ostéodensitométrie a été pratiquée hier. Il s'agit d'une technique d'imagerie médicale permettant de mesurer la densité de l'os, son contenu minéral. Au vu des résultats, je peux affirmer que le squelette présente une fragilité excessive due à une diminution de la masse osseuse et à l'altération de la micro-architecture osseuse. En langage simple, cet enfant souffrait de graves carences alimentaires, particulièrement en vitamines D et C et en calcium, et ce, depuis une longue période. Retard de croissance ? C'est une conséquence possible ! Si je me base sur les centres d'ossification et les métaphyses, j'estime l'âge entre 8 et 12 ans. Je vais devoir effectuer une étude dentaire approfondie pour le déterminer avec plus de précision… Le corps est trop abîmé pour que je puisse déceler des traces d'hématomes plus ou moins anciens qui corroboreraient mes premières impressions d'un cas de maltraitance. Je vais inciser pour étudier tout cela. »

Avait suivi l'examen interne du corps : des entailles profondes sur les muscles avaient mis en évidence des ecchymoses sous-cutanées et intramusculaires au niveau du dos, des bras, du ventre, des jambes… L'analyse de l'estomac avait été succincte : il était vide. Prise de nausées devant tant de cruauté, Alexane avait couru se réfugier dans les toilettes.

Un grincement. Quelqu'un venait de pénétrer dans les lieux. Alexane se releva, et tira la chasse d'eau. Elle se pinça les joues pour leur donner de la couleur, et se passa les mains dans les cheveux. Elle déverrouilla la porte de la cabine. Thierry l'attendait, les fesses posées sur le rebord du lavabo. Alexane stoppa sa comédie, et laissa ses épaules s'affaisser. Elle n'était pas obligée de jouer à la femme forte avec lui.

— Chemet a décelé la cause du décès. En disséquant la trachée, il a trouvé des fibres coincées. Elle est morte étouffée… avec un oreiller, probablement.

Alexane s'approcha. Thierry s'écarta pour lui laisser l'accès au robinet. L'eau froide sur son visage la requinqua. Elle avait de nouveau les idées claires, et une forte envie d'en découdre.

— OK. Je vais m'entretenir avec la substitute. Je pense qu'elle ne verra pas d'inconvénient à ce que nous retournions faire un petit tour chez les Rousset pour embarquer tous les coussins, oreillers, édredons qui traînent dans cet appartement. Il nous faut des preuves solides, et vite.

— Gauthier m'a envoyé un texto. Notre suspect est de nouveau sur pattes. Ils le ramènent à la maison. On va pouvoir prélever son ADN, et comparer avec celui de la petite fille. Si notre intuition est bonne, on obtiendra un match et on lèvera ainsi le voile sur son identité.

Un sourire se dessina sur les lèvres d'Alexane.

— On va le coincer ce salopard, crois-moi.

❖

Passé les lourdes portes, l'avocate pénétra dans un vaste hall qui distribuait quatre salles d'attente. L'ensemble avait de faux airs de centre hospitalier fraîchement créé. Pauline posa son sac à main dans le bac que lui présenta un officier de police. Ses gestes étaient maladroits, le comprimé de paracétamol avalé un peu plus tôt ne faisait pas encore d'effet. Le policier l'invita à passer le portique de sécurité. Aucun bip ne s'enclencha. Elle récupéra ses affaires personnelles et se dirigea vers les ascenseurs, à la recherche du lieutenant Vincent Gaurand.

Un homme au visage poupin, habillé d'un jean et d'une chemise bleu ciel, vint à sa rencontre. Les salutations faites, ils s'engouffrèrent dans la première cabine disponible. Son client l'attendait dans l'une des seize cellules individuelles de garde à vue. Le policier profita de ces quelques secondes de confinement pour la briefer sur l'affaire. Pauline avait eu beau se brosser les dents et mâcher un chewing-gum pendant le trajet, elle avait l'impression que son haleine trahissait sa soirée arrosée de la veille. Elle limita sa conversation à une succession de hochements de tête, ce qui ne sembla pas perturber son interlocuteur.

Arrivée au cinquième étage, elle se laissa guider jusqu'à un local dédié aux entrevues avec les avocats. Badge à scanner, empreintes digitales, le « New 36 » était un véritable Fort Knox[1] à la française. Le lieutenant l'abandonna quelques instants, et revint les mains encombrées d'un verre d'eau et d'un dossier.

1. Camp militaire des États-Unis (Kentucky) où a été construit un fort (1936) pour abriter la réserve d'or nationale.

— Je vous ai apporté les pièces suivantes : procès-verbal de placement en garde à vue et de notification des droits, certificat médical établi à sa sortie de l'hôpital et audition d'hier matin.

— On m'a signalé un malaise vagal au téléphone.

— Oui. Vous verrez, tout est spécifié dans les papiers que je vous ai transmis.

— Euh… merci.

— Monsieur Rousset va arriver. Je vous laisse vous installer et prendre connaissance des différents documents.

La porte fermée, Pauline suivit les conseils du policier. Elle posa les feuilles sur la table, tira la chaise et s'y assit. Elle fouilla dans son sac et en sortit un stylo Bic au capuchon mâchouillé – elle avait pris cette habitude depuis qu'elle essayait d'arrêter de fumer – et une paire de lunettes. Elle commença la lecture du procès-verbal. L'histoire qu'elle découvrait la laissait perplexe. Si l'affaire était sordide, elle ne trouvait rien de tangible qui prouvait une implication quelconque de Nicolas Rousset dans cette histoire. Le corps avait été retrouvé dans sa voiture, mais cela ne constituait pas une preuve suffisante de culpabilité. Lors de sa première audition, son client avait affirmé qu'il n'avait pas déplacé son véhicule pendant une semaine. Si Rousset avait oublié de verrouiller le coffre ou si on découvrait qu'il avait été forcé, il ne serait pas difficile de faire admettre à la substitute du procureur que n'importe qui aurait eu le loisir d'y déposer un corps. La victime n'était pas identifiée et rien ne la rattachait à son client à l'heure actuelle. Le dossier était vide.

Des bruits de pas dans le couloir. Par réflexe, Pauline se leva pour accueillir ses visiteurs. Le lieutenant Gaurand entra, précédé d'un homme d'une quarantaine d'années qu'elle ne reconnut pas.

— Je reviens dans une demi-heure.

Ils se retrouvèrent seuls dans cette pièce exiguë. Pauline fut choquée par l'aspect de l'homme qui se tenait en face d'elle. Il semblait être passé… sous un train. Son visage était pâle, ses yeux cernés et injectés de sang, ses vêtements froissés et… l'odeur ! Pauline lui fit signe de prendre place. Elle chercha le certificat médical et le relut. Comment un médecin avait-il pu valider sa sortie ? Déstabilisée, elle cherchait ses mots.

— Je… je suis désolée, mais je ne vous reconnais pas. Je ne me souviens pas toujours des noms de mes clients, je l'avoue, mais je n'oublie jamais un visage et il paraît que vous m'avez désignée comme votre avocate… Pouvez-vous me rafraîchir la mémoire, s'il vous plaît ?

D'une voix hésitante et tremblante, Rousset répondit :

— Je n'ai jamais fait appel à vous auparavant. J'ai découvert votre nom dans les journaux l'année dernière. Quand j'ai compris ce qui se tramait ce matin, j'ai pensé à vous. J'ai vu un parallèle avec l'affaire Murlot…

Pauline recula au fond de sa chaise et croisa les bras. Elle ne savait pas si ce qu'elle entendait était une bonne ou une mauvaise nouvelle pour la suite. Elle le laissa continuer.

— Vous avez réussi à faire acquitter un homme que tout accusait… Je me suis reconnu… J'ai besoin d'un avocat de votre trempe.

— Je vous rassure, je n'ai rien vu dans votre dossier qui vous accable. En tout cas, à ce stade…

— Mon malaise représente une preuve…

— De votre grande sensibilité, oui ! Qui ne serait pas choqué de voir le corps d'une enfant en décomposition ? Vous avez eu une réaction humaine, monsieur Rousset, rien de plus. Ajoutez à cela le stress de vous retrouver seul face à deux policiers, après avoir été interpellé publiquement et de manière musclée sur votre lieu de travail… Non, moi, rien ne me choque jusqu'à présent dans votre comportement.

La porte s'ouvrit brutalement. Pauline sursauta, mais retrouva en un rien de temps ses automatismes de femme de droit.

— Il nous reste plus de vingt minutes d'entretien. Vous pouvez m'expliquer cette intrusion ?

— La garde à vue est levée. Vous êtes libre de partir, monsieur Rousset.

20

11 h 53, villa Rochefoucauld, 12 rue Moreau-Vauthier, Boulogne-Billancourt

Secouée, Emily ferma la porte derrière l'officier de police qui se faisait appeler « Steph » par son confrère. Tout s'était passé si vite ! L'interphone avait sonné à 11 h 30 alors qu'elle s'apprêtait à lancer une machine de linge sale. Une voix d'homme avait jailli dans le micro, la sommant de lui ouvrir l'accès à l'immeuble. Étonnée par cette visite surprise, elle avait obéi et vu débarquer deux hommes arborant des brassards orange siglés « POLICE » sur leurs avant-bras. Sans préambule, ils avaient déboulé dans son appartement et, en moins de vingt minutes, ils s'étaient emparés de tous ses oreillers et de ses coussins pour les empaqueter dans de grands sacs plastiques. « Saisis pour les besoins de l'enquête » fut la seule explication qu'elle put obtenir des officiers de la PJ.

Après cette intrusion dans son intimité, elle restait prostrée dans son entrée, la main sur la poignée de la porte. Elle devait se ressaisir. Elle ne pouvait pas se permettre de subir les événements. Calmement, elle se dirigea vers son salon et s'assit sur le canapé. Elle ferma les yeux et se concentra. Son esprit fusait dans tous les sens : rassembler ses idées devenait une nécessité. Depuis vingt-quatre heures, tout son univers s'effondrait tel un château de cartes. Elle ne se laisserait pas faire. Nicolas était impliqué dans une histoire de meurtre. Il était hors de question qu'il l'entraîne dans sa chute. Elle allait prendre les devants. Les policiers reviendraient, elle le savait. Ils ne resteraient pas longtemps dans le flou. L'identité de la fillette serait bientôt dévoilée, et tout se précipiterait. Elle attaquerait la première pour avoir une chance de s'en sortir. Connaître ses droits et maîtriser les rouages du droit pénal était indispensable pour ce qu'elle s'apprêtait à endurer. Elle était une victime avant tout, et personne n'en douterait.

❖

Un vent discret de sud-ouest les accueillit à la sortie du Bastion. Pauline rabattit les pans de sa veste sur sa poitrine, elle frissonnait. Elle présenta son visage au soleil, mais ne ressentit pas sa chaleur. Le temps se voilait, des nuages s'accumulaient dans le ciel. D'après l'appli météo qu'elle avait consultée un peu plus tôt dans la matinée, une pluie fine était prévue en début de soirée sur la capitale. Elle observa son client du coin de l'œil. Il se tenait debout, immobile, les bras le long du corps, le regard dans le vide. Elle ressentit de l'empathie pour cet homme qui paraissait abattu. Décidément, ses séances chez le psy la transformaient en guimauve. Elle toussa pour se donner une contenance, et casser ce silence gênant qui s'éternisait.

Nicolas Rousset reconnecta avec le présent. Il braqua son visage sur elle, et plongea son regard dans le sien.

— Je ne comprends pas ce qui m'arrive, pour être honnête avec vous. Je… C'est fini ? Je peux partir ?

— Oui, monsieur Rousset. Vous pouvez rentrer chez vous. Je vous conseille de vous reposer, et de reprendre des forces. Nous risquons de nous revoir très vite.

— Mais… les policiers ont dit que j'étais libre !

— Oui… pour l'instant. Vous avez effectué 26 heures de garde à vue et ils vous relâchent. C'est mauvais signe !

— Au contraire ! Ils n'ont rien contre moi, ils me laissent partir, fin de l'histoire.

— Dans les documents que l'on m'a fournis, j'ai vu apparaître un prélèvement d'ADN, je me trompe ?

— Ils m'ont passé un coton-tige dans la bouche. Attendez, ils n'en avaient pas le droit, c'est ça, maître ?

— Il n'y a rien d'illégal là-dedans, je vous l'assure. Je serais intervenue si cela avait été le cas, monsieur Rousset. Non, ce que je veux vous expliquer, c'est qu'ils ne détiennent pas d'éléments tangibles pour vous confondre… pour le moment. Une autopsie va être pratiquée si ce n'est pas déjà fait. Ils doivent attendre des résultats d'analyses et d'échantillons prélevés sur la scène de crime. Une garde à vue dans le cadre d'un homicide ne peut excéder 48 heures. Les officiers de la PJ désirent conserver des heures pour la suite, monsieur Rousset… Quand les résultats tomberont, il faudra se tenir prêt… Sauf si vous n'avez rien à vous reprocher dans cette histoire…

Nicolas inclina la tête. *Un aveu de culpabilité*, pensa Pauline. Elle continua sur sa lancée :

— Je vous conseille de ne rien dire de compromettant au téléphone. Vous serez peut-être mis sur écoute. Ne changez pas vos habitudes de vie, gardez la même routine qu'auparavant. Vous devez vous comporter comme un citoyen modèle, et non comme un éventuel suspect sur ses gardes.

— J'ai déserté le domicile conjugal la semaine dernière, mon patron veut me licencier… J'ai atterri dans une chambre d'hôtel miteuse près de la gare de l'Est.

Pauline se crispa. Décidément, son client cumulait les mauvais points.

— Autre chose ?

— J'ai un petit garçon de 8 ans, Noah. Je… je ne sais pas quoi faire !

Pauline vit son client se liquéfier sur place. Elle lui saisit le bras pour le soutenir. Ce n'était ni le moment, ni l'endroit pour faire un malaise.

— Je vous invite à déjeuner. Vous devez manger.

Son téléphone vibra. Le chiffre 1 apparut sur l'icône des messages. Pleine d'espoir de recevoir des nouvelles de Xavier, elle ouvrit ses SMS. Texto de sa banque lui signifiant que son compte professionnel présentait un solde débiteur de 852 euros et la priant de faire le nécessaire pour y remédier. Elle rangea son portable. La journée commençait mal.

❖

Côme entra dans la salle de vidéoconférence. Il avait reçu un coup de fil cinq minutes auparavant de sa cheffe de groupe l'informant qu'une réunion d'équipe se préparait.

Quatre paires d'yeux l'accueillirent. Gauthier, Vincent, Thierry et Alexane étaient installés autour d'une table en pin sur laquelle trônait une boîte en carton. Une odeur de pizza envahissait la pièce. Côme prit place sur une des dernières chaises inoccupées. Vincent lui sourit et lui tendit une part de Margarita. Il ne se fit pas prier pour la prendre, et croqua un morceau.

— OK, Stéphane et Jérôme ne sont pas encore arrivés, mais on va commencer sans eux. Je voulais faire un point avec vous concernant l'affaire de la petite fille de la fourrière. Cela fait un peu plus de 24 heures que nous avons été saisis pour cette enquête, et je pense qu'un tour de table ne nous fera pas de mal. Thierry, tu peux briefer tout le monde.

Le policier se hâta d'avaler son bout de pizza.

— Nous avons assisté à l'autopsie ce matin avec Alexane. Notre victime serait morte par asphyxie. Le légiste a retrouvé des fibres coincées dans sa trachée. Outre la cause du décès, un cas de maltraitance et de malnutrition sévère a été décelé. Retard de croissance, fractures multiples plus ou moins anciennes, nombreux hématomes sous-cutanés. Bref, la gamine a connu des mois de souffrance avant de finir dans ce coffre.

— Cela pourrait expliquer le matelas retrouvé dans l'armoire du salon, remarqua Vincent. Elle passait peut-être ses journées enfermée là-dedans.

— C'est une éventualité. Le matelas est en cours d'analyse. Gauthier, tu as une idée du délai pour avoir les résultats ? questionna Alexane.

— Cinq jours ouvrés, donc pas avant mercredi prochain.

— Jérôme et Stéphane sont allés chez les Rousset pour saisir tout objet susceptible de contenir des fibres. Avec de la chance, on obtiendra un match. Mais ça va prendre beaucoup de temps, donc il va falloir continuer à creuser.

— À propos de Rousset, il n'est pas censé être dans nos locaux ? demanda Côme.

— Très bonne remarque. C'est aussi pour cela que je voulais tous vous réunir. J'ai eu la substitute Delatour en vidéoconférence. Nous avons décidé de lever la garde à vue. Entre son malaise et les analyses qui vont mettre cent ans à arriver, nous avons préféré attendre d'avoir plus de billes pour le convoquer de nouveau.

— Tu n'as pas peur qu'il en profite pour détruire des preuves ?

— Nous avons perquisitionné son domicile, sa voiture a été passée au peigne fin par notre cabine cyanoacrylate, nous avons prélevé son ADN. Le risque est limité.

Vincent intervint.

— Concernant le véhicule, nos gars ont isolé quinze traces digitales et cinq palmaires. Entre le boucher qui a déclaré le stationnement abusif de l'Audi, le flic qui a dressé le procès-verbal pour la fourrière, le gars de la dépanneuse qui a découvert le corps, Nicolas Rousset, le conducteur, l'analyse de tous ces éléments va prendre du temps. Il y a un fait important à noter : les agents de la scientifique n'ont pas décelé d'empreintes à l'intérieur du coffre, ce qui signifie que la petite n'a pas essayé de l'ouvrir quand elle s'est retrouvée dedans.

— Nous parlons de « la petite fille » depuis le début. N'avons-nous pas une identité ? enchaîna Côme.

— Nous y travaillons. J'ai demandé une comparaison avec l'ADN de Nicolas Rousset en priorité. J'espère avoir un retour du laboratoire demain dans la journée. Si ce n'est pas sa fille… J'espère que nous n'allons pas nous retrouver face à un cas comme « la petite martyre de l'A10 ».

Devant le regard interrogateur de Côme, Alexane précisa :

— L'affaire date d'août 1987. Tu n'étais pas né. Une fillette entre 3 et 5 ans retrouvée morte par deux agents d'entretien sur l'autoroute A10, derrière la glissière de sécurité, au niveau de la commune de Suèvres, à quelques kilomètres au nord de Blois. Traces de sévices multiples sur le corps : fractures non consolidées, brûlures au fer à repasser, morsures, et j'en passe. Il a fallu plus de trente ans aux enquêteurs pour mettre un nom sur cette petite fille. Un cauchemar… que j'espère ne pas vivre !

Côme reposa son bout de pizza sur la table. Son appétit venait de s'envoler. La réunion fut interrompue par l'arrivée de Stéphane et de Jérôme. Ils saluèrent le groupe d'un signe de tête, et prirent place autour de la table. Les dernières parts de pizza disparurent dans la foulée.

— Bon, les gars, tout s'est bien passé chez Rousset ?

— Oui, nickel. La dame était là, elle nous a ouvert. On a tout embarqué.

— Parfait. Allez, nous avons du pain sur la planche. On va se répartir les tâches. Pour votre information, le suspect s'est entouré d'une pointure pour le défendre.

— La petite brune que j'ai accueillie ce matin ? C'est un cador ?

— Ne te fie pas aux apparences, Vincent. Pour vous la faire courte, les gars, Pauline Carel est une avocate qui ne lâche rien. Elle a travaillé cinq ans au sein du cabinet Brayard à défendre des pédophiles et les pires prédateurs sexuels de la région parisienne. Et elle a eu de très bons résultats. C'est un pitbull. Si vous faites une erreur de date dans un procès-verbal, vous pouvez compter sur elle pour la trouver et vous mettre dans la merde. Je ne sais pas si le dossier Murlot vous dit quelque chose, mais elle a réussi à faire acquitter un type qui avait été retrouvé l'arme du crime à la main, assis à côté de deux corps encore fumants. L'avocat général réclamait trente ans de réclusion criminelle, son client a écopé de zéro.

Stéphane siffla.

— Sacré nana ! J'ai hâte de la rencontrer.

— Tu te calmes, Casanova, rigola Gauthier. Elle est trop bien pour toi.

— Allez, les gars, on se concentre. Bref, ce topo pour vous dire ce qui a motivé la levée de la garde à vue. On a harponné le Rousset, mais les preuves ne suivent pas. Nous devons prendre de la hauteur, réétudier tout depuis le début, et blinder notre dossier. Ensuite, on pourra mordre.

— Concrètement, on commence par quoi ? demanda Jérôme.

— Nous avons foncé tête baissée sur le propriétaire du véhicule où a été trouvée la victime. Nous devons aussi nous intéresser à son entourage. En priorité, la femme, Emily, je ne la sens pas. Elle nous cache un truc.

— Elle protège son mari ? intervint Gauthier.

— Elle vient de porter plainte contre lui pour coups et blessures au commissariat de son quartier.

— Alors, elle a la frousse et se tait par crainte de représailles. Si elle apprend que son mari est de nouveau dans la nature, elle va se tendre.

— Très bien. Stéphane et Côme, vous me la filochez. Vous ne la quittez pas d'une semelle, et vous me faites un rapport toutes les deux heures. Les autres, préparez-vous à prendre le relais pour la soirée.

— Super, un dîner en tête à tête avec un jambon-beurre dans une bagnole qui pue la clope froide, j'adore ! ironisa Jérôme.

— Je vais vous demander d'oublier vos vies privées ces prochains jours, mais pensez à cette gamine, et je suis sûre que vous serez coopératifs.

— Oui, cheffe ! répondirent cinq voix en simultané.

Côme sourit sous cape. La complicité transpirait dans ce groupe. La jeune recrue était heureuse d'en faire partie.

— Merci. Vincent, Jérôme, vous continuez à creuser sur la vie des Rousset : comptes en banque, relevés téléphoniques, Sécurité sociale, contraventions, impôts… Pendant notre visite avec Côme à l'ancien domicile de Nicolas Rousset, près de la forêt de Fausses-Reposes, la nouvelle propriétaire a évoqué un homme en plein deuil lors de la vente de la maison. Notre principal suspect aurait été marié une première fois. Il serait judicieux de creuser ce point. L'histoire daterait de 2009. Si vous pouviez vous rencarder sur les circonstances de ce décès. Bref, je veux tout savoir.

— On creuse sur le gosse, Noah ?

— Vas-y, Jérôme. Vérifie s'il a été hospitalisé. C'est peut-être une victime lui aussi.

— On ne devrait pas l'interroger ? demanda Stéphane.

— J'y ai pensé, mais il est trop tôt. On verra selon les premiers résultats. Toi, Gauthier, tu vas sonder les collègues de Rousset. Attitude du bonhomme au bureau, ses performances, est-ce qu'il avait une maîtresse, des rivalités… Bref, la routine ! Thierry, je te laisse récupérer et visionner les vidéos des caméras de surveillance de la rue où a stationné l'Audi A3. Je viendrai t'épauler dans la journée. Allez, au boulot, et on se refait un point ce soir à 19 heures.

21

14 h 33, 21 place Charles-Fillion, quartier des Batignolles, XVIIe arrondissement, Paris

La place était paisible. Les derniers clients des terrasses alentour finissaient de régler leur addition en sirotant leur tasse de café à l'ombre des platanes. Pauline passa près de l'entrée du parc des Batignolles en boitant légèrement. Dans deux heures, l'endroit serait rempli de rires d'enfants se défoulant à la sortie des classes. Arrivée devant son immeuble, elle retira ses talons. Une ampoule naissante lui arracha une grimace. Porter des baskets pour ses déplacements et conserver une paire d'escarpins au cabinet pour ses rendez-vous pourrait être une solution pour soulager ses pieds. Elle prit l'escalier, transportant à bout de bras toutes ses affaires. Elle était heureuse d'arriver à destination, et rêvait de se prélasser dans un bain. Transpirante, les yeux rivés sur les marches, elle stoppa net en apercevant des chaussures de sport. Xavier était assis sur le palier.

— Tu m'attends depuis longtemps ? Tu as peut-être essayé de me joindre. Je n'ai plus de batterie.

— Ne t'inquiète pas. J'avais un rendez-vous dans le quartier et je me suis dit que je pouvais passer te voir.

— Tu as le temps d'avaler un café ?

— Va pour un café. Attends, passe-moi ton ordi, tu es chargée !

Pauline se laissa faire. Délestée d'un poids, elle déverrouilla sa porte et pénétra dans l'appartement. Xavier la suivit et ferma derrière lui. Nestor les accueillit dans le couloir. Il se faufila entre les jambes de sa maîtresse, et alla se frotter contre le jean de Xavier.

— Tu lui as manqué apparemment ! sourit Pauline.

Xavier se baissa et câlina le chat qu'il n'avait pas revu depuis leur séparation. Pauline en profita pour déposer le reste de ses affaires sur le canapé du salon et ouvrir les fenêtres. Elle était nerveuse et espérait que cela ne se voie pas. Elle jeta un regard dans le miroir qui surplombait la cheminée. Elle n'était pas au mieux de sa forme mais restait séduisante. Dans la cuisine, elle alluma la machine à café, sélectionna une capsule dans le bol qui traînait à côté, et prépara un allongé pour son visiteur. Xavier la rejoignit les mains dans les poches. Son regard était fuyant, le ventre de Pauline se contracta. Le bruit de la machine combla le silence gênant qui s'installait entre eux. La tasse remplie, Xavier la porta à ses lèvres. Pauline ne désirait pas prendre la parole la première. S'il était venu pour mettre fin à leur histoire embryonnaire, elle n'allait pas lui faciliter la tâche. Pour se donner une contenance, elle s'attela à la vaisselle sale qui attendait dans son évier.

— Je n'avais pas de rendez-vous dans le coin.

Pauline continua de rincer sa tasse de petit-déjeuner en prenant un air détaché.

— J'ai entendu la porte claquer ce matin à 6 heures. Le lit était déjà froid. Je me suis dit que tu voulais de nouveau fuir... et... Tu peux interrompre cette comédie et me regarder, s'il te plaît ?

Elle s'exécuta et tourna son visage dans sa direction. Ce qu'elle découvrit lui serra le cœur. Xavier semblait perdu, et en colère. Elle se trompait sur toute la ligne. Il était venu pour elle, pour eux. Elle devait faire un geste vers lui mais resta immobile. Les barrières qu'elle avait érigées depuis toutes ces années pour se protéger, étaient difficiles à franchir, tant pour son entourage que pour elle-même. Xavier ne s'en formalisa pas et continua sur sa lancée :

— Je ne sais pas si c'est le vin, le plaisir de se revoir, la proximité que nous avons eue hier soir, mais sache que j'ai été touché par tes confidences. Je me doutais que tu avais eu des soucis dans ta vie pour éprouver une telle rage en toi, mais j'avoue que je ne m'attendais pas à ça. Je suis venu pour te dire que je n'ai pas peur de ton histoire, et que je suis prêt à essayer. Mais pour cela, il faut être deux, et... Je ne veux pas te courir après, Pauline. J'ai passé l'âge. Donc, si tu ne te sens pas prête à partager un bout de chemin avec moi, je préfère que tu me le dises, là, dans cette cuisine... plutôt que dans deux mois.

Pauline resta figée. Dans sa tête, tout se bousculait. Elle ne comptait plus le nombre de fois où elle avait espéré entendre ces mots. Elle ne savait pas comment réagir. Xavier était resté évasif quant à ses révélations. Lui avait-elle TOUT dévoilé où s'était-elle arrêtée à l'épisode où, à l'âge de 10 ans, elle expédiait son père en prison en témoignant contre lui à son procès ? Savait-il qu'en plus d'avoir assassiné sa mère après l'avoir tabassée des années durant, son père la violait dans sa chambre d'enfant avant d'aller se coucher ? Avait-il assimilé qu'elle avait étudié le droit pour soutenir les victimes, avant de comprendre, à la fin de ses études, que tout truand s'en sortait avec l'aide d'un avocat habile ? Que, prenant conscience de cela, elle avait intégré un prestigieux cabinet parisien pour défendre les plus gros pervers de la région ? Que sa stratégie consistait à les faire condamner le moins possible pour mieux les tuer à leur sortie de prison ? Que pour elle, la seule justice était la mort, et non une peine à perpétuité derrière les barreaux ? Qu'à travers l'affaire Murlot, qui lui avait permis de se faire un nom dans le milieu judiciaire, elle avait accepté une partie de son passé et avait décidé de reprendre sa vie en main ? Que lui offrait-il exactement en cet instant ? Il gommait son ardoise de petite fille violée par son père, devenue meurtrière dix ans plus tard ? Connaissant son passé, il ne pouvait se présenter à elle ce matin et lui balancer son ressenti une tasse de café à la main, comme dans un mauvais téléfilm ! Il ne maîtrisait rien de sa vie, il ne connaissait d'elle que la face visible de l'iceberg. Il brûlait les étapes. Il exigeait tout d'elle et tout de suite… Il n'avait rien compris.

Pauline ne bougea pas d'un cil. Xavier posa sa tasse sur le plan de travail, et déserta la pièce sans un mot. Le claquement de la porte d'entrée lui glaça le sang.

❖

Emily arriva en trombe dans l'entrée. Elle se précipita sur le placard, ouvrit en grand les deux battants et fouilla frénétiquement à l'intérieur à la recherche d'une paire de chaussures. Il était 16 h 31, la cloche de l'école venait de sonner, et elle n'était pas encore en chemin. Noah allait paniquer en n'apercevant pas le visage de sa maman à la sortie. Elle enfila une vieille paire de ballerines bleu marine qui avait pris la poussière. Elle aurait préféré des baskets, mais ne disposait pas de temps pour nouer des lacets. Tant qu'elle pouvait courir, le reste était sans importance. Elle se rua sur la porte, et pesta en ne découvrant pas ses clés pendues à la serrure. Zut, ce n'était pas le moment ! Elle gesticula dans tous les sens à la recherche de son trousseau. D'un geste sec, elle renversa son sac à main sur la commode de l'entrée. Paquet de mouchoirs, rouge à lèvres, portefeuille, petites monnaies s'en échappèrent pour atterrir sur la moquette. Pas de clés. Elle poussa un cri de rage. Elle ouvrit le tiroir du meuble, et y découvrit avec soulagement le double de ses clés. Elle les attrapa d'une main ferme et claqua la porte sans se retourner.

Elle oublia l'ascenseur et se dirigea vers la cage d'escalier. Elle dévala les marches des trois étages en quelques secondes. En sueur, elle franchit la porte de l'immeuble. 16 h 33 à sa montre. En courant, elle pouvait rejoindre l'école de Noah en moins de cinq minutes. Elle s'élança dans la rue. Une dizaine de foulées plus tard, elle bifurqua sur la gauche, rue Bartholdi. Ses cheveux fouettaient son visage à chaque enjambée, sa jupe volait dans les airs. Elle n'en avait cure, seul son fils comptait. Concentrée sur son souffle, elle ne prêta pas attention aux deux hommes qui la suivaient au pas de course sur le trottoir attenant.

Après cent vingt minutes interminables de filoche à enchaîner les cigarettes dans l'habitacle d'une vieille Fiat Panda, Stéphane et Côme avaient vu leur cible sortir de l'immeuble, puis se lancer dans un sprint. La surprise passée, ils avaient claqué les portières de la Fiat pour se mettre à courir à leur tour. Stéphane crachait ses poumons, maudissant les dix clopes qu'il venait de consommer. Il vit son jeune coéquipier le doubler et le distancer. Mais quelle mouche avait pu piquer la jeune femme ? Fuyait-elle une menace ? Le capitaine Revalon se demanda si le mari ne s'était pas présenté par une porte dérobée qu'ils auraient négligé de surveiller. Il jeta un rapide coup d'œil par-dessus son épaule. Ne devait-il pas faire demi-tour pour aller vérifier son hypothèse ? N'ayant pas moyen de prévenir Côme de son idée, il continua sa course droit devant lui. Ils pourraient toujours revenir sur leurs pas.

Arrivée à hauteur du square des Tilleuls, Emily manqua de renverser une petite fille. Elle s'excusa auprès de la maman d'un signe de main sans freiner sa course. Encore 600 mètres à parcourir. Elle avait entamé des recherches sur le droit pénal français et n'avait pas vu l'heure tournée. Noah allait s'inquiéter, ce n'était vraiment pas le moment de lui infliger un stress supplémentaire. Dernier tournant à gauche, boulevard Jean-Jaurès, elle ralentit sa course. Elle était à bout de souffle. Plus que 50 mètres à parcourir avant de serrer Noah dans ses bras. Elle réajusta sa jupe, se passa une main dans les cheveux, respira profondément. 16 h 38, l'affluence devant les portes du primaire s'étiolait.

Sur le trottoir d'en face, Stéphane et Côme reprenaient leur respiration, en se moquant de leur trop grande imagination. Ils avaient élaboré un scénario plus ou moins morbide, alors qu'il ne s'agissait que d'une maman paniquée à l'idée d'arriver en retard à la sortie de l'école. Ils n'allaient pas partager cette expérience avec leurs camarades lors de leur réunion de ce soir au Bastion ! Leurs sourires s'effacèrent quand ils virent Emily faire de grands gestes. Par instinct, Côme fit un mouvement vers l'avant. Stéphane le stoppa dans son élan. Ils étaient là en observateurs, et ne devaient intervenir qu'en cas de nécessité.

— Comment cela, Noah n'est pas là ? hurla Emily.

— Puis-je vous demander de vous calmer, madame Rousset.

Emily se mordit la langue pour s'empêcher de prononcer des paroles qu'elle regretterait par la suite. Elle prit une grande inspiration, et expira calmement.

— Oui, excusez-moi. Vous avez toute mon attention.

— Très bien. Je suis contente de vous voir, car je souhaitais vous signaler que Noah s'est plaint d'une grande fatigue après la cantine. Je l'ai personnellement reçu dans mon bureau cet après-midi, et je ne vous cache pas que j'ai été surprise par son état général. Ce petit garçon cumule des carences de sommeil alors que l'année scolaire ne fait que commencer.

— Noah fait de nombreux cauchemars ces derniers temps. Il a un sommeil agité… Mon mari est absent. Son travail l'accapare énormément ces derniers mois, il est souvent en déplacement. Je pense que ce rythme perturbe Noah.

— Vous savez, à 8 ans, les enfants ont besoin d'un environnement stable avec des horaires fixes pour bien se construire.

— Je… Je vais faire plus attention. Mais cela ne m'explique toujours pas où est Noah !

— Ah oui, bien sûr. Noah est tout simplement parti avec son papa.

22

16 h 52, siège de la police judiciaire, 6ᵉ étage, bureaux du groupe Laroche, 36 rue du Bastion, XVIIᵉ arrondissement, Paris

— Alors, tu t'en sors ?

Alexane entra dans la pièce les mains chargées d'un mug fumant. Elle le déposa sur la table près de l'écran d'ordinateur où son procédurier s'abîmait les yeux depuis trois heures à visionner des kilomètres d'images de vidéos surveillance.

— Tiens, du café. Je t'ai mis du lait comme tu aimes.

Thierry quitta son écran quelques instants. Il s'étira les bras en poussant un gémissement.

— C'est aimable, mais j'aurais plutôt besoin d'une séance chez le kiné. J'ai mal partout et le cou bloqué.

— Attends, je peux y remédier. Voilà, relâche tes épaules et laisse-toi faire.

Alexane passa derrière son collègue et commença à lui masser la nuque.

— Tu as un sacré nœud. C'est ton prochain départ pour la BRI qui te met dans cet état !

— Ah, ah… très drôle ! Tu sais que si quelqu'un entrait dans la pièce, il pourrait se poser des questions.

— Je suis juste une cheffe de groupe qui bichonne son équipe. Je ne vois pas de mal à cela.

— Si tu étais un homme et moi une femme, on parlerait de harcèlement sexuel.

— Tu veux que j'arrête ?

— Tu rigoles ! Continue… Tu peux appuyer plus fort sur la droite. Voilà, parfait. Hmm, c'est bon.

— C'est maintenant que cela devient gênant. Bon, dis-moi si tu as trouvé quelque chose d'intéressant dans la série d'images que tu viens d'avaler.

— Du genre, un homme qui met le corps de notre victime dans le coffre, avec en prime son visage pile-poil dans l'axe de la caméra en plein jour ?

— De ce genre-là, oui.

— Après plus de vingt ans de métier, tu crois encore au miracle !

— On dit que la chance sourit au moins une fois dans la vie d'un flic, alors justement, vu mon grand âge, la probabilité que cela m'arrive augmente à chaque nouvelle enquête, non ?

— Ta naïveté m'impressionne ! Comme tu es douée pour les massages, j'ai peut-être un passage qui va t'intéresser. Attends, laisse-moi deux minutes. Voilà, regarde.

Alexane oublia les épaules de Thierry et se pencha vers l'écran. Elle y découvrit une rue de Paris avec sa série de platanes plantés le long d'un large trottoir, des immeubles de style haussmannien en second plan, une enfilade de voitures garées les unes derrière les autres et des passants qui défilaient par intermittence. Elle posa son regard sur une place de stationnement inoccupée devant un magasin. Elle plissa les yeux et déchiffra les mots Boucherie-Charcuterie inscrits en lettres blanches sur une bâche noire. La luminosité était faible, les lampadaires éclairant mollement la rue. Elle jeta un œil sur la date et l'heure inscrite en haut à droite de la vidéo : 25/08/2019, 23 h 53. Une étincelle jaillit dans son esprit. Dans quelques minutes, elle découvrirait Nicolas Rousset garant sa voiture de fonction à cet emplacement, s'il n'avait pas menti lors de son audition. Son pouls s'accéléra. Un homme promenait son chien en laisse, une femme le dépassait, un portable collé à l'oreille, puis deux phares de voiture envahirent l'écran.

Alexane reconnut l'Audi A3. Le véhicule ralentit, clignotant droit enclenché, puis le conducteur effectua un créneau sans une once d'hésitation. Les phares s'éteignirent. Seuls les réverbères publics éclairaient la scène, la rue restait déserte. Après une minute, la portière gauche s'ouvrit. Alexane vit Nicolas Rousset s'extirper de sa voiture, se pencher dans l'habitacle pour émerger avec un sac de sport dans une main. La portière claquait, dernier appel de phares signifiant que la voiture venait d'être verrouillée par son propriétaire, puis disparition du conducteur du champ de vision de la caméra. Arrêt sur image.

— Alors, qu'est-ce que tu en penses ? demanda Thierry sans préambule.

— Cela confirme sa déposition. Il est bien arrivé le dimanche 25 août en soirée, boulevard Voltaire, où il a garé sa voiture devant la boucherie.

— OK, ensuite…

— Il lui faut moins de deux minutes pour se garer, prendre son sac et quitter les lieux.

— Sans jeter un seul regard sur le coffre… Tu as le corps d'une fillette de 8 ans à deux mètres de toi dans ta putain de bagnole, et tu pars comme cela dans les rues de Paris sans te retourner ? Je n'y crois pas ! Il y a un truc qui cloche dans cette histoire. Il ne tremble pas. Regarde, il te fait un créneau nickel sans s'y reprendre une seconde fois… Si tu viens de commettre un crime, tu trembles un minimum !

— Pas si tu as un sacré sang-froid !

— On parle du type qui nous a fait une syncope en voyant une photo de la gamine ! Et là, tu voudrais qu'il soit Superman le soir du meurtre ! Foutaise !

— Tu as autre chose sur les bandes, les heures ou les jours suivants ?

— J'ai focalisé toute mon attention sur la voiture. À part le boucher qui s'excite dessus, pas de signe de notre gus, ni d'autre suspect d'ailleurs, depuis ce fameux dimanche soir… Il n'est jamais revenu.

❖

Inspiration, expiration. Ne pas perdre son calme, réfléchir : 17 heures à sa montre, ils ne devaient pas être très loin. Comment avait-elle pu être aussi négligente ! Elle savait qu'il était capable de se réveiller et de tout anéantir autour de lui. Comment pouvait-elle se penser en sécurité en le mettant simplement dehors ? En agissant ainsi, n'avait-elle pas provoqué l'inverse de l'effet escompté ? Il n'avait plus rien à perdre. Il devenait dangereux. Des larmes inondèrent son visage. L'histoire se répétait. Elle était maudite. Elle avait déjà dû fuir, quitter un pays, changer de nom, pour se retrouver là, seule, sur un trottoir au milieu d'une ville de deux millions d'habitants, à se demander si elle allait récupérer son fils, la chair de sa chair, vivant ! Pourtant, elle n'avait rien laissé au hasard, elle suivait son plan à la lettre depuis le départ, sans y déroger d'un millimètre. Elle connaissait ses erreurs passées. Elle s'était soignée, avait suivi son traitement sans diminuer les doses. Alors pourquoi perdait-elle le fil ? Elle devait se ressaisir, et vite. Montrer à Nicolas qu'elle n'avait pas peur de lui. Ne plus être une victime ! Elle s'était fait une promesse, après le drame. Elle n'allait pas flancher à la première difficulté. Mais d'abord, retrouver Noah. Son petit garçon ne marchait pas vite. Étaient-ils montés dans un taxi ? Nicolas n'avait pas beaucoup d'argent liquide, sa carte bleue était dans le coffre de l'appartement. Le métro ? Devait-elle contacter la police ? Pour leur dire quoi exactement ? Que le père de son enfant était allé chercher son fils à la sortie de l'école ! Si les flics l'avaient laissé sortir, c'est qu'ils n'avaient rien contre lui. Nicolas était libre de ses mouvements, donc dans le droit de venir récupérer son fiston à la fin de sa journée. Non, elle devait se rendre à l'évidence : elle ne pouvait compter que sur elle-même. Et avant d'imaginer le pire, elle devait se mettre à la place de Noah. Il pensait que son papa était en voyage. Il avait dû être étonné, mais aussi heureux de le retrouver. Que fait un papa qui n'a pas vu son fils depuis plusieurs jours ? Il l'emmène goûter.

Revigorée, elle chercha son portable dans ses poches pour repérer les boulangeries du quartier. Elle n'avait rien sur elle. Elle se rappela avec effroi qu'elle avait claqué la porte de chez elle sans se munir de son téléphone. Elle visualisa l'image du contenu de son sac à main renversé à même le sol. Elle ne devait pas paniquer. Ce n'était pas en restant plantée devant les portes de l'établissement scolaire qu'elle les trouverait. Elle se souvint d'une boulangerie à 200 mètres de là sur la gauche. Cela pouvait être un point de départ. Sans plus attendre, elle marcha d'un bon pas dans cette direction.

Elle ne reconnut pas la devanture du magasin. Dans ses souvenirs, une teinte marronnasse englobait l'ensemble. Aujourd'hui, une couleur bleu canard l'accueillait ainsi que l'odeur de pain au chocolat sortant du four. Elle scruta la file d'attente composée de têtes blondes salivant devant les pâtisseries dégoulinantes de sucre. Pas de Noah. Quand vint son tour, elle demanda si un petit garçon de 8 ans était passé avec son papa. Elle essaya de décrire en quelques mots le physique des deux portés disparus. Elle reçut en retour le sourire de la caissière, suivi d'un mouvement de tête lui indiquant la queue derrière elle. Des dizaines d'enfants passaient chaque jour avec leurs parents, ils avaient tous le même visage, pour elle.

Contrariée, Emily rejoignit le trottoir. Elle s'y prenait mal. L'heure tournait. Ils avaient dû finir d'engloutir leurs viennoiseries. Que désirait faire Noah après l'école ? Rentrer à la maison n'était pas une option. Elle avait fait changer la serrure, et Noah n'avait pas de jeu de clés. Sauf que Nicolas n'avait pas été informé du passage du serrurier. Il pensait encore pouvoir accéder à l'appartement quand bon lui semblait. Emily fit demi-tour et pria pour que son intuition fût la bonne. Elle se dirigea vers la rue Escudier sans se douter de la présence des deux policiers qui la suivaient à bonne distance.

Devant l'entrée du square des Tilleuls, elle marqua un temps d'arrêt. Cet espace vert n'était pas immense, mais présentait l'avantage de disposer de deux tables de jeux d'échecs. À une période plus heureuse, père et fils s'y rendaient avec plaisir pour s'affronter. En souvenir d'un temps révolu, Nicolas avait peut-être proposé à Noah de jouer une partie. Emily franchit le portillon gris et entra dans l'allée. À une dizaine de mètres, elle les aperçut, debout l'un à côté de l'autre, observant deux joueurs concentrés sur leurs pions. Elle rêvait de se jeter sur Noah, et de l'éloigner de son père. Pour ne pas effrayer son petit garçon, et provoquer un esclandre devant des témoins, elle choisit de les rejoindre calmement.

Arrivée à leur hauteur, elle posa ses mains sur les épaules de son fils qui, surprit, poussa un petit cri. Découvrant sa maman, il se jeta dans ses bras. Elle croisa le regard de son mari. Elle le trouva fatigué, et ne ressentit aucune menace de sa part. Il paraissait abattu et résigné. Cela serait-il plus facile que ce qu'elle s'était imaginé ? Elle avait une carte à jouer à cet instant. Elle n'allait pas se priver de saisir cette chance au vol. Tout en soutenant son regard, elle lança l'offensive.

— Dis au revoir à papa, Noah, on rentre.

— Noah, a peut-être envie de suivre la fin de la partie. Nous pourrions en profiter pour nous asseoir sur un banc et discuter. Nous avons quelques points à voir ensemble, je pense.

— Pour moi, tout est très clair, et il n'y a rien à ajouter.

— Nous sommes montés à l'appartement avec Noah. Je vois que tu n'as pas perdu ton temps.

— Dois-je te rappeler dans quelles circonstances tu as quitté le foyer conjugal ?

— Tu ne m'as pas laissé le choix !

— Il est trop tard, maintenant, pour revenir en arrière… et après ce que tu as fait, tu te doutes bien, que la porte restera close à jamais.

— Après ce que J'AI FAIT !

— Ne hausse pas le ton devant Noah, tu veux bien.

Emily se pencha à hauteur de son fils et l'invita à aller jouer un peu plus loin. Quand Noah se trouva à une distance raisonnable, elle reprit.

— Eh oui, je dis bien après ce que TU as fait. Les policiers sont venus à la maison. Ils ont fouillé partout, figure-toi. Heureusement, Noah était à l'école. Tu imagines le traumatisme s'il avait vu sa chambre saccagée par des hommes en uniforme !

— C'est toi qui me parles de « traumatismes ».

— Nicolas, écoute-moi bien, car je ne le répéterai pas. Prends tes responsabilités, pour une fois. Agis en homme. Va te dénoncer, et oublie-nous. Tu auras au moins accompli une bonne action dans ta vie. Nous nous en sortirons sans toi, avec Noah. Alors, je t'en prie, sors de nos vies. Je ne veux pas savoir ce qui s'est passé. C'était peut-être un accident. Cela devait arriver tôt ou tard. C'est derrière nous, maintenant. Assume ton rôle dans cette histoire. Si tu ne le fais pas pour moi, fais-le pour notre fils. Il peut s'en sortir. Je peux lui offrir une vie loin de cette folie. Mais je n'y parviendrai que si tu vas voir cette femme, cette commandante Alexane Laroche, et que tu te dénonces.

— Si je refuse…

— Compte sur moi pour le faire à ta place, et tu te doutes bien que le tableau que je camperai risque de te coûter cher… Je te laisse deux jours… Adieu, Nicolas.

23

19 h 47, Hôtel de la Gare, rue Vicq-d'Azir, X^{e} arrondissement, Paris

— Il faudrait penser à régler votre chambre. Vous avez payé pour dix jours, et là nous sommes mercredi. La maison ne fait pas crédit.

Nicolas jeta un rapide coup d'œil à l'homme qui venait de lui adresser la parole. L'aspect physique du réceptionniste concordait avec le décor de son lieu de travail. Une barbe de plusieurs jours pas taillée, des cheveux gras, plaqués en arrière pour camoufler une calvitie naissante, des ongles jaunis par le tabac, et des dents qui n'avaient pas dû se frotter à la fraise d'un dentiste depuis des lustres. Tout en se dirigeant vers les escaliers, Nicolas lui promit de descendre l'argent dans la soirée. Heureusement, personne ne s'était rendu compte de son absence la nuit dernière, et on ne lui avait pas mis ses affaires dehors.

Arrivé dans la chambre qui puait la transpiration et l'humidité, il retrouva la pièce dans le même état qu'il l'avait laissée la veille au matin. La femme de ménage avait définitivement renoncé à y pénétrer. Il chercha à mettre la main sur son portefeuille. Il le trouva dans la poche de son jean, qu'il avait jeté sur le fauteuil. Il en sortit un billet de cinquante euros. Il le descendrait plus tard. Pour le moment, il désirait rester seul. La journée avait été interminable et éprouvante. Il s'était réveillé dans un lit d'hôpital, en larmes, il allait s'endormir dans une chambre d'hôtel miteuse, plus déprimé encore. La présence de Noah l'avait revigoré quelques heures. Il lui restait un être cher qu'il pouvait sauver. Déjeuner avec son avocate lui avait donné la force et le courage de se présenter à la sortie de l'école de son petit garçon. Il pensait y croiser Emily, et était déterminé à l'affronter.

Elle n'était pas sur le trottoir quand les portes du primaire s'étaient ouvertes. Il y avait vu l'opportunité de vivre quelques minutes de bonheur en compagnie de son enfant, loin de l'influence négative de sa femme. Noah avait eu un geste de recul à son approche. Non, il n'était pas heureux de revoir son papa, et réclamait sa maman. Nicolas avait dû insister, et lui vendre une partie d'échecs dans le square en bas de chez eux pour qu'il daigne le suivre. Pendant le trajet, il lui avait posé des questions sur sa rentrée, sa maîtresse, ses copains de classe. Noah avait répondu par monosyllabes. Qu'avait bien pu inventer Emily pour justifier son absence prolongée ? Une horreur, sans doute. Que se passait-il dans la tête de ce petit bonhomme de 8 ans ? Il se tenait sur la défensive. Il jetait des regards perdus dans la rue, espérant sans doute apercevoir la silhouette de sa mère se dessiner au loin.

Nicolas devait admettre qu'il était trop tard. Trop tard pour réparer le mal qui avait été fait. Emily avait raison. Il pouvait accomplir une dernière action noble : assumer ses actes et offrir ainsi à Noah un avenir. Il se mit à trembler. La perspective d'achever ses jours entre quatre murs le tétanisait. Il ne tiendrait pas le coup. Autant en finir tout de suite, avant d'endurer l'humiliation d'un jugement en cour d'assises… Affronter le regard des jurés, les articles dans la presse, le sentiment de dégoût qu'il inspirerait à son entourage et à l'opinion publique… C'était au-dessus de ses forces.

Il regarda autour de lui. Il vit une chaise, une tringle à rideaux vissée dans le mur. Cela ferait l'affaire. Il mit le billet sur la table, approcha le fauteuil de la fenêtre et l'escalada. Sa main attrapa un pan de rideau qui empestait la cigarette froide. Il tira un coup sec, la tringle ne broncha pas. Il chercha l'embrasse qui attachait le voilage et trouva une cordelette blanche qui avait connu des jours meilleurs. Il la détacha et la tendit pour apprécier sa taille. Un mètre. Il s'empara de la seconde enroulée autour de l'autre pan de rideau. Il disposait de deux mètres de corde. Tout était parfait et trop facile. Un signe du destin ! Il passa l'embrasse au-dessus de la tringle et s'attaqua au nœud. Il enroula la corde autour de son cou. Voilà, un bref mouvement pour se débarrasser de la chaise sous ses pieds et son cauchemar prendrait fin dans la minute suivante.

La peur crispa son visage. Il allait finir sa triste vie, seul, dans une chambre d'hôtel. Qui le pleurerait ? Ses parents étaient montés au ciel depuis de nombreuses années. Fils unique, il n'aurait ni frère ni sœur pour se lamenter de sa disparition devant sa tombe. Sa femme ? Non, elle serait soulagée de le voir six pieds sous terre. Son fils aurait du chagrin, mais il ne doutait pas de l'emprise d'Emily sur lui pour dissiper rapidement ce sentiment de tristesse. En définitive, sa mort serait plus bénéfique que sa survie. Il n'avait pas pris le temps de laisser un mot pour justifier son geste. En fallait-il un ? Se pendre est l'acte d'une personne désespérée, rongée par la culpabilité. Si les policiers ne l'entendaient pas de cette façon, Emily saurait se rendre convaincante. Il endosserait le meurtre, et tout rentrerait dans l'ordre. Une fin misérable pour un être pitoyable.

Sans plus d'hésitation, il coucha la chaise sur le côté d'un coup de pied. La sensation d'étranglement fut fulgurante et instantanée. Il sentit la corde épouser son cou et mordre sa chair. Par instinct, il agita ses jambes dans le vide. La lampe de chevet se renversa par terre. Un craquement sourd, puis la chute. Il se retrouva en chien de fusil sur la moquette. D'une main, il desserra le nœud. Ses poumons se remplirent d'air, il toussa fortement. Dans un brouillard, il aperçut la tringle à rideaux fendue en son milieu. Ironie du sort, les vis n'avaient pas bougé d'un millimètre sur le mur. Il était bon pour rembourser les dégâts. Décidément, il loupait tout ce qu'il entreprenait… Même son suicide.

❖

Noah fixait ses petits pois dans son assiette. Il n'avait pas faim, son ventre lui faisait mal. Il se mordit la lèvre, il ne devait pas pleurer. Sa maman allait s'inquiéter si elle le voyait dans cet état. Il ne voulait pas la stresser davantage, il devait être courageux. Il renifla plus fort qu'il n'aurait souhaité. Emily abandonna son évier où quelques casseroles attendaient d'être nettoyées. Elle finirait la vaisselle plus tard. Elle s'essuya les mains sur un torchon qui traînait sur le plan de travail et s'installa sur un tabouret près de son petit garçon.

— Ça va mon ange ? Tu n'as pas prononcé un mot depuis que nous sommes rentrés. C'est le retour de papa qui t'a perturbé ?

Noah leva les yeux et affronta le regard de sa mère. Il était tendre et doux. Il aurait pu s'y plonger des heures pour effacer tous ses chagrins et ses peurs. Il entrouvrit la bouche, mais aucun son ne sortit. Il ne connaissait pas les mots pour exprimer tous les sentiments qui envahissaient son esprit. Pour ne pas préoccuper sa maman, il fit oui de la tête.

— Mon chéri, il faut que tu saches que papa ne reviendra pas à la maison. Nous avons discuté et pris la décision ensemble que pour le bien de notre famille, il serait bon qu'il parte. Nous n'allons pas déménager. Tu garderas ta chambre et tu resteras dans la même école. L'unique point qui va changer est le fait que nous ne serons plus que tous les deux dorénavant. Tu comprends ce que je te dis ?

— Il va aller où papa ?

— Dans une autre maison.

— Je devrai dormir chez lui ?

— Non… pas obligatoirement.

Noah tendit ses bras. Emily l'enlaça.

— On sera heureux tous les deux, je te le promets.

❖

Alexane se saisit d'un feutre noir et écrivit en lettres majuscules NICOLAS ROUSSET sur le tableau blanc. Le groupe était réuni dans une salle, prêt à débriefer les découvertes de la journée. Manquaient à l'appel Côme et Stéphane en planque dans la Fiat Panda en bas de l'immeuble des Rousset. Afin qu'ils soient au courant des dernières avancées de l'enquête, ils étaient à l'écoute, branchés sur le haut-parleur du téléphone qui trônait au milieu de la table. Alexane invita Vincent à prendre la parole et à partager ses recherches sur le passé de leur principal suspect. Le lieutenant Gaurand ajusta ses lunettes et s'exécuta.

— Avec Jérôme, nous avons focalisé notre énergie sur Rousset et sa première femme. Je vous résume en quelques mots. Pour info, je vous ai photographié leurs biographies respectives avec plus de détails, si vous voulez faire des devoirs supplémentaires à la maison avant de vous coucher… Nicolas Rousset, né le 3 avril 1974 à Argenteuil, dans le Val-d'Oise. Fils unique. Enfance et adolescence à Franconville. Scolarisé dans des établissements privés tenus par des bonnes sœurs : maternelle, primaire à l'Institution Jeanne-d'Arc à Franconville, puis collège et lycée à Notre-Dame de Sannois. Famille modeste : mère, responsable d'une boutique à Enghien-les-Bains, père, assureur à la Banque postale. Bon élève, ses professeurs parlent de lui comme d'un garçon sérieux et timide. Son baccalauréat ES en poche, il s'inscrit à l'université de Paris-Dauphine où il suit un master en management commercial. Il rencontre sur les bancs de la fac Ségolène du Plessis. Fille de bonne famille, domiciliée à Neuilly, née elle aussi en 1974. Ils se marient l'été de leur diplôme. Ils s'installent à Paris dans le XVIIe. Nicolas obtient un poste de chef des ventes régional chez Samsung, basé à Boulogne. Ségolène travaille au service marketing du cabinet Deloitte à Neuilly. Écoutez bien, la suite est intéressante. Un bébé tarde à venir. Ils se lancent dans un programme d'aide à la procréation à la clinique de la Muette dans le XVIe. Neuf ans après leur mariage, fin 2008, Ségolène est enceinte. Ils s'installent dans un pavillon à Viroflay, près de la forêt de Fausse-Reposes. C'est là où se sont rendus Côme et Alexane le jour de la découverte du corps de notre victime. Le couple se lance dans des travaux, en préparation de l'arrivée de ce bébé tant désiré. Puis c'est le drame. Ségolène donne naissance à une petite fille en juillet 2009 à la clinique de la Muette, mais l'accouchement se passe mal, et la mère décède en couches. Nous avons contacté l'hôpital. On nous a parlé de secret médical, mais Jérôme a su se montrer persuasif. Raison du décès : Hémorragie obstétricale.

Alexane fut la première à réagir.

— Une petite fille ?

— Oui, qui devrait avoir 10 ans aujourd'hui. Elle a été déclarée à la mairie du XVIe au nom de Jade, Marie, Rousset, le 13 juillet 2009.

— Oh mon Dieu, c'était sa gamine dans le coffre !

24

Jeudi 5 septembre 2019, 09 h 18, cabinet de maître Pauline Carel, 82 boulevard de Courcelles, XVIIe arrondissement, Paris

Une sonnerie retentit. Pauline, plongée dans ses comptes, sursauta sur sa chaise. Aucun rendez-vous client n'était programmé dans son agenda. Elle soupira. Elle n'avait aucune envie d'ouvrir sa porte, mais l'état de ses finances la motiva pour aller accueillir ce visiteur surprise. Pauline remit en vitesse ses chaussures à talons qui traînaient sur le parquet sous son bureau, réajusta sa jupe droite, se passa une main dans les cheveux et afficha son plus beau sourire quand elle actionna la poignée de l'entrée. Un homme au visage abattu apparut.

— Monsieur Rousset ? Tout va bien ?

— Je suis désolé de débarquer ainsi sans vous prévenir, mais j'ai des confidences importantes à vous faire. Ce que j'ai à vous dévoiler ne peut être entendu par téléphone. J'ai préféré me déplacer.

— Vous avez bien fait. Je vous en prie, entrez. Au fond du couloir, porte de droite.

Nicolas suivit les indications de son avocate. Il pénétra dans une pièce haute de plafond. Parquet au sol, murs blancs, deux fenêtres immenses qui éclairaient l'ensemble. Le mobilier se voulait contemporain et créatif : un bureau blanc, encombré d'un écran d'ordinateur et d'une lampe de designer, un tapis carré en jute, deux fauteuils en cuir noir, une étagère en pin accueillant des dossiers plus ou moins épais. Seule une plante verte apportait une touche de couleur à cet espace de travail. Tout était fait pour favoriser la concentration. Nicolas prit place sur le premier fauteuil qui s'offrait à lui.

— Désirez-vous un verre d'eau avant de commencer ?

— Non, merci. Je n'ai besoin de rien.

— Très bien. Je vous écoute monsieur Rousset. Qu'avez-vous à me dire de si urgent ?

— C'est le corps de ma petite fille qui a été retrouvé dans mon coffre. Les policiers vont recevoir les résultats de la comparaison ADN dans la journée. Je ne peux plus me cacher.

Pauline encaissa la nouvelle. Elle n'était pas si étonnée, mais aurait préféré s'être trompée sur son compte.

— Monsieur Rousset, je n'aurai qu'une question : êtes-vous responsable de la mort de votre fille ?

— Oui.

Pauline se leva. Elle ne pouvait rester en place, et croiser le regard de ce père assassin. C'était au-dessus de ses forces.

— Je ne voulais pas... je ne voulais pas lui faire du mal, je...

— Ne dites pas un mot de plus. Je vais être franche avec vous, monsieur Rousset. Je ne souhaite pas vous représenter dans cette affaire. Je vais vous orienter vers un de mes confrères qui se fera un plaisir de reprendre votre dossier.

— Mais, je ne veux pas d'autre avocat. C'est vous, et vous uniquement, dont j'ai besoin pour me défendre !

— Je suis désolée, mais je jouis de la liberté de sélectionner mes dossiers, et le vôtre ne m'intéresse pas.

— D'après votre pedigree, vous avez sans cesse défendu des hommes accusés d'actes abominables. Je ne déroge pas à cette règle.

— Je n'ai pas à justifier mon choix. Tenez, voici la carte de maître Sébastien Brayard. Sa réputation est excellente. Je vous le recommande vivement. Vous serez entre de très bonnes mains avec lui. Au revoir, monsieur Rousset.

Deux minutes plus tard, Pauline se retrouva seule dans son bureau, lessivée par ce bref entretien. Ce Rousset lui renvoyait l'image de son père, cet homme brutal qui n'avait pas su contenir ses coups et avait commis l'irréparable. Il lui était inimaginable de le défendre devant une cour d'assises. En quittant le cabinet Brayard, elle avait enterré l'avocate de ses débuts qui se serait jetée à corps perdu sur une telle affaire. Ce temps était révolu. Elle désirait tourner la page et aspirait à autre chose que se plonger dans une histoire sordide qui lui rappellerait son enfance. Elle s'attaqua à un ongle qu'elle rongea jusqu'au sang. Son ventre se contracta. Elle se plia en deux, une douleur dense et soudaine envahit tout son être. Recroquevillée sur elle-même, elle se dirigea péniblement jusqu'aux toilettes. Elle eut à peine le temps de s'y réfugier qu'elle vomit son petit-déjeuner.

❖

Sur la terrasse végétalisée du Bastion, où des ruches avaient été installées, le panorama se composait des trois blocs architecturaux du Palais de justice et du défilé incessant de voitures sur des ponts en béton. Alexane se remémora avec nostalgie ses souvenirs sur les toits de l'ancien 36 : tous les 14 Juillet, ceux qui étaient de permanence y grimpaient pour voir passer dans le ciel la patrouille de France ou admirer le feu d'artifice… Et leur dernière soirée au Quai des Orfèvres : un moment d'anthologie ! Il y avait eu du beau monde : des juges s'étaient présentés à leur petite sauterie. Une belle et grande famille ! Ils avaient fini la nuit sur les toits à discuter, à fumer, à prendre des selfies. Certains avaient fait marcher les sirènes, d'autres avaient laissé des messages sur les murs. Son groupe avait clos les festivités en plongeant dans le filet antisuicide, une vieille tradition de soirée. Le lendemain soir, la brigade des stups avait pris le relais. La direction, au courant des joyeuses frasques de la veille, avait mis les pieds dans le plat et avait demandé, lors du discours, de « respecter les locaux » et… d'oublier les sauts ! Les gars de la Crim' avaient emporté en souvenir un morceau du filet d'environ 20 × 20 cm… le « trampoline » était quelque peu fragilisé !

Alexane sortit son paquet de cigarettes. Elle se demanda quel goût auraient les premiers pots de miel provenant de cet endroit ! Cela faisait deux ans qu'ils avaient pris possession du « New 36 »… Une nouvelle page d'histoire à écrire. Les premiers faits marquants au sein de ces murs n'étaient pas tous glorieux. En mars dernier, un policier abattait une collègue de 27 ans par arme à feu. Le jeune adjoint de sécurité manipulait son arme et aurait accidentellement appuyé sur la gâchette. Selon les premiers éléments de l'enquête, l'histoire était plus bête encore. Les deux collègues s'amusaient à jouer à qui dégaine le plus vite. La balle serait partie. La jeune femme, gardien de la paix au service de garde du tribunal de grande instance de Paris, avait été touchée à la tête.

Alexane soupira. Les tests ADN venaient de tomber. Ses craintes avaient été confirmées. Nicolas Rousset était le père de la petite fille du coffre. La victime avait maintenant un nom : Jade Rousset, 10 ans au moment des faits. Une fin tragique pour un être innocent. Une affaire de merde qui vous bousillait le moral pendant des mois. Alexane n'avait pas fermé l'œil de la nuit, ressassant le calvaire qu'avait dû vivre cette pauvre gamine. Une partie de ses hommes ne s'était pas plus reposée. Stéphane et Côme avaient passé le relais à Thierry et Vincent en début de soirée. Les deux acolytes avaient occupé leur nuit à surveiller les allées et venues d'Emily Rousset. Rien à signaler de ce côté. Seul mouvement : le départ pour l'école à 8 heures.

La cigarette se consumait dans les doigts de la policière. Elle ne l'avait pas encore portée à sa bouche. Trop préoccupée par les évènements à venir. La substitute Delatour avait demandé un placement en garde à vue. Les preuves matérielles manquaient, mais les faits étaient trop graves. Elle espérait obtenir des aveux circonstanciés. Des membres du groupe venaient de partir pour rejoindre l'hôtel où créchait leur suspect. Les prochaines heures seraient décisives.

Alexane jeta la cigarette sur le sol et l'écrasa. Elle n'en avait pas envie. Son ventre gargouilla, il criait famine.

Elle ne se nourrissait que de moitiés de sandwichs et de bouts de pizza depuis le début de la semaine. Son seul et unique vrai repas avait été le petit-déjeuner qu'elle avait partagé avec son procédurier la veille, et il avait fini dans la cuvette des toilettes de l'Institut médico-légal. Elle n'avait plus goût à rien et se serait bien passée de cette affaire. Elle se sentait lasse de ne côtoyer que la misère sociale et humaine dans son quotidien. Elle fit un rapide calcul mental. Plus de vingt ans de sa vie dans la police… Et pourquoi ? Pour se retrouver à enquêter sur la mort d'une enfant abandonnée dans le coffre d'une voiture comme on oublierait un vieux sac de sport ! Elle posa ses coudes sur la rambarde de sécurité et enfouit son visage dans ses mains. Une vague de tristesse et de lassitude déferla en elle. Une larme coula le long de sa joue. Elle ne put s'empêcher de se moquer d'elle-même. À ce rythme-là, elle était bonne pour une dépression et pour finir chez le psy !

Des bruits de pas sur l'asphalte la sortirent de ses sombres pensées. Elle se retourna et aperçut Côme à quelques mètres de là. Elle respira un grand coup et se passa une main sur le visage. Vingt enjambées plus tard, Côme se tenait à ses côtés.

— Je te cherche depuis dix minutes. Tu avais disparu. Thierry m'a dit que j'aurais des chances de te trouver sur la terrasse.

— Tu veux une cigarette ?

— C'est gentil, je ne fume pas… Pas encore, en tout cas.

— Tu voulais me parler ?

— J'ai un point qui me taraude depuis notre réunion d'hier soir.

— Je t'écoute.

— Tu sais, on a assisté à un accrochage hier en fin d'après-midi entre Emily Rousset et son mari.

— Au square des Tilleuls, si je me souviens bien.

— Oui, eh bien, depuis, je revis la scène en boucle et je trouve qu'il y a un truc qui cloche.

— Continue.

— OK. Nous sommes tous partis tête baissée sur le père, Nicolas. Depuis le début, tous nos soupçons convergent vers lui. Nous l'imaginons violent, battant sa femme et, depuis ce matin, assassinant sa fille. Mais, au regard de la scène qui s'est jouée hier au square, cela ne tient pas la route. Je n'ai pas observé une femme apeurée devant son mari, au contraire. Elle se comportait de manière agressive, et c'est lui qui semblait la craindre.

— Attends. N'oublie pas que madame Rousset a porté plainte contre son mari pour coups et blessures la semaine dernière au commissariat de son quartier. J'ai demandé à examiner le document. Une photo était jointe au dossier. Le bleu sur la joue était bien réel, crois-moi. As-tu épluché le rapport d'autopsie ? Nous ne parlons pas d'un accident domestique, là !

— Oui, je sais tout cela. Mais, excuse-moi, quand tu es une femme battue, devant ton bourreau, tu baisses les yeux, tu maintiens tes distances, tu ne cherches pas à le contrarier… Bref, tu t'écrases. On est d'accord ? Et là, je te jure qu'au square, c'est lui qui courbait les épaules et fixait ses chaussures.

— Il est acculé. Il sait que nous allons découvrir le lien qui l'unit à la victime, et qu'il va finir au trou. Ce n'est qu'une question de temps. Et madame Rousset le sait aussi. Elle doit profiter de sa vulnérabilité. Et puis, hier, elle a eu peur pour son fils. Tu n'as pas conscience de ce que peut accomplir une mère pour sauver son enfant.

— Dis-le à Jade !

Alexane ne moufeta pas. Elle appréciait cette fougue et ne désirait pas stopper son ardeur. Côme lui rappelait l'enthousiasme de ses débuts et cela lui faisait un bien fou. Un vrai placébo aux antidépresseurs ! Elle se fit la réflexion qu'Emily n'était pas la mère biologique de Jade, et que ce détail pouvait engendrer une sacrée différence de comportement chez certaines femmes. Pour autant, elle laissa Côme continuer sur le même élan.

— As-tu consulté le dossier d'Emily Rousset établi par Vincent et Jérôme ? Je l'ai potassé des heures avant de me coucher. Née à Montréal en 1987. Son passé, son enfance : page blanche. Elle débarque en France à l'âge de 22 ans avec un diplôme de sage-femme. Elle intègre le service maternité de la clinique de la Muette en 2009. Elle croise le chemin de son futur mari dans les couloirs de l'hôpital. Lui est un jeune père qui vient de perdre sa femme, et qui se retrouve perdu avec un nourrisson dans les bras. Emily le prend en pitié et s'occupe de l'enfant. Leur histoire commence ainsi… La suite est simple à imaginer. Rousset vend le pavillon de Viroflay qui lui évoque ses rêves effondrés avec sa première épouse, et refait sa vie. Il s'installe avec Emily à Boulogne. Un deuxième enfant arrive deux ans plus tard, Noah. Emily, qui s'occupait jusque-là de Jade, se trouve accaparée avec le deuxième bébé. Elle consacre tout son temps à son fils au détriment de la petite fille de 2 ans. Nicolas travaille beaucoup, il est souvent en déplacement. Il ne remarque pas ce changement d'attitude. Jade, délaissée, jalouse son petit frère. Elle devient de plus en plus pénible, et difficile à gérer. Emily se braque, cumule la fatigue et met la petite fille de côté. Par la suite, je ne sais pas, mais on peut imaginer que Jade devient un poids pour elle, et représente à ses yeux le passé de son mari. Elle se met à la maltraiter. Le père, absent, laisse faire, et c'est le drame…

— C'est un scénario plausible, mais je peux te faire le même *a contrario*. Rousset, effondré par la mort de son épouse, prend sa petite fille en grippe dès le premier jour. Par sa faute, il a perdu son grand amour. Elle a tué sa mère en venant au monde. Il s'accroche un minimum grâce à l'arrivée d'Emily dans sa vie, cette jeune sage-femme, pleine de douceur et de compassion qui croise sa route dès les premiers jours de son cauchemar. Elle devient sa bouée de sauvetage. Elle prend en charge le bébé, et lui n'a plus besoin de s'en occuper. Tout va à toute allure entre eux. Emily vient du Canada. Elle est seule en France, jeune femme isolée, facilement impressionnable et malléable. Ils acquièrent un appartement. Rousset se noie dans le travail pour fuir ce foyer qu'il n'imaginait pas ainsi. Jade grandit avec un père constamment sur les routes, et une belle-mère jeune et inexpérimentée. Un nouveau bébé arrive. Une autre bulle familiale se crée, où Jade n'a plus sa place. Nicolas, stressé par son boulot, énervé par cette petite fille qui représente un pan de sa vie détruite, devient tyrannique avec elle. Emily s'interpose, mais à son tour se retrouve sous les coups de son mari. Le cercle infernal commence, et un soir, c'est le coup de trop…

— OK, vu comme cela…

— Côme, je ne te reproche pas d'avoir une autre interprétation de cette histoire, au contraire. Je t'encourage à me challenger. C'est une force pour un groupe que d'avoir des personnalités et des sensibilités multiples. On se complète. En confrontant nos points de vue, des sacs de nœuds dans une affaire se délient. Écoute, notre suspect ne va pas tarder et on commencera l'interrogatoire dans la foulée. On verra bien ce qui en sortira. Quoi qu'il arrive ces prochaines heures, il va falloir que l'on convoque Emily Rousset au 36 en tant que témoin. Tu m'assisteras, si tu veux.

— C'est sympa de ta part.

Vincent surgit à cet instant.

— Notre gars est là. On l'a installé dans une cellule du cinquième.

— Tu as contacté son avocat ?

— Maître Carel est injoignable. Je lui ai laissé un message sur son répondeur.

— Elle est peut-être en pleine plaidoirie au tribunal. C'est rageant, nous devons attendre au minimum deux heures avant de commencer ! Profitons de ce laps de temps pour faire la visite médicale. Si on pouvait éviter une nullité de la garde à vue. Dans quel état est-il ? A-t-il opposé de la résistance ce matin quand vous êtes allés le pêcher ?

— Non, il était paisible, comme s'il nous attendait. Sur la route, il a dit vouloir se confier. Il est mûr pour un accouchement.

25

10 h 12, cabinet de la psychologue Véronique Feyrot, 52 rue Gilbert-Cesbron, XVIIe arrondissement, Paris

— Mademoiselle Carel, sachez que c'est la première et la dernière fois que je vous reçois ainsi. J'ai senti une urgence dans votre requête, d'où mon acceptation, mais vous vous doutez bien que je ne peux agir ainsi avec mes patients.

Tête baissée, Pauline avait les yeux rivés sur ses mains. Si seulement sa psy savait ce qu'elles avaient fait, elle ne serait pas là, allongée sur ce divan en cuir de vachette nappa. Après le passage de Nicolas Rousset, elle avait eu l'impression qu'elle allait faire une crise d'angoisse. Paniquée, elle s'était précipitée sur son téléphone portable pour quémander un rendez-vous en urgence à sa psychologue. Lors de leur dernière entrevue, elle était partie le cœur léger, confiante en l'avenir et en ses promesses ; 48 heures plus tard, tout semblait lui échapper, elle ne maîtrisait plus rien. Beaucoup de choses s'étaient passées, et elle n'avait pas su réagir intelligemment. Xavier lui avait tendu la main, elle avait craché dessus ; un client sollicitait son aide, elle le mettait à la porte. À ce rythme, elle allait finir à la rue, et toute seule.

— Je ne comprends pas ce qui m'arrive. J'ai l'art de tout gâcher. Je vois le mal partout, je salis tout.

— Reprenons, vous voulez bien. Mardi, vous m'avez parlé d'un dîner avec Xavier. Y êtes-vous allée ?

— Oui, et il a été adorable. La soirée a été un conte de fées. J'ai suivi vos conseils et je lui ai entrouvert les portes de mon passé. J'ai pu évoquer mon père, le procès, la mort de ma mère.

— Je suis fière de vous, Pauline. Vous avez franchi une étape. Comment a-t-il accueilli vos confidences ?

— Très bien. Pour autant, je suis partie comme une voleuse le lendemain matin. J'avais peur. Tout cela était tellement soudain ! Il est venu à mon appartement l'après-midi même, et m'a dit ne pas craindre mes blessures et vouloir poursuivre notre histoire… Et moi, je lui ai dit de partir.

— Vous ne vous attendiez pas à cette réaction. Vous étiez sur la défensive, et vous avez édifié une nouvelle barrière pour vous protéger. Allez le voir, parlez-lui, rien n'est définitif dans ce que j'entends là.

— Vous croyez ?

— Arrêtez de vous comporter comme la petite fille de 10 ans. Vous avez le droit d'être imparfaite et de commettre des erreurs de jugement.

— Ce n'est pas tout.

— Continuez.

— J'ai refusé un client ce matin. Il s'est présenté à mon cabinet pour m'avouer sa culpabilité dans la mort de sa fille. Il voulait que je le représente. Je lui ai montré la sortie.

— Pourquoi avoir rejeté ce dossier ? Les homicides ne vous ont jamais effrayée.

— Il y a trop de similitudes avec ma propre histoire. J'ai eu l'impression de voir mon père en face de moi, et j'ai paniqué. Il m'a renvoyé mon passé en pleine figure.

— Vous avez pris la défense de nombreux pédophiles et criminels dans votre carrière. Je ne saisis toujours pas votre réaction.

— Avant, je n'avais pas entamé de thérapie. Avec vous, je me permets d'être sensible et de ressentir de l'empathie pour les victimes.

— Pauline, cela fait combien de temps que vous venez ici ?

— Six mois environ.

— À raison d'une séance par semaine.

— Oui, c'est exact.

— Très bien. Je pense que nous arrivons à un moment charnière. Je vais vous dire mon ressenti. Après, je vous invite à aller consulter un autre confrère si mes méthodes ne vous conviennent pas. Pauline, vous êtes une victime. Votre enfance est un véritable fiasco. Vous avez réussi à rebondir et à vous métamorphoser en avocate pénaliste, reconnue par ses pairs. Sur le papier, vous renvoyez l'image d'une femme brillante qui n'a besoin de personne. Nous savons toutes les deux que c'est faux. Vous avez peur de tout, mais surtout d'être heureuse. Dès qu'une chose positive vous arrive, vous vous acharnez à la détruire dans la seconde. Vous êtes une victime, et ce qui vous est arrivé n'est pas votre faute. Vous étiez une enfant de 10 ans sans défense. Aujourd'hui, vous ressassez votre histoire avec un regard d'adulte. Tant que vous ne l'aurez pas assimilée, vous n'avancerez pas. Moi, je verrais cette affaire comme l'opportunité de mettre un point final à votre culpabilité. Défendez cet homme qui vous remémore tant votre père, et vous réussirez peut-être à faire la paix avec votre passé.

— Je ne comprends pas ! Je devrais au contraire représenter la partie civile dans cette histoire ! Établir la vérité en mémoire de cette petite fille tuée par son père !

— Non, justement. Vous apprendrez beaucoup en vous mettant à la place de l'accusé. Pauline, on ne naît pas meurtrier, on le devient. Vous allez découvrir le cheminement qui a conduit cet homme à commettre l'irréparable. À travers son histoire, vous comprendrez que cette petite fille n'est qu'une victime, et qu'elle n'est, en aucun cas, responsable de ce que son père lui a fait subir. Avec cette affaire, vous ne chercherez pas à trouver des circonstances atténuantes à votre père. Vous allez comprendre que vous ne pouviez pas vous arracher de son emprise, et vous vous pardonnerez.

Dix minutes plus tard, Pauline se retrouvait sur le trottoir, secouée par la conversation avec sa psy. Elle avait envie de se réfugier dans une brasserie et de se plonger dans un chahut jubilatoire de bavardages. Anonyme parmi une foule rassurante, avec un café entre les mains : voilà ce qu'il lui fallait. Du regard, elle scanna son environnement. Des platanes qui n'excédaient pas les trois mètres, des trottoirs larges et propres, des immeubles carrés aux façades immaculées. Le quartier était sorti de terre en

2013 dans le cadre de la ZAC Clichy-Batignolles. Deux ans plus tard, les premiers habitants arrivaient. Pauline ne trouverait pas son bonheur dans l'immédiat. Elle allait devoir prendre son mal en patience et marcher. Par habitude, elle sortit son téléphone de son sac à main. Trois appels en absence et un message en moins de trente minutes. Quelqu'un désespérait de la joindre. Intriguée, elle écouta son répondeur. Signe du destin : Nicolas Rousset était de nouveau placé en garde à vue. Pauline était attendue au 36. Sept cents mètres la séparaient du Bastion. Si elle voulait avancer dans la vie, elle allait devoir prendre des risques.

❖

Programme lavage quotidien, 30 degrés. Emily rabattit la porte de la machine à laver et appuya sur le bouton « Départ ». Elle s'activait dans l'appartement depuis deux heures. Ranger, nettoyer, récurer lui permettait de s'aérer l'esprit. Elle n'avait pas fermé l'œil de la nuit, ressassant sans cesse son altercation de la veille avec Nicolas. Elle avait eu si peur pour son fils ! Quand elle les avait retrouvés dans le square, son sang n'avait fait qu'un tour. Depuis, elle revivait en boucle chaque mot prononcé entre eux. Nicolas se rendrait-il ? Elle n'était sûre de rien, mais espérait qu'il finisse ses jours entre quatre murs. Elle avait joué le dernier acte dans le parc à l'instinct. Elle y était allée au culot sans réfléchir davantage. Cette comédie devait cesser. Nicolas semblait être au bout du rouleau, il ne manquait pas grand-chose pour qu'il craque. Elle n'était pas innocente dans sa descente aux enfers, mais ne l'avait-il pas mérité ? Hier au parc, elle lui avait donné le coup de grâce. Taper là où cela faisait mal était une stratégie comme une autre. Nicolas avait bu ses paroles et s'était laissé couler pour atteindre un point de non-retour. En tout cas, c'est ce qu'elle espérait. L'écraser, l'humilier, elle ne vivait plus que pour cela. Une fois débarrassée de son parasite de mari, elle pourrait mener la vie qu'elle méritait. Le dénouement était imminent, et malgré la fatigue et le stress accumulés des derniers jours, un sourire apparut à la commissure de ses lèvres.

Un paquet de linge sentant l'assouplissant dans les bras, elle entra dans la chambre de son fils. Une heure auparavant, la moquette était un champ de bataille où régnait en maître un monticule de Kapla, de Playmobil et de petites voitures. Elle avait glissé sur des billes en y pénétrant plus tôt dans la matinée pour aller réveiller Noah. C'était toujours le même scénario le jeudi matin. Le mercredi, Noah n'avait pas école et toutes ses boîtes de jouets étaient de sortie. Emily ouvrit le premier tiroir de la commode et y rangea une série de tee-shirts de différentes couleurs à côté d'une ancienne boîte à chaussures recyclée en boîte à chaussettes. Elle allait refermer le tiroir, quand elle remarqua un bout de papier dépassant d'une pile de vêtements. Étonnée, elle souleva le tas de linge et y découvrit un dessin. Si les traits étaient grossiers et maladroits, on interprétait aisément la scène qui se jouait. Bouleversée par ce qu'elle venait de découvrir, elle retourna la feuille. Le verso était immaculé. Noah aimait signer ses œuvres en lettres majuscules, il n'avait pas apposé son nom sur celle-ci. Qu'est-ce que cela signifiait ? Devait-elle lui en parler ? Devait-elle contacter la maîtresse ? Emily se sentit perdue. D'un autre côté, il était hors de question qu'elle demande de l'aide extérieure. Elle imaginait les articles sur Internet lui conseillant de contacter un psychologue pour enfant. Pour que Noah s'épanche sur leur vie de famille ? C'était hors de question. Certaines choses devaient rester dans l'ordre du privé. Encore sous le choc, elle préféra remettre le dessin là où elle l'avait trouvé. Elle surveillerait le comportement de Noah et tenterait d'aborder le sujet au moment opportun.

Une sonnerie retentit au loin. Elle tendit l'oreille. Cette mélodie ! Elle avait sélectionné l'hymne du Canada pour un contact en particulier enregistré dans son répertoire. Un numéro qu'elle conservait précieusement, mais dont elle espérait ne jamais recevoir d'appel. Cette sonnerie n'était annonciatrice que de sinistres nouvelles. La dernière fois qu'elle avait entendu ces notes de musique, Noah venait de naître… Elle préférait ne pas y repenser. Depuis, huit années de silence s'étaient écoulées, huit années à essayer d'oublier. Tremblante, elle déserta la chambre de son petit garçon et se dirigea vers la cuisine. Le téléphone vibrait et sonnait sur le plan de travail. Emily décrocha.

— Bonjour, maître.

— Bonjour, Emily… Je suis désolé.

— Il est sorti de prison ?…

— Il y a une semaine, pour bonne conduite. Il va falloir être prudente et restée discrète, si vous ne voulez pas qu'il vous retrouve.

26

15 h 23, siège de la police judiciaire, 36 rue du Bastion, XVIIe arrondissement, Paris

Vincent poussa la porte avec ses fesses. Ses mains étaient chargées de quatre gobelets de café fumant. Trois têtes se retournèrent à son arrivée.

— Pour le lait et le sucre, il faudra l'ajouter vous-même.

— Chut !

Vincent déposa son trésor sur le bureau le plus proche puis distribua les boissons à ses collègues. Tout le groupe, hormis Jérôme et Gauthier, avait le nez collé sur un écran d'ordinateur où le visage de Nicolas Rousset se dessinait en gros plan.

— J'ai loupé quelque chose ?

— Chut !

Vincent haussa les épaules et prit place à son tour devant l'écran. Jérôme et Gauthier étaient enfermés depuis trois heures en compagnie de Nicolas Rousset dans une pièce neutre. Une caméra filmait cet entretien et permettait au reste de l'équipe de suivre l'échange quelques pièces plus loin. Le lieutenant ne comprenait pas l'engouement pour cette nouvelle méthode d'interrogatoire, le « Progreai » : Processus général de recueil des entretiens, auditions et interrogatoires. L'empathie était au cœur de ce dispositif. Les policiers essayaient de cerner le suspect au lieu de se focaliser sur les preuves. Ils le laissaient parler davantage et tentaient d'instaurer un climat de confiance. Pure perte de temps ! Une bonne et vieille confrontation basée sur le rapport de force en mettant la pression et en posant de nombreuses questions : voilà ce qui donnait des résultats. Maintenant, il fallait passer par des heures de discussions centrées sur le suspect, plus que sur le crime ou la recherche d'éléments à charge. On s'intéressait dans un premier temps à l'individu lui-même : qui était-il ? D'où venait-il ? Quelle était sa situation sociale, familiale ou économique ? Le but recherché était de comprendre ce qui s'était passé dans sa tête avant, pendant et après le crime. Cette étape accomplie, on revenait sur les faits. On introduisait doucement la journée de l'événement, en demandant au suspect de donner sa version. Il fallait créer un lien avec la personne, vérifier son état émotionnel. Cette théorie mise en place par Jacques Landry, un ancien policier québécois devenu spécialiste en criminologie, était lunaire pour Vincent. Mais les premiers résultats étaient là, et c'était pour cette raison que la commandante Laroche avait suivi une formation six mois auparavant. Elle avait embarqué tous ses hommes avec elle, et la majorité avait adhéré. Vincent devait reconnaître un seul point positif à cette approche : le nombre de rétractations diminuait. Comment peut-on faire marche arrière quand on a expliqué en détail les motivations qui vous ont conduit à passer à l'acte ?

❖

Pauline avait l'impression de s'être dédoublée : d'un côté, elle agissait en avocate expérimentée, prenant des notes de la conversation qui se déroulait sous ses yeux, et de l'autre, elle vivait cette scène surréaliste avec son regard d'enfant. Elle était à la fois la femme qu'elle était devenue et la petite fille de 10 ans qui allait bientôt témoigner au procès de son père pour l'envoyer en prison. En suivant les conseils avisés de sa psychologue, elle allait devenir schizophrène. Peut-être son histoire serait-elle étudiée comme cas d'école ! Elle ferma les yeux, respira un grand coup. *Reste concentrée*, se répétait-elle dans son for intérieur. Son client mettait ses tripes sur la table depuis sept heures. Une éternité ! Elle se demandait où les policiers voulaient en venir. Ils ne jouaient pas à la méthode du bon et du méchant flic. Au contraire, elle n'avait jamais vu un entretien se passer dans un tel climat de sérénité. Alors que l'on traitait une affaire d'homicide sur une enfant, les paroles échangées restaient courtoises. À aucun moment le ton n'était monté. Un monde parallèle, voilà où elle avait débarqué. Elle avait été téléportée dans l'univers des Bisounours où le pire des tueurs était traité avec sympathie. Il ne manquait plus que le café et le plateau de biscuits à la cannelle pour finir de compléter ce tableau surréaliste. La physionomie des deux enquêteurs assis en face d'elle ne collait pas non plus à sa vision d'une garde à vue à la Crim'. Les tenues *sportswear* avaient disparu, pour laisser place à des pantalons en coton, des chemises blanches et des vestes de costume aux couleurs sombres. La panoplie du jeune cadre dynamique travaillant pour un fonds d'investissement. Pauline soupira.

— Nous allons faire une pause d'une heure.

L'avocate mit trente secondes à réagir. Trois paires d'yeux la fixaient.

— Avez-vous des questions, maître, à ce stade de l'audition ? demanda un des deux officiers de la PJ.

— Pas pour le moment.

— Très bien. Dans ce cas, monsieur Rousset, nous allons vous raccompagner dans votre cellule, et vous apporter de quoi vous restaurer. Il est 19 h 50. Je vous propose de tous nous retrouver dans soixante minutes dans cette salle. Nous reprendrons là où nous nous sommes arrêtés, à savoir la naissance de votre fils Noah.

Pauline sortit s'aérer l'esprit. Elle avait pris le parti d'assister à l'ensemble des auditions. Elle désirait maîtriser chaque détail du dossier et s'approprier l'enquête en cours. La soirée serait interminable. Elle savait que les aveux venaient plus aisément à la nuit tombée. Les prochaines heures allaient être déterminantes. Elle appuya sur le bouton d'appel de l'ascenseur. Une flèche rouge se mit à clignoter annonçant l'arrivée de la cabine. Un signal sonore retentit, les portes s'ouvrirent sur une cabine vide. Pauline entra et sélectionna la touche du rez-de-chaussée. En entendant des bruits de pas précipités, elle retint l'ascenseur quelques secondes et vit Alexane Laroche entrer en trombe.

— Quel étage ? demanda Pauline d'une voix glaciale.

— Rez-de-chaussée, très bien, répondit Alexane qui semblait à bout de souffle.

Un silence gênant s'installa entre les deux femmes.

— J'ai l'impression que notre rencontre n'est pas fortuite, je me trompe ? attaqua Pauline.

— Vous êtes perspicace.

— Je vous écoute.

— Je voulais vous demander ce que vous foutez là ?

— C'est une plaisanterie ?

— Ne vous méprenez pas ! Vous avez la réputation d'être une dure à cuire et là... Je vous observe depuis des heures et vous restez assise près de votre client à prendre des notes sans prononcer le moindre mot. J'ai du mal à saisir. À quoi jouez-vous ?

— Vous trouvez que je fais mal mon travail, c'est ça ?

— Disons que vous n'êtes pas à la hauteur de votre renommée.

Pauline avança d'un pas. Son visage se retrouva à quelques centimètres de celui d'Alexane. Ses yeux étaient tels deux missiles.

— Vous préféreriez que j'interrompe vos deux petits clowns en costume toutes les cinq minutes ? Vous savez quel est votre problème, commandante ? Vous vous fiez trop aux apparences, vous ne voyez que ce que l'on met sous votre nez de flic. Moi, je n'ai pas besoin de tous ces artifices pour gagner.

— Vous pensez encore pouvoir innocenter votre client. Il va tout cracher ce soir, si vous ne l'avez pas encore anticipé.

— Vous me connaissez très mal, commandante Laroche. Je me fous complètement de ce que raconte mon client. Moi, ce que je vois, c'est une équipe qui n'a aucune preuve tangible à présenter au juge, et qui s'en trouve réduite à tout miser sur des aveux… Nous savons toutes les deux qu'ils seront bons à être jetés à la poubelle dès cette audition terminée… Comptez sur moi si vous en doutez, et là peut-être regretterez-vous de m'avoir sous-estimée ! Mais savez-vous ce que je pense vraiment, puisque nous en sommes aux confidences ? Vous êtes sur les dents car vous ne supportez pas l'idée que votre mari soit venu me chercher pour me proposer une association. Que craignez-vous, au juste ?

Les portes s'ouvrirent. Les deux femmes étaient arrivées à destination. Pauline sortit de la cabine en laissant une Alexane sonnée.

Arrivée sur le trottoir, l'avocate frissonna. Pourtant, la température extérieure était agréable. Un vent chaud souffla dans ses cheveux. Ses yeux devinrent humides. Elle se sentait si seule, et la commandante l'avait sérieusement énervée. Pour qui se prenait-elle, celle-là ?

Trois flics sortirent du bâtiment pour griller une cigarette. Pauline prit son portable pour se donner une contenance. Elle ne pouvait rester là, à attendre que les minutes passent. Elle marcha. Xavier n'habitait pas très loin. Pourquoi ne pas en profiter pour aller le voir ? Elle fit défiler la liste de ses contacts. Seuls des noms d'avocats, de médecins et de son professeur de krav-maga constituaient son répertoire. Pathétique. Elle l'éteignit, et accéléra le pas. Pourquoi le prévenir de sa venue ? Que pouvait-il se passer ? Se retrouver devant une porte close ! Elle n'avait rien à perdre, elle avait déjà tout gâché. Quinze minutes plus tard, les mains moites, elle appuya sur la sonnette. Des bruits de pas, des clés dans une serrure. Xavier apparut en caleçon de sport noir et tee-shirt. Il sentait la transpiration. Pauline resta figée une seconde, puis se jeta dans ses bras.

❖

« Madame, Monsieur, en vue de notre proche atterrissage, nous vous invitons à regagner vos sièges et à attacher votre ceinture. Assurez-vous que vos bagages à main soient situés sous le siège devant vous ou dans les coffres. Les portes et issues doivent rester dégagées. Le temps à Paris est nuageux et la température est de 16 degrés. Si vous changez d'aéroport pour une correspondance, veuillez vous présenter aux comptoirs, et récupérer vos valises enregistrées. Sur l'ensemble de nos destinations, nos partenaires vous proposent leurs services. »

À travers son hublot, Samuel découvrait Paris pour la première fois de sa vie. Le soleil était bas, dans vingt minutes la capitale serait engloutie dans la nuit. Pour son horloge biologique, il n'était que 14 heures. Toute cette pénombre le déstabilisa, lui qui avait tant soif de soleil. Il ne savait pas où il allait dormir cette nuit, mais n'importe quelle chambre d'hôtel ferait l'affaire. Après quatorze années passées en prison, la notion de confort prenait un tout autre sens. Un enfant se mit à pleurer sur le siège de derrière, le ramenant au présent. Sept heures de vol depuis Montréal : les passagers avaient hâte d'atterrir et d'aller se dégourdir les jambes. L'avion se posa sans encombre. Samuel détacha sa ceinture et récupéra le sac à dos qui traînait à ses pieds. Il suivit le flot des voyageurs qui se déversait sur le tarmac.

Dehors, une pluie fine les accueillit. Un vent du nord rafraîchissait l'atmosphère. La soirée s'annonçait couverte, des nuages persistaient dans le ciel. La température avoisinait les 16 degrés, comme l'hôtesse l'avait annoncé. Pas de choc climatique à l'atterrissage, Montréal connaissait la même météo. Le personnel de l'aéroport les invita à monter dans un bus. Samuel se retrouva ballotté de gauche à droite, coincé entre deux grosses valises à roulettes qui se mouvaient au gré des virages. Terminal 2E. Le groupe de passagers déferla dans les couloirs. Pause toilette, marche rapide pour arriver en premier dans la file d'attente et passer la douane, chacun vaquait à ses priorités. Samuel prit son temps, personne ne l'attendait de l'autre côté des portes.

— Vous êtes là en visite ?

— Oui, je viens retrouver une vieille amie.

— Bon séjour chez nous, monsieur Tremblay.

27

Vendredi 6 septembre 2019, 0 h 30, siège de la direction régionale de la police judiciaire, 36 rue du Bastion, XVIIe arrondissement, Paris

La façade ondoyante du Bastion était enveloppée, telle une seconde peau, d'un enchevêtrement de panneaux de verre émaillé. Leurs nuances de gris, bleu et crème étaient inspirées d'une peinture impressionniste de Sisley intitulée *Vue du canal Saint-Martin*. Ces feuilles de verre qui pixélisaient le ciel en journée avaient pour vocation de rendre difficile le repérage des fenêtres, assurant une protection contre d'éventuels tirs. Dans la nuit d'encre, tout cela n'avait plus de sens, la façade se fondait dans les ténèbres. Les couloirs du nouveau 36 étaient paisibles, les bureaux vides de leurs occupants dans la majorité des étages. Dans la salle de réunion du DRPJ, au huitième, la vieille horloge, vestige du mobilier du mythique bureau 315 du Quai des Orfèvres, sonna la demie. La trente-huitième heure de garde à vue de Nicolas Rousset s'amorçait.

Au cinquième, salle 525, Jérôme et Gauthier, les visages tirés, entamaient la phase finale de l'audition : l'évocation de la nuit du dimanche 25 août. Un verre d'eau fraîche dans les mains, Nicolas gardait la tête baissée. Assise à son côté, Pauline triturait une feuille de son cahier de notes. L'ambiance était électrique. Les quatre protagonistes de ce dernier acte, marqués par les heures passées enfermés dans cette pièce sans chaleur, désiraient que ce calvaire se termine. Les dernières révélations n'avaient été que la description d'une descente aux enfers et d'une succession de scènes de tortures. À plusieurs reprises, Pauline avait voulu déserter la pièce et planter son client. Elle étouffait et rêvait de se boucher les oreilles ou de commettre un meurtre en direct. Les deux enquêteurs, quant à eux, restaient impassibles et maîtres de leurs émotions. Habitués à l'horreur, vaccinés contre la noirceur humaine, blindés face à la monstruosité des hommes. Un cocktail de tout cela, certainement !

Le moment d'évoquer la mort de Jade avait sonné. De l'autre côté de la caméra, le groupe d'Alexane au complet n'en perdait pas une miette. Nicolas poursuivait son récit d'une voix impassible. Seul le tremblement de ses mains exprimait sa nervosité.

— J'ai franchi les portes de notre appartement à 20 h 40 ce soir-là. Le journal prenait fin sur l'écran du téléviseur du salon. Je rentrais d'un week-end de travail : un séminaire de rentrée réunissant tous les commerciaux de France de la société Diamant. Nous nous retrouvons chaque année après les vacances d'été dans un hôtel en Normandie pour parler de la stratégie à venir, des produits à mettre en avant en priorité. Nous faisons un point sur l'état des ventes, et mettons en place les actions à mener pour atteindre les objectifs établis par la maison mère. Deux jours éprouvants, les chiffres n'étaient pas satisfaisants. Tout paraissait calme à la maison. Emily s'activait dans la cuisine. Elle vidait le lave-vaisselle et un plat chauffait dans le four. Je me rappelle une odeur de gratin qui flottait dans l'air. Comme tous les soirs, je suis allé embrasser Noah dans sa chambre. Il avait les yeux fermés. Il dormait. Quand je ne rentre pas trop tard, je m'accorde cinq minutes avec mon fiston pour qu'il me raconte sa journée. Ce soir-là, je n'ai pas eu ce moment de complicité avec lui. Je suis retourné dans le salon et je me suis servi un whisky. Je bois beaucoup ces derniers temps. Ça et les médicaments ! Je ne sais pas si je vous l'ai dit, mais mon médecin de famille m'a prescrit des antidépresseurs il y a six mois de cela. La pression est considérable au boulot. Donc, en rentrant ce soir-là, j'étais fatigué, tendu par l'accumulation des réunions et des bouchons à l'entrée de Paris. Je me suis installé dans le canapé, m'abrutissant devant la télévision. Je ne sais pas combien de temps s'est écoulé, je pense m'être assoupi. Quand j'ai ouvert les yeux, une assiette de gratin m'attendait sur la table basse. Emily ne m'avait pas réveillé pour dîner. J'étais agacé. J'ai pris une bouchée, le plat était froid, sans saveur. J'ai hurlé : « Emily, Emily. » Elle est apparue en pyjama, endormie. Je lui ai demandé des explications. Le ton s'est durci. « On ne peut pas jouir d'une vie de famille ordinaire. Je me casse le cul pour vous faire vivre, et en échange, je bouffe sur le canapé seul comme un clébard et de la bouffe de merde, en plus ! » Je l'ai attrapée par les cheveux et je lui ai mis la tête dans l'assiette. Tout s'est renversé sur la moquette. Je lui ai demandé de manger à quatre pattes. Elle voulait me traiter comme un chien, elle allait en devenir un. Elle s'est mise à pleurer, je l'ai frappée. Pas envie d'entendre ses jérémiades de gonzesse. J'avais déjà passé deux jours à me faire remonter les bretelles, il était hors de question que l'on me manque de respect sous mon propre toit. Soudain, la porte de l'armoire du salon s'est ouverte. Jade est sortie. Elle est restée debout, sans rien dire. L'odeur. C'était insoutenable. Elle puait à des kilomètres. Elle est restée comme cela immobile. Puis elle s'est fait pipi dessus. Elle n'avait pas le droit de sortir de l'armoire quand j'étais dans cette pièce. Elle connaissait les règles, elle venait de les transgresser. Je ne pouvais pas laisser passer cela. Je me suis levé, et j'ai frappé. Avec les mains, avec les pieds. Je n'ai pas compté les coups. Elle s'est mise à hurler. Elle allait réveiller son frère qui avait école le lendemain, et les voisins ! Que penseraient-ils de ce raffut ? Que je ne sais pas tenir mes gosses ! Les cris devaient cesser. J'ai serré le cou de Jade. Elle se débattait et a tenté de me griffer. J'ai appuyé plus fort. Elle est tombée à terre. Je me suis accroupi et j'ai continué de compresser son cou. Ce fut le retour au calme. Je suis allé m'asseoir sur le canapé. Emily n'était plus là. Elle avait dû se réfugier dans notre chambre. J'ai regardé le film qui passait sur TF1. Quand il fut terminé, Jade n'avait toujours pas bougé. Je me suis levé. Je l'ai poussée du pied. Elle a roulé sur le côté. Je l'ai secouée : elle est restée inerte. J'ai paniqué. Je ne voulais pas que Noah soit mêlé à ça. Je me suis dit qu'il fallait que je parte. J'ai attrapé mon sac du séminaire qui traînait dans l'entrée, puis j'ai pris Jade dans les bras. Il était tard, l'immeuble dormait. Je suis descendu jusqu'au parking. Je l'ai mise dans le coffre, et je me suis installé derrière le volant. J'ai roulé au hasard dans un état second. J'essayais de réfléchir à un moyen de me débarrasser du corps. Je n'avais pas beaucoup dormi pendant le week-end, je n'arrivais pas à me concentrer. J'ai vu une place libre, je me suis garé. J'ai abandonné mon véhicule en me disant que je reviendrais le lendemain après une bonne nuit de sommeil. J'ai marché et j'ai atterri dans cet hôtel près de la gare de l'Est. À mon réveil, j'ai été dans l'incapacité de me rappeler où j'avais laissé ma voiture…

Une minute de silence passa. Personne ne prit la parole. Nicolas Rousset n'ajouterait pas un mot.

❖

Le salon baignait dans une lumière feutrée. Le *Concerto N° 2 pour piano* de Chopin finissait de compléter cette atmosphère de quiétude. Alexane retira ses chaussures et s'avança dans la pièce. Elle découvrit Charles, habillé d'un peignoir, assis à la table de la salle à manger au milieu d'un capharnaüm de feuilles, de stylos, de tasses de café à moitié vides. Penché sur un dossier, le front plissé, il mordillait un stylo. Concentré, il ne remarqua pas sa présence. Alexane s'approcha et lui déposa un baiser dans le cou. Il se retourna et l'embrassa à son tour.

— Aurai-je le privilège d'avoir ma femme dans mon lit cette nuit ?

Alexane fit la moue.

— Je suis désolée. Je n'ai que vingt minutes devant moi, le temps de prendre une douche et de me changer. Je dois retourner au bureau. Tu te rappelles mon affaire de la petite fille dans le coffre ?

— Comment l'oublier !

— Notre suspect est passé à table cette nuit. Il va être déféré pour une mise en examen. Tu sais qui le représente d'ailleurs ?

— Comment veux-tu que je le sache ?

— Pauline Carel !

— Je comprends maintenant pourquoi elle ne répond pas à mes appels.

— Je t'avoue que je n'ai pas été subjuguée par son attitude.

— Explique-toi.

— Elle est restée tout le temps des auditions près de son client, ce qui, en soi, je te l'accorde, est rare, mais elle n'a pas posé une seule question et n'a émis aucune observation. Je m'attendais à quelqu'un de plus coriace. Je ne comprends pas ce que tu lui trouves !

— Cela ne veut rien dire, et tu le sais très bien. Comme dit le proverbe : « Méfie-toi de l'eau qui dort. »

— Et toi, tu ne dors pas ? Tu travailles sur un nouveau dossier ?

— Ne m'en parle pas. J'aide une vague connaissance qui m'a demandé des conseils. Le gars est au bout du rouleau, et je lui ai promis de me pencher sur son cas. C'est l'histoire de quelques heures, mais cela me fait du bien de sortir un peu de ma zone de confort.

— Pourquoi dis-tu cela ?

— Il s'agit d'une situation de garde d'enfant un peu glauque.

— Ah, en effet, je ne vois pas comment tu pourrais intervenir là-dedans.

— Je sais, mais inutile d'être spécialiste en droit du divorce pour lui donner un avis extérieur et plus éclairé de la situation.

— Tu veux me raconter, le temps que je me prépare ?

— Tu me fais trop d'honneur.

Quelques minutes plus tard, une couche de buée recouvrait le miroir de la salle de bains. Alexane sortit de la douche et enroula son corps mouillé dans une serviette. Charles, un verre de vin rouge à la main, assis sur le rebord du lavabo, la contempla.

— Tu as les mêmes fesses qu'à tes 20 ans.

— Charles, reste concentré, tu veux ! Allez, raconte-moi.

— Vos désirs sont des ordres. Donc, le type avait fait un signalement d'enfant maltraité auprès du procureur. Même après cette action, on ne l'a pas pris au sérieux. Tu comprends, sa femme devait être fatiguée, il n'y avait rien d'anormal à ce qu'elle enferme leur fille de 3 ans et demi dans le local à ordures pour la punir d'avoir fait pipi au lit. Lui est parti vivre chez ses parents depuis, mais la gamine est toujours avec sa mère. Cela fait cinq ans qu'il se bat pour obtenir sa garde, et la justice ne réagit pas à ses appels au secours. Il se trouve devant un mur et je vais essayer de l'aider à le franchir.

Alexane s'approcha de son mari et l'embrassa avec tendresse.

— Je suis fière de toi, tu sais. Allez, moi, je m'habille, et toi, va te coucher.

28

3 h 27, École club de krav-maga, 72 rue de Lévis, XVIIe arrondissement, Paris

Deux minutes pour reprendre son souffle, puis Pauline recommençait : retenue par un élastique, elle enchaînait coups de poing en se déplaçant d'avant en arrière et succession de pas de course. Rester en appui sur l'avant-pied et synchroniser avec les bras. Poursuivre avec défense intérieure main gauche et contre-attaque simultanée coup de poing direct droit, pour finir sur un travail de courte distance avec des coups de coude et de genou dans le sac.

Quinze minutes à ce rythme, elle s'effondra sur le sol. Son cœur battait la chamade, elle se sentait vivante. Récupérer les heures perdues de sommeil sous une couette aurait été plus raisonnable, mais elle était trop nerveuse pour s'abandonner dans les bras de Morphée. Comment dormir après une telle nuit à recueillir les confidences d'un monstre ? Taper pour le faire taire, voilà ce qu'elle avait fantasmé pendant toute la garde à vue. Seule dans cette salle de sport, elle pouvait se défouler. Elle devait évacuer son trop-plein de colère. Que penserait son instructeur s'il la voyait cogner des poings dans le vide ou dans le sac en plein milieu de la nuit ?

Elle se releva et prit la bouteille d'eau qu'elle avait laissée traîner dans un coin. Elle avala un demi-litre en infimes gorgées. Pourquoi avait-elle cédé à sa psy ? Elle l'entendait lui dire : « Vous distinguerez les étapes qui ont conduit cet homme à se transformer en assassin ! » *Du flan, oui !* Elle était restée près de lui tout le temps de sa garde à vue, et à aucun moment elle ne l'avait plaint. Son client avait enduré des épreuves. Perdre sa femme en couches en faisait partie. Se retrouver jeune père avec un bébé à élever seul pouvait engendrer un niveau de stress, de fatigue et d'anxiété. Mais il n'y avait pas de quoi évoquer des circonstances atténuantes devant un jury de cour d'assises. Cet homme méritait la réclusion criminelle, et à perpétuité.

D'un autre côté, elle avait éprouvé un réel malaise lors des auditions et avait préféré se taire plutôt que d'intervenir à mauvais escient. Elle avait côtoyé un paquet de criminels dans sa carrière, et ce Nicolas ne cochait pas les cases adéquates. Pas de traumatismes physiques et sexuels dans l'enfance, pas de délinquance précoce, pas d'échec scolaire, d'immaturité, d'inadaptation professionnelle, de conduites addictives ou de déficits mentaux : aucune trace de ces facteurs à risque dans son parcours de vie. Elle savait que des troubles de conduite dans l'enfance, des problèmes de l'attention avec hyperactivité exposaient à un risque plus élevé de comportements antisociaux graves ou criminels à l'âge adulte : elle n'avait pas décelé ces points singuliers. Elle pourrait évoquer l'abus de substances. Le mélange whisky et antidépresseurs pouvait être dramatique. La détresse personnelle face au décès brutal de sa première femme pourrait être un facteur à mettre en avant pour attendrir les jurés, en insistant en parallèle sur le conflit interpersonnel qui l'unissait avec la victime. C'était minime comme ligne de défense, mais à ce stade, elle ne voyait pas d'autre stratégie.

Pour être tout à fait honnête avec elle-même, Pauline n'avait pas cru une seconde à l'histoire qu'avait déroulée son client devant les policiers concernant la nuit du meurtre. Son comportement avait subtilement changé pendant la dernière heure. Il était devenu grossier, comme si le fait de rajouter des injures dans son discours le rendait plus menaçant et convaincant. Il avait joué la comédie du méchant, et cela ne lui allait pas du tout. Pauline était perdue. Ne se voilait-elle pas la face pour ne pas affronter l'horreur que lui inspirait cet homme ? Elle s'appliqua une serviette-éponge sur le front. Elle devait cesser de penser avec son cœur et ses tripes, et redevenir cette avocate froide et calculatrice qu'elle avait été.

Pourquoi s'était-elle précipitée chez Xavier entre deux auditions un peu plus tôt dans la soirée ? Là encore, son comportement demeurait un mystère. Elle ne se reconnaissait plus, ne maîtrisait plus ses pulsions. Ce soir, elle s'était présentée chez lui telle une adolescente qui aurait visionné en boucle le film *Pretty Woman*. Ils n'avaient pas échangé un mot. Ils auraient été stériles. Quand Xavier avait déverrouillé la porte, elle s'était blottie contre lui et avait laissé sa tristesse, sa solitude, ses angoisses se déverser sur son épaule. Ils étaient restés enlacés sur le palier, immobiles quelques instants. Puis, sans prévenir, Pauline s'était détachée de lui et s'était évanouie dans la nuit.

❖

Sa tête reposait sur son avant-bras. Côme rêvait de pouvoir s'allonger et de s'emmitoufler dans une couette moelleuse. Comme ses petits camarades, il disposait d'une heure pour aller se rafraîchir avant d'attaquer la suite des festivités. Le suspect avait fait des aveux, mais ils devaient réunir tous les éléments d'enquête avant de le déférer devant le juge, suivant les dernières directives de la substitute Delatour. Un sacré travail de fourmis les attendait. Le jeune policier n'avait pas eu le courage de faire l'aller-retour chez lui. Les bureaux comprenaient deux salles de sport équipées de cabines de douche. Il s'en était contenté. Ses paupières se faisaient lourdes, il allait sombrer dans un profond sommeil. Une odeur de croissants chauds titilla ses narines et le ramena à la vie. Il souleva la tête et découvrit sa cheffe de groupe chargée de deux sacs en papier mouchetés de taches de gras. Le sourire revint sur ses lèvres. Il s'amusa à se pincer la peau du ventre. À ce régime-là, il serait bon pour descendre à la salle de sport pour une autre raison que des questions d'hygiène.

— Tu lances la cafetière le temps que je sorte les assiettes en carton ? Et n'hésite pas à avoir la main lourde pour ce qui est du dosage. On va en avoir besoin pour garder nos idées claires.

Côme s'exécuta avec bonne humeur.

— Je voulais te remercier pour ton accueil au sein du groupe. Je viens d'intégrer l'équipe, et j'ai déjà l'impression de faire partie de la famille.

— Je suis heureuse que tu te sentes bien parmi nous. Tu sais qu'à deux ans près, tu as l'âge de mon aîné.

— Je ne savais pas que tu avais des enfants.

— J'ai deux garçons : Raphaël, 24 ans, qui suit des études de commerce en Chine pour ce trimestre, et Arthur, 18 ans, jeune bachelier qui entre en droit le mois prochain. Tu as des frères et sœurs ?

— Nous sommes quatre garçons. Père gendarme, mère au foyer : le profil type qui explique ma vocation.

— Cinq hommes à la maison ! Ta pauvre maman ! Vous avez tous suivi la carrière de votre père ?

— Je suis le seul. L'un est médecin, l'autre s'est tourné vers le BTP, et le petit dernier travaille dans la sécurité informatique.

— Un sacré panel d'activités ! Tu es proche de ton père ?

— On se voit peu… Et toi ? Père flic ?

— Rien à voir. Il était prof de sport, et ma mère, directrice de crèche. Je suis tombée amoureuse de Maigret quand j'étais petite.

— Non ! Tu me fais marcher !

— Je te jure. J'ai grandi avec Georges Simenon et son célèbre Jules Maigret. J'étais fascinée par cet homme imposant, à l'allure bourrue, amateur de blanquette de veau et de vin, qui fondait sa technique d'investigation sur sa perception de la personnalité des protagonistes, tout en se laissant guider par son instinct. Et cet univers : le 36 quai des Orfèvres ! Je te jure, la première fois que j'ai mis les pieds là-bas, j'avais l'impression de déjà connaître tous les secrets et les recoins des lieux. J'étais à la maison. Ne me regarde pas comme cela ! Je brise un mythe ?

— Je t'imaginais provenant d'une famille de flics depuis des générations.

La porte de la salle de réunion s'ouvrit sur un commissaire divisionnaire au visage marqué par les rides et la fatigue.

— Alexis.

— Bonjour, Alexane. Bonjour, officier Tellier, je présume.

— Oui. Bonjour, commissaire Noiret.

— Bienvenue dans nos rangs. Votre intégration se passe bien ?

— Tout est parfait. Merci.

— Si la petite dame vous embête, n'hésitez pas à venir me voir. Bon, Alexane, je voulais passer une tête pour féliciter ton groupe. J'arrive un peu tôt. Si l'enquête était mal partie, tout s'est accéléré. C'est une très bonne chose. Je vais pouvoir lancer le transfert de Thierry plus vite que prévu, alors ? Bon, je vous laisse. Je repasserai, conclut-il en franchissant la porte.

Alexane ne put s'empêcher de dire le fond de sa pensée.

— Quel connard celui-là !

— C'est l'amour fou entre vous, je me trompe ? Et c'est quoi cette histoire avec Thierry ?

— Oublie ! Bon, ce café, il est prêt ?

Côme remplit un mug fumant.

— Lait ?

— Ah non, sacrilège. Noir, s'il te plaît.

— Tu crois que le juge d'instruction va nous laisser l'enquête ?

— L'usage veut que le service de police soit le même que lors de la première enquête dirigée par le Proc'.

— Tu le penses coupable.

— Rousset ? Il a avoué.

— Tu sais comme moi que sa version ne correspond pas à l'autopsie. Il dit l'avoir étranglé de ses mains. La petite est morte étouffée par un coussin !

— Oui, je sais ! Il n'a pas fait d'aveux circonstanciés, mais il a reconnu le meurtre. Il s'est mis à table et sans subir de menaces. Tu as vu. Tout a été filmé, on ne peut rien nous reprocher. Aucune réponse ne lui a été soufflée. Bon, je te l'accorde, tout n'est pas clair.

— S'il change de disque devant le juge et se rétracte ?

— C'est pourquoi nous continuons à enquêter, et à cumuler des preuves. Notre affaire ne fait que commencer.

29

9 h 42, bureau du juge d'instruction Bruno Gruyez, Tribunal d'instance de Paris, parvis du Tribunal de Paris, XVIIe arrondissement

À l'opposé des palais de justice d'antan, sombres et hermétiques, le nouveau Tribunal de Paris se caractérisait par une architecture lumineuse, et toute en transparence. Ce bâtiment de plus 100 000 mètres carrés réunissait en un même lieu l'ensemble des services du tribunal de grande instance de Paris, auparavant répartis sur six sites distincts. En trois parties superposées et de taille décroissante, ses 38 étages faisaient culminer la tour à 160 mètres au-dessus du quartier des Batignolles.

Pauline entra dans la salle des pas perdus. Une cinquantaine de comptoirs d'accueil assuraient un temps d'attente minimum aux visiteurs. Chaque jour, 9 000 personnes pénétraient dans la cité judiciaire, dont 2 500 professionnels de justice. L'avocate aimait cet endroit, une vraie cathédrale de verre. En levant les yeux, elle pouvait voir les balustrades vitrées et la structure ouverte du bâtiment, contenant une série de galeries baignées de lumière naturelle. Plus de haches, ni de tortues, ni de têtes de lions, symboles maçonniques qui marquaient l'ancien tribunal. Le lieu se voulait à l'image de la justice du XXIe siècle, simple d'accès et apaisé. Cette absence de symbole avait créé une polémique. Il avait fallu en urgence convoquer une commission pour donner un peu d'âme à ce nouveau tribunal. Des extraits de la Déclaration des droits de l'homme et du citoyen avaient été apposés sur les murs de la nouvelle salle des pas perdus et une balance, qui avait la particularité de ne pas être « à l'équilibre », apparaissait désormais dans les salles d'audience.

Pauline se dirigea vers l'espace vestiaire situé à droite de l'entrée afin d'enfiler sa robe d'avocate. Elle avait hâte que la Maison des avocats ouvre ses portes. L'inauguration était prévue pour l'automne. Elle avait entendu parler de trois étages qui leur seraient entièrement dédiés avec un *business center*, un auditorium, des espaces de travail collaboratifs, une « bibliotech » connectée. Elle en rêvait. Elle vérifia sa montre, elle devait se hâter pour ne pas arriver en retard à son rendez-vous.

Au terme de la garde à vue, le procureur avait ouvert une information judiciaire. Son client déféré était attendu par un juge d'instruction afin de procéder à un interrogatoire de première comparution. Nicolas Rousset avait été emmené au sous-sol du Bastion dans l'une des 210 cellules qui constituaient le dépôt, une vraie maison d'arrêt sous terre. Avait-il pu dormir quelques heures ? Peut-être… Reviendrait-il sur sa version des faits ? Elle en doutait. Il n'avait à aucun moment cherché à diminuer sa part de responsabilité face aux actes commis. Il avait évoqué le stress, une prise de médicaments importante, un niveau de fatigue élevé, mais il n'avait pas minimisé la violence des coups portés. Il s'était présenté comme un homme froid, sans l'once d'un remords. Conserverait-il le même visage devant le juge quand celui-ci évoquerait une possibilité de mise en examen et de détention provisoire ?

Elle sortit de l'ascenseur et sonna à l'interphone où un greffier lui demanda de décliner son identité. La porte s'ouvrit sur un long couloir moderne, blanc, froid et impersonnel. Un officier de justice lui indiqua le cabinet du juge Gruyez. Les magistrats ne recevaient plus les justiciables dans leur bureau. Des petites salles d'audience étaient mises à leur disposition. Pauline découvrit une pièce lumineuse au mobilier fonctionnel : deux tables blanches, deux chaises noires, destinées au juge et à son greffier, une série de quatre chaises en tissu rouge, seule note de couleur, une caméra sur un trépied. Elle prit place sur la première chaise. Son client arriva, escorté par un officier de la police judiciaire.

— Bonjour, monsieur Rousset.

— Bonjour, maître.

— Vous avez pu vous reposer ?

— J'ai connu de meilleures nuits.

— Avez-vous mangé, bu ?

— Tout va bien, maître. J'ai été bien traité. Vous pouvez me dire ce qui va se passer maintenant ? s'enquit Nicolas en s'asseyant à son côté.

— Vous allez être présenté au juge d'instruction pour un premier interrogatoire. À l'issue de cet échange où le juge va vous mettre devant vos responsabilités dans l'affaire du meurtre de votre fille, il statuera sur votre mise en examen ou pas. Vous avez le droit de faire des déclarations, de répondre aux questions qui vous seront posées ou de vous taire. Je vous conseille de coopérer. Moi, mon rôle sera d'essayer de démontrer qu'il n'y a pas d'indice grave ou concordant dans le dossier à votre encontre pour vous faire échapper à toute mesure de contrôle judiciaire, et surtout à la prison en détention provisoire.

— J'ai avoué. Il n'y a rien à ajouter. Je vais aller en prison.

— Nous savons tous les deux que vous avez menti hier soir.

— Pardon ?

— Vous croyez que j'ai gobé votre histoire ?

— J'ai tué ma fille. Il vous faut quoi d'autre ! Si c'est trop dur pour vous de défendre un connard, je vous en prie, rien ne vous retient. Je prendrai un autre avocat.

— Monsieur Rousset, j'ai passé plus de cinq ans à défendre des pédophiles. J'en ai côtoyé, des « connards », comme vous dites, et je peux vous affirmer que je sais les reconnaître à des kilomètres. Je suis ici ce matin parce que j'ai l'intime conviction que vous êtes innocent dans cette affaire, mais que vous protégez quelqu'un. Alors, désolée de vous décevoir, mais je vais rester, et me battre pour vous sortir de là. La mission du juge d'instruction est d'instruire le dossier à charge et à décharge, ce qui signifie qu'il a l'obligation de rechercher à la fois des preuves d'innocence et de culpabilité. Comptez sur moi pour le guider dans le bon sens.

Le juge Gruyez entra, accompagné de son greffier, coupant court à la discussion. L'homme, de belle carrure, en imposait. Son regard impitoyable annonçait le pedigree d'un grand magistrat qui avait vu défiler dans sa carrière toutes les formes de délinquance – du trafic de drogue à l'affaire politico-financière. Il s'installa et commença les festivités.

❖

Samuel s'extirpa du RER A. Une heure passée dans les transports en commun, dont la moitié dans les sous-sols de la capitale. Il était nerveux. Il avait besoin de sentir les rayons du soleil sur sa peau. Il s'engouffra dans les couloirs à la recherche d'une porte de sortie. Il monta quatre à quatre les premiers escaliers qu'il rencontra. Un vent frais, des pavés, des platanes, des terrasses, des piétons grouillant de toute part, l'ex-taulard sourit. Il respira un grand coup et s'enivra de cette énergie débordante. Il scanna son environnement et tomba sur un poste de police. Par habitude, son cœur s'emballa. Voir un uniforme le rendait anxieux. Il s'éloigna d'un pas alerte et s'engouffra dans une rue perpendiculaire. Alignement de boutiques bon marché, de brasseries aux odeurs alléchantes, l'endroit était bruyant, envahi par des hommes et des femmes qui marchaient en tous sens. Une bousculade, un coup de coude, Samuel n'avançait pas assez vite pour cette foule courant après la montre. Il prit à gauche dans une rue qui paraissait tranquille. Il ne savait pas comment s'y prendre pour entamer ses recherches. Il lui fallait un ordinateur et un accès à Internet. Il doutait de la retrouver en tapant son nom dans Google, mais il fallait bien commencer par quelque chose. Il devait se rendre dans un cybercafé. Pour éviter de tourner en rond dans le quartier, il se dirigea vers un kiosque à journaux et demanda conseil.

— Vous avez le Cyber Palace, boulevard de Sébastopol. C'est ouvert 24 heures sur 24.

— C'est loin d'ici ?

— Cinq minutes à pied.

— Merci.

— Vous ne voulez pas un journal ? Il ne me reste que deux exemplaires du *Parisien.*

L'homme lui mit le quotidien dans les mains.

— C'est gentil, mais je n'ai pas de piasse[1].

Samuel ne prêta pas attention à l'air étonné que lui jeta son interlocuteur, mais resta figé sur la couverture. Il trouva une pièce de deux euros au fond de sa poche et la donna au kiosquier qui ne chercha pas à comprendre ce qui se déroulait sous ses yeux. Fébrile, Samuel s'assit sur un banc public situé à quelques mètres de là et ouvrit le journal en grand. Il chercha les faits divers. La une évoquait le meurtre d'une enfant retrouvée dans le coffre d'une voiture. La photo des parents présumés illustrait l'article, et l'avait laissé sans voix. La qualité était mauvaise, il devait en avoir le cœur net. Il tourna les pages les unes après les autres. Son rythme cardiaque devint rapide et irrégulier. Enfin, il trouva ce qu'il cherchait. Le titre en majuscules noires se voulait racoleur : « Le père en garde à vue ». Samuel fixa toute son attention sur les images illustrant ce fait divers morbide. Le père, le présumé coupable, un dénommé Nicolas Rousset, apparaissait en gros plan. La photo d'une femme en petit format se trouvait en bas à droite. Samuel rapprocha le journal. Elle avait laissé ses cheveux pousser, mais il s'agissait bien d'Emily.

La chance lui souriait. C'était à peine croyable d'avoir une telle veine. Il lut rapidement le résumé de l'affaire. Le récit de l'homicide le frappa en plein ventre. Les larmes inondèrent son visage. Il pleura sa rage, sa petite fille… Maya.

1. Argent, en argot canadien.

30

11 h 35, École Saint-Alexandre, 23 boulevard Jean-Jaurès, Boulogne-Billancourt

Ces yeux inquisiteurs… Emily se sentit mal à l'aise. Pourquoi cette mère de famille avec qui elle avait échangé une dizaine de mots en deux ans la dévisageait-elle sans pudeur ? Elle détourna le regard. Un groupe de mamans l'observait à quelques mètres de là. Leur attitude était sans équivoque : elles paraissaient toutes horrifiées par le simple fait de partager le même bout de trottoir. Emily déglutit avec difficulté. Elle ne comprenait pas un tel comportement à son égard. Elle porta son attention sur le portail de l'école en s'efforçant de garder la tête haute. Elle avait l'impression d'être transpercée par des flèches invisibles. Elle serra les dents. La sonnerie retentit au loin. Les portes s'ouvrirent, les enfants arrivèrent en courant. Embrassades, accolades, câlins, bousculades, une jolie cohue encercla Emily qui restait figée sur place. Elle était tétanisée. Dès qu'elle croisait un visage, elle n'y lisait que stupéfaction, dégoût, effroi. Ils savaient ! Voilà la seule explication logique devant tant de haine soudaine contre sa personne. Elle voulait s'enfoncer sous terre, disparaître. Une pression sur son bras.

— Maman, maman, je suis là !

Emily découvrit Noah qui l'observait d'un air interrogateur.

— Maman, on a quoi pour le déjeuner, j'ai faim !

Telle une automate, elle le prit par la main et quitta cet endroit qui transpirait d'animosité. Noah insista, son ventre gargouillait.

— J'ai préparé de la purée et des saucisses.

— Mon plat préféré ! Tu es géniale, maman.

Elle accéléra le pas. Elle avait l'impression d'entendre des injures dès qu'elle croisait un passant. Tout cela n'était que le fruit de son imagination. Mais cela arriverait un jour, non ? Qu'espérait-elle ? Que la mort de Jade passerait inaperçue ? Que son mari terminerait ses jours en prison sans faire de bruit ? Quelle naïveté ! Son monde allait s'écrouler. Déménager, changer de nom deviendrait l'ultime solution. Ne l'avait-elle pas déjà vécu ? Sa vie ne serait-elle qu'une succession de mauvaises décisions aux conséquences lourdes ? Elle sentit une résistance dans son bras qui tenait fermement la main de son petit garçon. Elle s'arrêta et interrogea Noah. En guise de réponse, il pointa un doigt droit devant lui. La couverture du *Parisien* s'affichait en 4 par 3 sur la devanture d'un kiosque à journaux. Emily crut défaillir. Noah se jeta dans ses bras. Leur vie était brisée.

❖

Le juge d'instruction était déstabilisé, mais ne le montra pas. Cet homme assis de l'autre côté de la table avait parlé sans discontinuer. Il avait suffi d'une question pour qu'il déverse toute son histoire. Il n'avait épargné aucun détail au magistrat. Il s'était mis à nu sans pudeur, sans retenue. Il avait tué sa fille de 10 ans, il méritait la prison et attendait son châtiment comme une délivrance. Si la peine de mort n'avait pas été abolie en 1981, il aurait lui-même réclamé la guillotine. En vingt-cinq ans de carrière, Bruno Gruyez n'avait jamais assisté à cela. Il en avait vu des caïds qui avouaient pour se faire mousser, mais on était loin de ce cas de figure. Pendant la garde à vue, le suspect était soumis à une forte pression psychologique. La fatigue, les intimidations et les menaces poussaient des gens à avouer uniquement pour que l'on cesse de les harceler, en pensant pouvoir se rétracter par la suite. Le juge d'instruction, qui n'avait pas eu le temps d'étudier ce nouveau dossier en profondeur, s'attendait à vivre ce revirement de situation entre ces quatre murs. Au contraire, l'homme avait confirmé en tout point ses déclarations.

— Monsieur Rousset, au vu de ce que vous venez de déclarer, je vais demander votre placement en détention provisoire dans l'attente de votre jugement. Je vais saisir le juge des libertés et de la détention qui statuera sur cette décision.

Pauline n'avait pas prononcé un mot depuis l'entrée du juge au sein du cabinet. Elle ne savait pas comment protéger son client contre lui-même sans le braquer. Mille fois, elle avait ouvert la bouche pour contester les aveux de l'homme assis à son côté, mais aucun son n'était sorti de sa gorge. Elle se sentait dépassée par la tournure que prenait cette affaire. Le coup de grâce vint la frapper sans crier gare.

— Monsieur le juge, j'aurais un dernier point à soulever avant que notre entrevue prenne fin.

— Je vous écoute.

— Je souhaiterais changer d'avocat.

31

17 h 55, parvis du Tribunal de Paris, XVIIe arrondissement

Une cigarette… Pauline aurait donné n'importe quoi pour sentir le goût de la nicotine dans sa bouche. Quelle journée ! Elle était lessivée, à ramasser à la petite cuillère. Son client avait été coriace. Seule l'intervention du juge d'instruction en sa faveur lui avait permis de conserver cette affaire.

— Réfléchissez bien, monsieur Rousset, avant de désigner un autre avocat. Je ne sais pas si vous savez qui est cette jeune femme. Elle est vivement reconnue par ses pairs et redoutée par les magistrats du parquet. Si une personne doit vous représenter, c'est bien maître Carel.

Dans une autre vie, Pauline n'aurait pas accepté d'être humiliée de la sorte par un client. Elle l'aurait planté dans le bureau du juge sans se retourner. Là, elle le suppliait de la garder. Pathétique. Elle voulait coûte que coûte cette affaire, qui représentait sa guérison possible, sa victoire sur son passé. Un tel dossier ne se présenterait pas tous les matins à la porte de son cabinet. Rousset avait cédé, mais elle avait compris qu'elle devrait obéir à ses directives. Pour le moment, il ne voulait pas être défendu. Il désirait dormir dans une cellule ? Qu'il y aille ! Quand il aurait fait connaissance avec le milieu carcéral et découvert les réjouissances que les détenus réservaient aux tueurs d'enfants, elle était persuadée qu'il reviendrait sur ses premières résolutions. Ensuite, elle pourrait entrer en action. Elle lui laissait une semaine pour se rétracter, et la prier de le faire sortir. Pour le moment, il était buté, elle l'avait laissé s'enfoncer.

Quand le juge d'instruction avait prononcé sa mise en examen, il avait fallu rencontrer le juge des libertés et de la détention. Son client ne souhaitait pas utiliser son droit de solliciter un délai pour bâtir sa défense. Après quelques heures d'attente, ils avaient été reçus par un magistrat pour le débat contradictoire. Cela avait été succinct. Rousset avait reconnu qu'il battait sa femme et qu'il avait déserté le domicile conjugal pour terminer dans une chambre d'hôtel. Sa situation financière et professionnelle ne lui permettait pas de se loger. Dans ces conditions, le port d'un bracelet électronique ou le placement sous contrôle judiciaire étaient inenvisageables. Le juge avait statué sur l'unique possibilité qui s'offrait à lui : la détention provisoire. Nicolas Rousset avait gagné son ticket pour la prison d'arrêt de la Santé « new-look » qui avait rouvert ses portes quelques mois auparavant, après quatre années de travaux de rénovation.

Son téléphone vibra. Pauline découvrit quatre appels en absence de Charles Laroche et un message. Elle rêvait de rentrer chez elle, mais discuter avec un confrère lui ferait du bien. Elle le rappela.

Sept stations de métro plus tard, elle se retrouva sur les Champs. L'avenue était noire de monde. Le temps était clément, les terrasses étaient envahies par les touristes et les Parisiens ravis de se retrouver en week-end. Elle se fit alpaguer par un groupe de Japonais qui lui demandèrent de les prendre en photo. Elle le fit avec gentillesse, les photographiant avec l'Arc de triomphe en arrière-plan. Elle accéléra le pas, Charles lui avait donné rendez-vous dans un bar du Fouquet's, le Joy. Elle n'avait jamais eu l'occasion de s'y rendre et était curieuse de découvrir cet établissement.

Numéro 46, sur l'avenue George-V, elle était arrivée à destination. Le Fouquet's avait fait la une de l'actualité au printemps, lors d'une flambée de violence à l'occasion de l'acte 18 du mouvement des gilets jaunes. La brasserie avait été incendiée, des barricades dressées et l'avenue dépavée afin de fournir à des manifestants des projectiles contre les forces de l'ordre. En cette fin d'après-midi de septembre, rien ne laissait penser qu'un tel saccage avait eu lieu. Plusieurs mois de travaux avaient été nécessaires pour réparer les dégâts.

Pauline entra dans l'hôtel. Le concierge lui désigna le premier étage. Fauteuils en velours violet, tables noires, lumière tamisée, elle tomba sous le charme de cet endroit où l'opulence n'était pas de mise, contrairement aux idées reçues.

Charles Laroche l'attendait sur la terrasse. Pauline se trouva comme projetée en Provence dans un tableau de Vincent Van Gogh : l'espace avait été revisité à travers une élaboration florale méticuleuse, faite de gerbes de lavande, de champs de tournesols, de paniers d'osier et d'herbes aromatiques. Un écrin végétalisé à des kilomètres de l'agitation parisienne. Pauline sentit s'évanouir les tensions cumulées de sa journée. Elle prit place en face de Charles, le sourire aux lèvres.

— Bonsoir et merci pour votre invitation. Le cadre est splendide.

— Heureux qu'il vous plaise. Vous semblez en pleine forme. Que voulez-vous boire ? Vin blanc, Martini, Champagne ?

— Nous avons quelque chose à fêter ?

— Notre future collaboration.

— Charles, je n'ai pas encore dit oui ! s'amusa Pauline.

— Je sais. Mais ce soir, laissez-moi rêver. J'ai eu une journée éprouvante… et vous aussi, d'après ma femme.

— Elle vous a parlé de la garde à vue de mon client ?

— Trois mots, je vous rassure. Alexane ne me dévoile rien de compromettant, que des bribes sans conséquences.

— A-t-elle évoqué notre brève discussion dans l'ascenseur ?

— Ah non !

— Pour être transparente avec vous, Charles, je ne pense pas que votre femme soit enchantée à l'idée que nous puissions travailler ensemble un jour. Elle ne me porte pas très haut dans son estime.

— Elle vous craint, c'est différent. Vous êtes jeune, séduisante et brillante. Alexane vous perçoit comme une rivale. C'est plutôt flatteur. Mais si cela peut vous rassurer, j'aime ma femme, et je n'ai pas l'intention de prendre le risque de la perdre. Pauline, dites-vous que je souhaite notre association pour de bonnes raisons. Je vois en vous une avocate pleine de promesses. Moi, je me perçois comme un vieux sage, et avec nos tempéraments et nos expériences respectives, nous pouvons former un duo de choc. Mais rien ne presse. Nous en reparlerons le moment venu. Parlons de votre soirée d'hier.

— Mon client a déroulé sa vie durant toute la nuit et a avoué le crime. Un moment pénible que je ne souhaite à personne de vivre.

— Il a été déféré ?

— Oh oui, et il va dormir à la Santé pour les prochaines nuits.

— Le dossier paraît sordide, d'après ce que j'ai pu lire dans les journaux. Vous disposez d'éléments à décharge ?

— Pour le moment, mon client ne veut rien entendre. Il veut payer.

— C'est courageux de sa part.

— Vous trouvez ? Moi, je ne sais plus que penser. Je vous avoue être perdue dans cette affaire. Je peux être franche avec vous ?

— Je vous écoute.

— Je pense qu'il est innocent.

— Étonnant, alors qu'il ne cesse de clamer sa culpabilité.

— Je sais, cela n'a pas de sens.

— Défendre un homme innocent qui se dit coupable est-il plus compliqué que de défendre un homme coupable qui se dit innocent ? Telle est la question !

— Vous devenez philosophe ! À ce rythme, je ne vais pas tarder à avoir droit à *To Be or not to Be* ! Je crois que je vais prendre un alcool fort. J'ai besoin d'un remontant. Et vous, sur quoi travaillez-vous ?

— Je guide un pauvre père de famille pour qu'il récupère la garde de sa fille.

— Vous vous occupez d'un divorce ?

— Si c'était aussi simple ! À travers ce dossier, je découvre une facette de la société que j'ignorais complètement, et je vous avoue que je suis assez choqué.

— Vous m'intriguez !

— Je vous résume les faits en quelques mots. Cet homme, appelons-le Benoît, rencontre disons Louise dans le cadre de son travail. C'est une femme carriériste, sûre d'elle. Coup de foudre. Ils s'installent ensemble. Quatre ans de vie commune sans incident. Elle tombe enceinte. L'arrivée de l'enfant se passe bien. Ils sont heureux. Un an plus tard, la vie idyllique se fissure progressivement. Tout commence par l'apparition de crises d'angoisse et de jalousie chez Louise. Un véritable harcèlement commence pour Benoît. Quinze minutes coincé sur le périphérique, et sa femme lui tombe dessus. Remontrances anodines, qui deviennent quotidiennes. Louise se met à le chronométrer. Il doit lui téléphoner quand il quitte son travail et elle lance le chrono. Il doit justifier le moindre de ses faits et gestes. Louise broie du noir. Elle ne s'occupe plus de leur enfant. Quand il rentre le soir, Benoît retrouve sa petite fille dans une couche inchangée depuis le matin. Il doit lui donner le bain, la faire dîner. En parallèle, il peut faire une croix sur la vie sexuelle de son couple. Il ne peut plus toucher Louise. Elle le rejette et le dénigre. Désormais, impossible de convier des amis chez lui. Louise refuse toute vie sociale. Le week-end devient un enfer et Benoît se met à attendre le lundi comme une délivrance pour quitter ce foyer toxique et retrouver une vie « normale » avec ses collègues. C'est l'engrenage. Louise s'en prend à leur enfant. Elle devient violente. Benoît s'interpose. Il reçoit les premiers coups de poing qui deviendront quasi quotidiens. Il veut fuir avec sa fille. Elle le menace de porter plainte pour violence conjugale. Sa parole contre la sienne. Il panique et se rétracte. Les semaines passent. Un soir, il retrouve Louise dans le salon. Leur fille n'est plus dans l'appartement. Il la découvre enfermée dans le local à poubelles de l'immeuble. Sa mère l'a punie car elle avait fait pipi dans sa culotte. Il contacte la police pour effectuer un signalement d'enfant maltraité. Les flics refusent de prendre en compte sa plainte : « Votre femme est fatiguée, rien de grave là-dedans. » Vous voyez le tableau. Benoît quitte le domicile conjugal, mais sa fille reste avec son épouse. Il se dit qu'il doit partir pour se reconstruire psychologiquement, puis prendre le temps de créer un nid pour accueillir sa fille. Depuis, il se bat pour la garde de son enfant. Il a voulu alerter la police sur sa situation. Il n'a reçu que du mépris. Même résultat auprès du juge des enfants, qui l'a totalement ignoré quand il a réclamé la garde de sa fille, alors qu'il avait peur pour sa sécurité. Résultat, Benoît est parti, sans femme, sans enfant, sans maison, et sans aucune reconnaissance, seul. Il est dans les procédures judiciaires jusqu'au cou, mais personne ne croit en sa version des faits. D'où mon intervention…

— Attendez. Vous insinuez que votre client est un homme… battu ?

— C'est un phénomène peu connu, alors que les hommes représentent pourtant près d'une victime sur trois dans les cas de violences conjugales.

— Comment cela est-il possible ? Je n'ai jamais entendu parler de ce cas de figure, et pourtant, je suis une pénaliste.

— J'ai longuement échangé avec mon client sur son histoire, et même pour lui, tout cela a été dur à concevoir. Il était dans le déni complet. Il pensait que « ça allait passer », que le problème venait de lui, qu'il était un mauvais conjoint ou un mauvais père, puisque sa compagne le lui répétait à longueur de temps. Vous savez, Pauline, si les médias martèlent aux femmes, « qu'il faut partir dès la première gifle », les hommes mettent encore plus de temps à identifier qu'il y a un problème. Peut-être parce qu'ils sont habitués, dès la cour de récréation, à régler leurs différends par la bagarre. Un coup n'est pas forcément un acte grave dans leur esprit. Griffures, gifles, jet d'objets, mais aussi menaces, humiliations, chantage. Et une fois sortis du déni, rien ne s'arrange pour eux : comment se faire entendre ? À qui demander de l'aide ? Où s'adresser ? Les hommes battus disent tous la même chose : la honte, l'épuisement, et les structures d'écoute ou d'accueil des victimes de violences conjugales qui ne veulent pas ou ne savent pas les prendre en compte. La plupart du temps, on leur raccroche au nez, parfois avec un petit rappel à « la » réalité : « Et les femmes ? Vous savez combien elles sont, les femmes, à être battues par les hommes ? » Et je vous épargne la litanie des « malentendus » que j'ai pu découvrir en creusant un peu plus le sujet : les policiers, appelés à l'aide par le mari, qui l'immobilisent lui au lieu de maîtriser sa femme ; qui l'obligent à quitter le domicile conjugal alors qu'il a signalé qu'elle est dangereuse pour les enfants ; qui le gardent à vue alors qu'il vient déposer plainte… Alors vous imaginez mon client là-dedans !

Pauline buvait les paroles de son confrère. Elle reprenait mentalement le fil des aveux de Nicolas Rousset. Et si…

❖

Emily tira sur la ceinture en coton de son peignoir, qui s'ouvrit et glissa le long de son corps. Elle frissonna. La baignoire était remplie à ras bord, prête à l'accueillir pour un moment de détente. Elle se plongea dans son bain. L'eau était bouillante, salvatrice. Elle ferma les yeux. Autour d'elle, le silence l'enveloppait. L'écran digital de la radio reposant près du lavabo indiquait minuit passé. Dehors, la nuit était noire, sans étoiles. Dans la pièce d'à côté, Noah dormait, les yeux gonflés par les pleurs. Sa famille, ses repères, son monde s'étaient écroulés en l'espace d'une seconde. Son papa n'était pas parti en voyage pour son travail et Jade… Emily avait dû mettre ses propres angoisses de côté et s'armer de courage pour réconforter son petit garçon. Quels mots utiliser pour expliquer l'inexplicable à un enfant ? Il n'existait pas de manuel pour décrire l'impensable ! Noah n'avait pas crié, n'avait pas jeté ses jouets par terre. Il s'était simplement éteint. Aucun son n'était sorti de sa bouche depuis leur retour à l'appartement. Il s'était posé sur son lit et n'avait pas cessé de pleurer.

Elle s'était sentie impuissante. Elle avait pris place à côté de lui, l'enveloppant de ses bras et de son amour. Son petit garçon n'avait pas bronché, comme indifférent à ce qui l'environnait. Elle s'était mise à parler, racontant avec des mots simples les derniers événements qui avaient bouleversé leur famille : le départ de papa après une dispute, les jours passés sans nouvelles, l'intrusion d'officiers de police dans leur maison alors qu'il était à l'école, l'annonce de la mort de Jade, puis les aveux de son papa. Elle n'eut droit qu'à un déversement de larmes en retour. Les questions viendraient plus tard. Avec patience et douceur, elle l'avait déshabillé et mis en pyjama. Puis ils s'étaient allongés dans le lit. Noah avait posé sa tête sur sa poitrine. Discerner les battements de son cœur demeurait l'unique source de réconfort de son enfant face à ce séisme. Les minutes s'étaient écoulées lentement. La respiration de son petit garçon, d'abord saccadée, s'était apaisée. Quand il s'était enfin endormi, Emily s'était glissée hors du lit. Les nerfs à vif, elle avait eu besoin d'un remontant. Après trois verres de whisky, ses muscles s'étaient détendus.

Un bain compléterait la relaxation dont elle avait besoin. Elle tourna le robinet d'eau chaude. Son corps frissonnait. Effet de l'alcool, manque de sommeil, stress… Les raisons ne manquaient pas. Voir son fils dans cet état lui rongeait les entrailles. Le reste lui importait peu. N'avait-elle pas obtenu ce qu'elle voulait ? La partie ne faisait que commencer. Nicolas pouvait se rétracter et se retourner contre elle. Elle était décidée à l'affronter. Elle s'était préparée à cet ultime combat. Mais la couverture du journal la taraudait. Elle se serait bien passée de cette publicité. Elle se moquait du qu'en-dira-t-on. Elle en avait vu d'autres. Mais Noah n'avait pas à payer. Il n'irait pas à l'école lundi et les jours suivants, si nécessaire. Elle devait le préserver des questions indiscrètes de sa maîtresse, des moqueries de ses camarades. Une cour de récréation peut devenir un véritable champ de mines, même au primaire. Elle ne pourrait pas l'enfermer éternellement. Il changerait d'école. Cela faisait partie des prochaines étapes de son plan, mais il était trop tôt pour le mettre à exécution. Elle solliciterait un entretien avec la directrice et donnerait sa version. Elle se présenterait en femme battue, humiliée depuis des années, protégeant son fils contre les coups. Elle devrait expliquer l'existence de Jade. Une enfant cachée depuis tant d'années ! Cette partie de son récit serait délicate, mais elle avait tout le week-end devant elle pour élaborer un scénario crédible face à cette horreur. Elle trouverait, avait-elle le choix ?

Subitement, son ventre se contracta. Picotements dans les doigts, à l'intérieur de la bouche. Un nuage de points blancs obstrua sa vue. Une douleur dans la poitrine, un manque d'air, elle suffoquait. Son front se perla de sueur. L'eau comprimait son corps. Que lui arrivait-il ? Elle allait s'évanouir et mourir noyée. Elle paniqua, plaqua ses mains sur le rebord. Elle devait sortir de là, et vite, avant que sa baignoire se transforme en tombeau. Elle glissa, et se retrouva immergée. Elle agita ses jambes, ses bras, entrouvrit la bouche, avala de l'eau. Elle ne voulait pas mourir, pas ainsi. Elle rassembla ses dernières forces, et s'extirpa du bain avec difficulté. Elle s'effondra sur le carrelage froid. Nue, tremblante, les jambes repliées en chien de fusil, elle essaya de se concentrer sur sa respiration, de vider son esprit, de penser à des choses agréables…

Elle fixa son regard sur le mur blanc, neutre. Des serviettes pendaient sur des crochets. Un flash… Non, pas ces images ! pas ce cauchemar ! Le visage de Maya ! Emily haletait. Samuel ! Il était libre, et la cherchait. Si son histoire s'étalait à la une des journaux, elle pouvait être sûre qu'il arriverait à ses fins. La haine le guidait, et le maintenait en vie depuis près de quinze ans. Il la tuerait de ses propres mains s'il en avait l'occasion. Elle n'avait aucun doute là-dessus. S'en prendrait-il à Noah ? Rien n'était impossible. Elle rampa sur le sol. Il lui fallait quitter cette pièce, sentir la moquette moelleuse de sa chambre. Encore deux mètres… Elle devait se ressaisir. Elle ne laisserait personne faire du mal à son petit garçon. Elle avait déjà perdu Maya, on ne lui prendrait pas Noah.

32

Lundi 9 septembre 2019, 10 h 32, maison d'arrêt de la Santé, 42 rue de la Santé, XIVe arrondissement, Paris

La dernière prison de Paris, totalement vétuste, avait bénéficié d'une cure de jouvence à 210 millions d'euros. Inaugurée le 20 août 1867, la maison d'arrêt de la Santé avait été construite selon les plans de l'architecte Vaudremer, sur une parcelle en trapèze avec un dénivelé de huit mètres entre l'ouest et l'est. Cette particularité valait à ses deux entités de détention les noms de « quartier bas » et de « quartier haut ». Après quatre années et demie de travaux, les bâtiments du quartier bas, accessibles depuis la rotonde, avaient été restaurés. Le quartier haut, lui, avait été rasé et entièrement reconstruit. De l'extérieur, rien ne semblait avoir changé : les façades, les toitures et le mur d'enceinte en meulière, datant de la création de l'établissement, avaient été conservés. Les bâtiments donnant sur la rue de la Santé avaient été surélevés de deux étages. Les niveaux inférieurs accueillaient désormais des espaces communs et les niveaux supérieurs, les hébergements. Le bouleversement majeur concernait les cellules : 9 mètres carrès contre 7 mètres carrès auparavant, chacune d'elles disposait d'une douche, d'un petit frigo, d'une plaque de cuisson et d'un téléviseur. L'établissement avait été repensé pour accueillir dans les meilleures conditions possibles huit cents prisonniers dont cent en semiliberté ; un chiffre rapidement revu à la hausse, la Santé ne faisant pas exception à la surpopulation carcérale. Les centres pénitentiaires de Fresnes et de Fleury-Mérogis flirtaient avec les 200 % de surpopulation. Un désengorgement devenait vital. Des dispositions avaient été prises, la moitié des cellules individuelles avaient été réaménagées en doubles. Nicolas ne se trouvait pas si mal loti. Il avait l'impression d'être dans un ministudio témoin, comme ceux exposés dans les magasins IKEA, avec les murs blancs et des meubles en kit. Seul le grillage derrière la fenêtre lui rappelait son emprisonnement.

Le téléviseur crachait un mauvais téléfilm à l'eau de rose. Il aurait aimé baisser le son ou changer de chaîne, mais la télécommande était entre les mains de son codétenu, Steve. L'homme attendait son jugement pour braquage à mains armées. Un policier avait été blessé lors de son interpellation, il n'était pas près de sortir.

Steve lui fichait une paix royale. Nicolas avait saisi que cela serait le cas tant qu'il la fermerait et s'effacerait devant lui. Un combat de coqs n'avait pas été nécessaire pour instaurer ces règles entre eux, leur différence de gabarit avait suffi. Concernant les raisons de son incarcération, Nicolas avait évoqué une arnaque à l'assurance. Un mythomane invétéré n'aurait pas fait mieux. Il avait assimilé les insinuations de son avocate quant au sort réservé aux meurtriers d'enfants. Il n'avait pas voulu jouer avec le feu. Son histoire avait été gobée par ses nouveaux camarades de cour de récréation, à son grand soulagement.

Allongé sur son lit, il soupira. Les minutes défilaient avec lenteur, et lui plombaient le moral. Depuis le début de la matinée, il maintenait les yeux rivés sur le téléphone fixe, la dernière chose qu'il aurait pensé découvrir à cet endroit. Le téléphone devait contribuer à la prévention du suicide et à une meilleure réinsertion. La Santé était la première prison à être équipée à la fois d'un système expérimental de brouillage des portables et de postes fixes dans les cellules. Une révolution dans l'univers de la détention.

Nicolas réfléchissait à la suite. Étonnamment, être enfermé entre ces quatre murs lui procurait un sentiment de sécurité. Il n'était qu'un numéro d'écrou, anonyme parmi les détenus. Il se sentait apaisé, et pouvait prendre du recul sur les derniers mois qui venaient de s'écouler. Il était une victime dans cette histoire. Emily l'avait détruit à petit feu. Aujourd'hui, elle allait s'en sortir, et par la grande porte. Que gagnerait-elle ? Son argent, son appartement, son fils. En avouant le crime de Jade, il n'était plus une menace pour elle. Elle gagnait sur tous les plans. L'avait-elle seulement aimé un jour ? Résolu de changer le cours des choses, il se leva de sa couche et saisit le combiné. Il composa son code d'identification personnel et sélectionna le numéro dans sa liste de contacts, préalablement validée par la direction. La première sonnerie retentit dans son oreille.

❖

Un bruit. Emily émergea lentement de son sommeil. Un mal de tête lui dévorait le cerveau. Sa langue était pâteuse. Tout son corps semblait ankylosé. Elle ouvrit un œil. Les rayons du soleil illuminaient sa chambre. Mais quelle heure pouvait-il être ? Une sonnerie stridente. Emily grogna. En sortant de son lit, elle buta sur une bouteille de whisky vide. Des comprimés de Valium étaient répandus sur la table de nuit. Ne parvenant pas à trouver le sommeil, et voulant fuir les images cauchemardesques qui hantaient son esprit, elle avait eu la main lourde sur les somnifères mélangés à l'alcool… Le réveil était rude.

Elle se traîna dans le couloir. La sonnette l'agressait et lui tendait les nerfs. Elle cria d'une voix rauque : « J'arrive. » Sans prêter attention à son apparence désastreuse, elle ôta le verrou de la porte. Elle se retrouva nez à nez avec un inconnu qui eut un léger mouvement de recul en la découvrant ainsi. Maladroitement, il lui tendit un papier qu'elle lui arracha des mains.

— C'est une convocation. Vous êtes attendue au 36 cet après-midi à 16 heures. La commandante Alexane Laroche souhaiterait vous entendre en tant que témoin dans l'affaire Jade Rousset.

Le regard vitreux de son interlocutrice obligea le jeune officier à insister.

— Je vous conseille de vous y présenter, et de prendre une douche avant.

Le policier tourna les talons sans demander son reste. Emily referma la porte, le bout de papier dans les mains. Elle lut et relut le courrier, n'étant pas certaine d'avoir saisi le sujet de cette missive. Les mots qu'elle déchiffra lui firent l'effet d'un uppercut. L'atterrissage dans le monde fut brutal. Un haut-le-cœur. Elle se précipita aux toilettes. Un jet acide lui brûla les tripes, puis la gorge. Lessivée, elle tira la chasse d'eau. Son ventre était vide, mais son esprit reprenait vie.

Dans le couloir, le calme de l'appartement l'intrigua. La matinée semblait avancée, et Noah ne s'était pas manifesté. Elle tendit l'oreille. Le son de la télévision n'envahissait pas le salon. Inquiète, elle entra dans la chambre de son petit garçon. La pièce baignait dans le noir. Les rideaux étaient tirés et obstruaient la lumière du jour. Elle actionna l'interrupteur. Un lit vide l'accueillit. Affolée, elle arracha la couette. Seul le doudou de son fils reposait sur le drap. Elle se mit à genoux et regarda sous le lit. Rien. Sans perdre une seconde de plus, elle se rua dans le couloir. Première porte, la cuisine. N'ayant rien avalé la veille au soir, Noah devait prendre son petit-déjeuner. La pièce était inoccupée, aucune miette ne traînait sur la table. Elle explora toutes les pièces, sans succès. Noah avait disparu ! Nicolas était-il venu l'enlever dans la nuit ? Shootée par les médicaments et l'alcool, elle n'aurait rien entendu ? Non, elle divaguait. Il ne possédait pas de jeu de clés et devait dormir derrière les barreaux. Noah aurait-il quitté l'appartement seul et de son plein gré ? Elle se voyait retirer le verrou quand elle avait ouvert la porte. Elle devait réfléchir, ne pas paniquer. Les fenêtres étaient fermées. Impossible que Noah puisse les ouvrir. Il était inévitablement dans l'appartement. Méthodiquement, elle retourna dans chaque pièce et fouilla les moindres recoins.

Dans le salon, elle tiqua sur la porte de la vieille armoire. Elle s'agenouilla et l'entrouvrit. Elle découvrit son petit garçon, blotti au fond, endormi en pyjama. Il était allé là où tout avait commencé : la cachette de sa sœur Jade. Avec délicatesse, elle tendit sa main et frôla sa joue. Noah se réveilla. Son visage était marqué par la fatigue et la tristesse. Les premiers mots qui jaillirent de sa bouche tétanisèrent Emily : « C'est moi qui devrais être là-haut. »

33

11 h 13, 9 impasse Barbier, Clichy, région Île-de-France

Le visage d'un ange. Xavier ne se lassait pas de la contempler. Son réveil avait sonné à 8 heures comme tous les matins. Pauline n'avait pas effectué le moindre mouvement. Elle dormait à poings fermés. Il aurait dû se lever, prendre une douche, la réveiller et aller travailler, mais il n'avait pas voulu la déranger. Il avait saisi son portable et envoyé un message à son club de krav-maga pour dire qu'il ne viendrait pas. Se faire porter pâle un lundi matin était louche et pas toujours bien perçu, mais c'était là le dernier de ses soucis. Pour une fois que Pauline ne prenait pas la fuite… Cette femme demeurait un mystère pour lui, mais il l'avait dans la peau.

La première fois qu'elle avait franchi les portes de son club, il avait flashé sur son physique. Il n'avait rien de particulier, pourtant. Elle était petite et menue, avec des mensurations qui n'auraient pas fait sortir de leurs orbites les yeux du Loup de Tex Avery. Mais elle dégageait une force et une vitalité qui l'avaient perturbé. Il avait déchanté en découvrant la personnalité de son élève. Elle se révélait têtue, fonceuse et bagarreuse. Elle n'avait besoin de personne, prenait tout le monde de haut. Une tête à claques. Il avait dû reconnaître qu'elle savait encaisser les coups et les donner. Elle était montée en grade à une vitesse surprenante alors que sa carrure et sa condition physique ne laissaient pas présager une telle progression. Au fil des mois, Pauline avait occupé de plus en plus de place dans son esprit. Elle l'intriguait. Il rêvait de cerner ce qui se cachait derrière le masque. Dès qu'elle passait les portes de son cours, son cœur se serrait. Il ne parvenait pas à se comporter de manière naturelle en sa présence. Il en faisait trop ou pas assez. Pauline, quant à elle, était restée à sa place et n'avait pas manifesté une once d'intérêt à son égard. Il était un coach, elle, une élève parmi d'autres. Rien à signaler. À plusieurs reprises il avait tenté une approche, mais elle n'avait jamais saisi la balle au bond.

Un soir, il l'avait aperçue pleurant dans les vestiaires. Il n'avait pas signalé sa présence. Il se doutait de l'accueil qu'elle lui réserverait s'il la surprenait dans un moment de faiblesse. Elle pouvait mordre ! Sa curiosité avait été piquée, et il l'avait invitée le soir même à aller prendre un verre. À son grand étonnement, elle avait accepté. Ils avaient clos la soirée au lit. Xavier n'avait jamais vécu une telle osmose. Leurs corps étaient faits l'un pour l'autre. À 40 ans, il s'était senti pousser des ailes, et aurait été prêt à renoncer à sa vie de célibataire endurci pour elle. Pauline lui avait coupé l'herbe sous les pieds. L'avocate ne lui avait pas laissé de place dans sa vie, trop concentrée sur sa carrière pour s'investir dans une histoire. Il avait éprouvé un énorme vide. Il se doutait que derrière cette carapace de femme forte se dissimulait une grande fragilité. Il avait essayé de l'oublier, se noyant dans des bras d'inconnues. Un an plus tard, le bilan n'était pas glorieux. Il ne pensait qu'à elle.

Pauline bougea dans son sommeil. Un sourire se dessina sur ses lèvres. Hier soir, elle avait frappé à sa porte. Il ne l'avait pas laissée repartir. Le souvenir de ses caresses et de sa bouche l'enivrait encore. Il était devenu accro. Il dégagea une mèche de cheveux qui collait à sa joue, et décela un trait noir à la naissance de la nuque. Intrigué, il releva délicatement sa chevelure. Un tatouage couvrait une partie de sa peau. Xavier déchiffra le mot « survivante » avec une particularité : le « i » était représenté par un point-virgule. Véhiculé par les réseaux sociaux, ce symbole était un cri d'espoir, un encouragement pour tous ceux qui avaient affronté de graves problèmes sans les laisser avoir raison de leur vie. Un moyen de se rappeler qu'il fallait surmonter l'adversité et aller de l'avant. Xavier effleura cette marque indélébile. Elle résumait la femme qui l'avait gravée dans sa chair. Son cœur gonfla devant cette fragilité cachée. Il pourrait rester des heures sans bouger, à la contempler dans les moindres détails.

Pauline pensait que leur rencontre la semaine dernière était fortuite ? Si seulement elle savait ! Il se doutait qu'elle continuerait les cours de krav-maga. Son équilibre mental en dépendait. Le club était le seul endroit où elle pouvait exprimer sa colère et sa rage en toute impunité. Taper, frapper, recevoir des coups encore et encore, un véritable exutoire aux tensions et au stress du quotidien. Après leur séparation, Pauline avait changé d'établissement. La retrouver n'avait pas été aisé. Les clubs s'étaient multipliés ces derniers mois. Paris en comptait une dizaine. Ce sport d'autodéfense popularisé par l'armée israélienne était devenu à la mode. Xavier avait écumé les salles une à une et offert de nombreux cafés aux hôtesses d'accueil pour avoir accès aux listes des abonnés. Sa neuvième tentative avait été fructueuse. Quand il avait discerné le nom Carel sur l'écran de l'ordinateur du club de la rue de Lévis, il n'avait plus réfléchi. Pendant une semaine entière, dès qu'il avait eu un moment de libre, il s'était posté devant l'entrée de l'établissement en espérant la croiser « accidentellement ». Leurs retrouvailles s'étaient faites devant les vestiaires. Depuis ce jour-là, il avait avalé de nombreuses couleuvres. Pauline avançait d'un pas pour reculer de deux. Il avait du mal à suivre, mais désirait s'accrocher. Elle avait changé, suivait une thérapie, voulait autre chose, elle aussi. Leur histoire devenait possible.

Il avait paniqué le premier soir. Il ne s'attendait pas à ce qu'elle se confie et sans filtre. Elle avait levé le voile sur sa colère. Tout était devenu limpide. Il s'attendait à apprendre des choses difficiles. Il s'était imaginé le décès précoce d'un de ses parents, une enfance solitaire où l'argent manquait, ou un divorce houleux, mais ce que Pauline avait évoqué ce soir-là avait dépassé tous ses fantasmes. L'inceste, le père violent, le meurtre de sa mère, le procès de son père où elle s'était retrouvée à la barre pour témoigner à 10 ans, les familles d'accueil qui s'étaient enchaînées et se ressemblaient. Non, Xavier ne s'était pas préparé à tant de noirceur. Cette nuit-là, il s'était fait la promesse de l'aimer et de la protéger.

Un téléphone sonna. La magie de l'instant prit fin. Pauline émergea de son sommeil. Xavier n'avait pas bougé. Elle sourit, lui posa un baiser sur les lèvres puis retira la couette pour s'extirper de ce nid douillet. Son téléphone ne lui accordait pas de répit, elle devait décrocher.

— Allô.

— Bonjour, maître Carel. Nicolas Rousset à l'appareil.

— Oui.

— Vous pourriez venir à la Santé ? Je désire revoir ma déposition.

❖

— Je vous en prie, installez-vous.

Emily s'assit sur la première chaise qui se présentait à elle. Il était 16 heures à sa montre. Malgré sa gueule de bois au réveil, elle avait réussi à être ponctuelle. Elle n'avait jamais passé autant de temps dans une salle de bains pour se préparer. Elle devait présenter l'image d'une femme respectable et non d'une alcoolique vomissant son whisky au petit-déjeuner. Douche, shampoing, lavage de dents à plusieurs reprises, maquillage, parfum, choix de la tenue, elle n'avait rien laissé au hasard. Quand elle avait passé le premier sas de sécurité du Bastion, elle était prête à affronter son destin. Noah était sous la surveillance de sa voisine à moitié sourde, qui ne semblait pas avoir eu vent de leur histoire. Emily était rassurée de ce côté-là. Trouver un mode de garde pour vous permettre de répondre à une convocation d'un juge dans le cadre d'une information judiciaire pour meurtre n'était pas aisé !

Elle étudia la pièce qui allait accueillir dans quelques minutes ses confidences. Mobilier en bois bon marché, murs blancs immaculés, une fenêtre : l'endroit était impersonnel, sans âme, glaçant de simplicité. Emily posa son sac à main sur ses genoux, tel un rempart de protection. Cette audition serait un combat pour elle. Elle devait rester concentrée. Tout allait se jouer dans ce bureau de 10 mètres carrés entre elle et cette commandante Laroche. C'était le rôle de sa vie, il n'y aurait pas de deuxième chance. Elle était une victime dans cette histoire.

La porte s'ouvrit sur un jeune homme habillé d'un jean foncé et d'une chemise blanche, aux manches retroussées. Il avait le teint pâle, les yeux cernés, et une barbe d'une semaine lui mangeait les joues. Travaillait-il sur le meurtre de Jade jour et nuit ? Probablement. Il s'installa derrière l'ordinateur qu'il alluma sans lui jeter un regard. Un silence pesant s'installa. Déstabilisée, Emily se mordit les joues et courba la tête. C'était un gamin, elle n'y arriverait pas avec lui. Il ne compatirait pas à ses souffrances de mère, de femme, d'épouse. Il l'écouterait sans broncher, taperait son procès-verbal comme un bon élève, et voilà, fin de l'histoire. Non, elle n'était pas d'accord. Elle désirait parler à cette femme qui lui avait servi un café dans sa cuisine le jour où elle avait appris la mort de Jade. Pas à ce grand dadais qui devait à peine sortir de l'école de Police. Elle devait toucher les tripes de la policière pour avoir une chance de s'en sortir sans dommage. Elle se rongea un ongle.

Des bruits de pas, des murmures, un courant d'air dans son dos… Une femme la frôla. Alexane Laroche se tenait en face d'elle, la main tendue, un léger sourire sur les lèvres.

— Bonjour, madame Rousset. Vous vous souvenez de moi ? Commandante Alexane Laroche. Nous avons fait connaissance lors de la perquisition de votre appartement.

— Bonjour. Oui, je me souviens très bien de vous. C'est vous qui m'avez appris… (un reniflement) le décès de Jade.

Alexane s'installa en face d'Emily, non loin du jeune policier. Son regard était doux, prévenant, sa voix calme et rassurante. Emily sentait bien qu'elle voulait la mettre en confiance.

— Vous avez été convoquée cet après-midi à la demande du juge d'instruction chargé d'enquêter sur le meurtre de Jade. Excusez-nous pour le côté formel de la convocation, nous suivons la procédure. Vous êtes ici en tant que témoin. Vous n'avez pas besoin d'avocat. Vous resterez dans nos locaux le temps de votre audition. Mon collègue ici présent, le lieutenant Tellier, est chargé de prendre note de votre témoignage. Il rédigera un procès-verbal de vos déclarations, et avant de partir, vous pourrez le relire et vous le signerez. Je vais vous demander de prêter serment. Sachez que, dans le cadre d'une instruction, un faux témoignage est considéré comme un délit et peut être puni de cinq ans de prison et de 75 000 euros d'amende. Tout vous paraît clair ?

— Oui. C'est très clair.

— Avant de commencer, je voulais vous dire que le juge d'instruction a délivré l'autorisation de remise du corps et le permis d'inhumer. Vous allez pouvoir enterrer Jade.

— Je ne comprends pas.

— Vous savez qu'une autopsie a été faite pour déterminer les causes du décès. Le corps de Jade repose depuis à l'institut médico-légal. Avec cette autorisation, vous allez pouvoir le récupérer et organiser des obsèques pour votre petite fille.

— Ah !

— Après notre entretien, je demanderai à mon capitaine de venir vous voir et de vous aider dans les démarches à suivre, d'accord ?

— D'accord.

— Nous commençons ? Vous vous sentez prête ?

— Que dois-je dire pour le serment ?

34

16 h 45, salle d'audition 505, 5e étage, 36 rue du Bastion, XVIIe arrondissement, Paris

— Quand j'ai fait la connaissance de Nicolas, c'était un homme brisé. Nos chemins se sont croisés la première fois dans un couloir de la maternité de la clinique de la Muette. C'était le 13 juillet 2009. Comment oublier cette date ! La soirée commençait. Tout était calme, trop calme dans les couloirs. J'étais de garde cette nuit-là. Je venais de prendre mon service. Mes collègues sages-femmes étaient en état de choc. Une jeune femme venait de décéder sur une table d'accouchement. Toute l'équipe était bouleversée. J'ai découvert le mari effondré sur une chaise. Il n'avait pas voulu prendre sa petite fille dans les bras. Trop secoué par la mort brutale de son épouse. Je suis allée à la nurserie. La petite Jade était seule dans son berceau. Je l'ai sortie de son lit et l'ai câlinée. Sa maman venait de monter au ciel, et son papa était trop triste et en colère pour s'occuper d'elle. Alors j'ai pris le relais dès la première nuit. Je l'ai changée, je l'ai nourrie au biberon, je l'ai bercée. Au petit matin, Nicolas nous a rejointes. Il paraissait apaisé. Je l'ai invité à s'asseoir près de moi. Je lui ai donné Jade qui avait passé sa première nuit lovée contre ma poitrine. Je suis restée près d'eux. Notre histoire a commencé ce matin-là.

Emily baissa les yeux, elle semblait bouleversée à l'évocation de ces souvenirs. Les mots restaient coincés dans sa gorge. Elle respira un grand coup pour diminuer la pression qui pesait sur ses épaules. Elle se mit à se caresser le poignet, signe de sa nervosité grandissante. Avec douceur, Alexane l'invita à poursuivre.

— Tout est allé très vite entre nous : les premiers baisers, les premiers restaurants, les premières nuits. Il m'émouvait parce qu'il venait de perdre sa femme. On passait beaucoup de temps ensemble, il était si seul ! Un mois après le drame, il s'est installé chez moi avec sa fille. Nicolas fumait et buvait beaucoup. Il avait des sautes d'humeur. Les violences physiques sont arrivées dans les premiers mois qui ont suivi notre rencontre. Un soir, après avoir fait l'amour, il m'a jetée sur le lit et a essayé de m'étrangler. Je lui trouvais des excuses : il était malheureux, dépressif, perdu, voilà ce que je me disais en boucle. Mes parents étaient tyranniques, j'ai donc été habituée à une animosité latente. Puis, ce fut le chaud et froid permanent. Il me faisait des compliments, puis m'adressait des mots blessants et irrespectueux : « bonne à rien », « conne », « tu ne sais pas faire à manger », « t'es qu'une pute qui veut coucher avec tous les médecins de ton service ». Il me faisait aussi du chantage au suicide, menaçant de se foutre en l'air parce qu'il avait le sentiment d'être incompris. Ces intimidations verbales survenaient au moins une fois par semaine. Il me considérait comme un objet dont on fait ce qu'on veut. Il ne manifestait jamais le moindre remords. Et moi, je pensais qu'avec de l'écoute, de l'amour et de l'empathie, la situation allait s'arranger. J'avais 22 ans, c'était le premier homme à me dire « je t'aime » et « tu es belle ». C'était ma première vraie histoire d'amour.

— Vous désirez faire une pause ? Vous voulez un verre d'eau ?

— Non, merci, c'est gentil. Je... je préfère vous raconter tout d'une traite. J'ai peur de flancher... si je m'interromps.

— Oui, je comprends. Excusez-moi. Je vous en prie, continuez.

— Lorsque je suis tombée enceinte, Nicolas rêvait que je démissionne pour devenir mère au foyer. Il désirait me façonner à son image, que je sois une ménagère. Il voulait qu'on s'isole au fond de la Bretagne, alors que je n'avais même pas le permis de conduire. Heureusement, il a eu une promotion à ce moment-là chez Diamant. Il est passé responsable commercial. Je vous avoue que cela a été un soulagement pour moi. Nous avons quitté mon appartement qui était trop petit, et nous avons emménagé à Boulogne. Il souhaitait se rapprocher du siège social. Il était déjà souvent en déplacement, mais là, ses absences se sont multipliées et prolongées. Avait-il des maîtresses ? Peut-être, sûrement... J'ai pu souffler. Avec l'arrivée de Noah qui approchait, et Jade qui avait 2 ans, j'avais besoin de cette pause. J'ai quitté mon poste de sage-femme à la clinique. Avec deux bébés, je ne pouvais plus suivre le rythme de toute façon. Nicolas partait souvent sur les routes, mais j'ai commencé à craindre ses retours. La pression montait à son boulot, son agressivité a suivi la même courbe. Plus de cigarettes, les yaourts rangés au mauvais étage du frigo, un rideau mal aligné, un café pas assez chaud, du linge mal séché, Jade qui pleurait alors qu'il se reposait devant la télé, tout était prétexte pour frapper. Coup de boule, coup dans le ventre, je ne les comptais plus. J'ai cru mille fois perdre mon bébé. Mais il s'est accroché, et mon Noah est arrivé. À partir de là, je me suis dit que je devais réagir, mais je ne savais pas comment faire. J'étais tétanisée, sous emprise mentale et physique. Un soir, il m'a menacée avec un couteau, alors que je tenais Noah dans mes bras. « Tu fais moins ta maligne, hein ? » Et puis Noah a grandi. C'était un petit garçon gentil, calme. Nicolas s'est pris d'affection pour ce petit bonhomme. Du jour au lendemain, c'était devenu son Dieu. Je me suis retrouvée avec Docteur Jekyll et Monsieur Hyde à la maison. Un père tendre, affectueux, doux avec son garçon, et un monstre avec sa fille. Une descente aux enfers…

Les larmes coulèrent sur les joues d'Emily. Sa respiration se fit plus saccadée. Elle renifla, sortit un mouchoir de son sac et se moucha. Elle essuya son visage, respira un grand coup et reprit.

— Les enfants partageaient la même chambre. La cohabitation se passait bien. Jade aimait jouer avec Noah, elle était tendre avec lui. Elle m'aidait à lui donner le biberon, lui chantait des chansons. Puis, Nicolas a décrété que Noah devait avoir « sa » chambre. Vous connaissez l'appartement. Jade s'est retrouvée reléguée dans l'armoire du salon. Cet espace a été son lit pendant… huit ans. Les années ont passé. Noah a grandi, il est allé à l'école. Jade n'a jamais été scolarisée. Nicolas n'a plus été violent devant Noah. Il attendait que son « ange » dorme pour taper ses filles. Quand je hurlais, je n'attendais qu'une chose : que mes voisins viennent me sauver. Ça n'est jamais arrivé… Vous savez, j'ai essayé de la protéger. Mais… c'était tellement dur…

— Si vous le voulez bien, je souhaiterais que nous parlions de la soirée du 25 août.

— C'était un dimanche. Nicolas rentrait d'un séminaire. Il n'avait pas été là du week-end. Il était à cran. Nous nous sommes disputés. Pour quelle raison ? Je ne saurais vous le dire : le dîner trop froid, pas prêt à temps, un jouet qui traînait dans le salon ? Je ne m'en souviens plus. Je me suis retrouvée sonnée à terre. Quand j'ai repris connaissance, l'appartement était étrangement calme. Je me suis relevée, j'étais seule dans le salon. J'avais mal à la mâchoire. Je pensais qu'il me l'avait déboîtée. Je suis rentrée dans notre chambre. J'imaginais y retrouver Nicolas allongé dans le lit. Il était vide. Je suis allée voir Noah. Il dormait, il n'avait rien entendu. J'ai ouvert la porte de l'armoire. Jade avait disparu, et Nicolas aussi… La suite vous la connaissez. Cette soirée a été un électrochoc. J'ai fait changer la serrure. J'avais déjà réussi à chasser Nicolas du domicile à plusieurs reprises, mais il avait le don de me convaincre de le laisser revenir en m'affirmant que j'étais la femme de sa vie. Là, il fallait que cela cesse. J'ai trouvé le courage de porter plainte dans les jours qui ont suivi. Et puis, en rentrant du commissariat ce jour-là, je vous ai découverts avec vos hommes dans l'appartement, m'annonçant la mort de Jade.

— Quand allez-vous cesser de nous raconter des salades, madame Rousset ?

35

18 h 05, salle de tir, deuxième sous-sol, 36 rue du Bastion, XVIIe arrondissement, Paris

Un tir, un deuxième… Une détonation sèche, l'adrénaline montait en puissance dans ses veines. Le 9 mm Parabellum vivait dans ses mains. En positon de combat, Côme vida son chargeur, en même temps que son esprit. Dans ce sous-sol, la concentration était de mise, plus rien n'avait d'importance. Il retira son casque antibruit. Il parcourut les vingt mètres qui le séparaient de sa cible. Trois impacts dans la poitrine, un en pleine tête, un dans l'épaule. Excellent score. Quinze ans d'entraînement, cela portait ses fruits. Il avait commencé à la carabine sur des boîtes de conserve – un des avantages d'avoir un père gendarme et aimant la chasse. Côme changea la cible et fit demi-tour. Alexane l'attendait, les bras croisés, le dos appuyé contre le mur. Côme savait pourquoi elle était là. Il était bon pour son premier savon.

— Ça va mieux ? Tu t'es calmé ?

— Ça va, merci.

— Côme, que t'est-il arrivé ? Tu imagines les répercussions si cela remonte aux oreilles du juge ! Tu n'es pas tout seul dans l'histoire. Tu as toute une équipe derrière qui se démène pour résoudre cette affaire, et toi, tu pètes un câble. Tu veux que l'on nous retire le dossier ? Eh bien, vas-y, continue, ne te gêne pas.

— Alexane, je suis désolé, OK ?

— Désolé ! C'est tout ce que tu as trouvé pour ta défense ? Tu es désolé ! Et notre témoin là-haut, elle est désolée aussi ? Elle vidait ses tripes sur la table. Tu entends ce qu'elle a enduré ! Tu ne respectes rien ou quoi ?

— Elle ment depuis le début, et cela me dégoûte de l'entendre nous raconter conneries sur conneries.

— Excuse-moi, mais tu détiens des preuves de ce que tu avances ?

— NON ! Mais… tu as vu, toi aussi, comme elle semblait perdue quand tu lui as parlé de récupérer le corps de sa gamine. Elle donnait l'impression de l'avoir complètement oubliée. Depuis l'annonce de la mort de Jade, elle ne s'est jamais préoccupée de la voir ni de savoir quand elle pourrait l'enterrer.

— C'est bien ce que je pensais. Côme, l'instinct de flic, c'est sympa, mais cela ne fait pas tout. Sans preuve de ce que tu avances, tu la fermes, surtout devant un témoin qui était aux premières loges. Elle vient de perdre une enfant qu'elle a choyée comme sa fille, elle est paumée, et toi, tu l'insultes en pleine audition !

— Ça a été plus fort que moi.

— Tu ne t'es pas mis deux secondes à sa place.

— Justement, je ne suis pas entré dans son histoire. Mon père, cet homme si respectable, a battu ma mère pendant des années. Alors, tu vois, je sais de quoi je parle, et je ne retrouve pas la détresse de ma mère dans les yeux de cette bonne femme. Merde !

— Je… Écoute, si cela te renvoie trop de choses personnelles, je te retire de l'enquête. Quand tu enfiles ton costume de flic, tu dois mettre ta vie privée de côté, sinon ce métier va te bouffer. Je me suis bien fait comprendre ?

— Oui.

— Bon, Stéphane est en train de récupérer le coup à l'étage. Toi, tu prends ta journée. Va courir, taper dans un sac, n'importe quoi… Défoule-toi, dors et tu reviens demain en pleine forme. OK ?

— Merci Alexane.

— C'est la dernière fois !

— Oui, patron.

— Allez, file. Hors de ma vue.

Côme ne se fit pas prier et quitta la salle de tir. Alexane scruta le mur où pendaient une dizaine de cibles. Elle aurait aimé se faire quelques cartouches. Elle rouillait, reprendre l'entraînement lui ferait du bien. Avait-elle été trop indulgente avec Côme ? Peut-être… Mais elle avait ressenti le même malaise que son jeune coéquipier : cette femme jouait la comédie. Restait à la confondre.

36

Mercredi 11 septembre 2019, 9 h 04, parloir avocat, quartier haut, prison de la Santé, XIVᵉ arrondissement, Paris

Pauline ne reconnaissait plus les lieux. Elle n'avait pas eu l'occasion d'y mettre les pieds depuis la réouverture du centre pénitentiaire. Maintenant qu'elle était à son compte, les opportunités de s'y rendre avaient fondu comme neige au soleil. Ce qu'elle découvrit ce matin était aux antipodes de ses souvenirs. La pièce sentait le neuf et la modernité. Elle allait pouvoir se concentrer sur son client, et non sur son environnement, avec l'angoisse d'apercevoir un rat courir entre ses jambes, comme lors de sa dernière visite entre ces murs. Nicolas entra, escorté d'un maton. Elle se leva pour le saluer. La poignée de main de son client fut énergique, il avait repris des forces.

L'avocate rêvait de le remettre à sa place. Son attitude au tribunal lui restait en travers de la gorge. Elle s'abstint pourtant de tout commentaire. Elle n'était pas là pour laver sa fierté. Elle resta professionnelle et, d'un regard, invita son client à parler.

— J'ai beaucoup réfléchi depuis que je suis arrivé ici, et j'ai pris la décision de revenir sur ma déposition. Je me comporte comme un lâche depuis des mois, et il est temps que cela cesse. J'ai ma part de responsabilité dans la mort de Jade. Je le reconnais. Je ne l'ai pas protégée. J'ai laissé faire, et en cela, je suis coupable, mais JE NE L'AI PAS TUÉE. Je n'ai en aucun cas, vous m'entendez, porté la main sur elle. Mes torts sont de n'être pas intervenu quand Emily la maltraitait. Je suis un minable, un bon à rien, mais pas un assassin.

Nicolas éclata en sanglots. Pauline resta impassible. Elle devait garder la tête froide. Ce n'était pas la première fois qu'elle avait en face d'elle un homme qui craquait. Cela ne l'innocentait pas pour autant. Ses anciens clients pleuraient sur eux-mêmes, et non sur leurs victimes. Ils se lamentaient de ne pas être normaux et de devoir abuser de mineurs pour assouvir leurs pulsions sexuelles. Peu d'entre eux exprimaient des remords pour les sévices qu'ils avaient commis sur leurs jeunes victimes. Ils étaient des êtres abjects, abjects ils resteraient. Elle s'obligea à conserver son sang-froid devant la détresse de son client. Sa dernière discussion avec Charles la chiffonnait depuis plusieurs jours. Désirant en avoir le cœur net, elle attaqua.

— Monsieur Rousset, j'ai côtoyé un sacré paquet de sales types et de cinglés dans ma carrière, et dans ma vie personnelle aussi. Avec l'expérience, j'ai appris à les reconnaître à des kilomètres et vous ne rentrez effectivement pas dans cette catégorie. Je n'aurai qu'une question : Êtes-vous un homme battu ?

Nicolas renifla. Un sourire amer se dessina sur ses lèvres.

— Vous savez, une femme ne frappe pas, elle lance des objets, elle ne vous tue pas, elle vous pousse au suicide. Emily est très forte à ce jeu. Elle fait du chantage un moyen de domination permanent. Elle me séquestrait sans avoir besoin de verrouiller la porte, par la seule menace du scandale maquillé en une jalousie factice qui lui donnait le beau rôle. Je ne compte plus le nombre de fois où je l'ai entendue me dire : « Tu vas encore voir ta salope ! » quand je partais en déplacement pour mon travail. Fatigué d'avoir à me défendre, redoutant la prochaine crise, en définitive, j'ai renoncé à sortir. Alors je me suis enfermé, isolé. J'ai fait cas de plusieurs jours d'absentéisme ces derniers mois qui m'ont valu des blâmes de la part de ma direction. S'il n'y avait que cela ! Ma femme avait recours à l'humiliation, en impliquant des gens extérieurs à notre cercle familial et amical : elle s'est mise à adresser des messages à mes collègues, se plaignant de mes déplacements incessants, prétendant être malheureuse et trompée. Elle passait ses journées à me traiter de minable, me répétant que je n'étais pas à la hauteur. Vous savez, c'est très pervers, car le jour où j'ai cherché un confident, un soutien, de l'aide, personne n'était là pour moi. Votre entourage se dit : « Et si c'était vrai ? Je ne veux pas prendre parti dans cette histoire. »

— Pourquoi n'avoir pas riposté physiquement ?

— Je ne voulais pas ressembler à ces hommes brutaux et irrespectueux décrits par ma mère dans ma jeunesse. J'ai été éduqué avec des valeurs et des principes, et le respect en fait partie. Je ne peux pas toucher ma femme, même légèrement, dans une dispute. Le moindre geste est interprété comme un acte violent. J'ai lutté contre tout ce qui s'apparentait à ces hommes auxquels je refuse de m'identifier. Quand vous tombez sous l'emprise d'une manipulatrice, vous concentrez tous vos efforts pour ne pas… la gifler, la bousculer… Bref, je voulais à tout prix éviter d'être agressif, physiquement, mais aussi en paroles. J'ai oublié de m'affirmer et de faire respecter mes droits. Quand je ressentais la haine monter en moi, je prenais peur. Je me suis, à maintes reprises, demandé si le sang qui coulait dans mes veines était contaminé par ces ancêtres brutaux et incultes, qui étaient incapables d'exprimer une émotion verbalement et qui laissaient exploser leur violence et leur colère. Je ne voulais pas devenir comme eux. J'ai craqué une seule et unique fois… le soir du dimanche 25 août…

— Et depuis vous vous en voulez ? Au point d'en payer le prix fort ? Nous parlons de trente ans de réclusion criminelle pour meurtre.

— Oui, j'ai pris conscience qu'aujourd'hui les enjeux n'étaient plus les mêmes.

— Ce que vous avez raconté lors de votre garde à vue était faux.

— Je n'ai menti qu'en partie. Le début de mon histoire est véridique. Emily a été là lors du décès de ma première épouse, Ségolène. Elle m'a littéralement porté et empêché de sombrer dans la folie. Elle a joué le rôle de mère pour Jade. Nos deux premières années ont été douces. Je demeurais un homme mélancolique, mais conscient que le bonheur était juste derrière ma porte. Emily était une jeune femme attentionnée, aimante. C'est la naissance de Noah qui a tout chamboulé. Elle s'est progressivement métamorphosée. Je n'étais pas très présent les premiers mois. La pression était considérable au boulot, je partais souvent plusieurs jours dans la semaine, et Emily gérait la maison. Cela a commencé par des cris un soir, pour une histoire de pull mal rangé. Par la suite, tout pour elle est devenu prétexte à sortir de ses gonds. Au début, ce sont les meubles qui ont pris. Si quelque chose n'était pas à sa place, je rentrais et retrouvais les tiroirs vidés de leur contenu par terre au milieu de la pièce. Emily était exténuée et susceptible. On se dit que c'est un mauvais moment à passer dû à un grand coup de fatigue, et que tout rentrera dans l'ordre dans les prochaines semaines. Puis, les crises de nerfs envahissent votre quotidien, et elles vous apparaissent normales.

— Vous avez tenu… longtemps.

— Vous n'imaginez pas comme, là, je rêve d'une cigarette.

— Désolée, j'ai arrêté de fumer.

— Moi aussi, ironisa Nicolas.

Un silence s'installa. Pauline ne dit mot, il ne servait à rien de le bousculer. Il se tordit les doigts et reprit son récit. Sa voix se durcit.

— Un jour, elle a passé un cap. Les violences sont devenues physiques. Jade a tout pris. Insultes, claques, fessées, enfermement dans le placard, privation de nourriture, interdiction d'aller aux toilettes. Noah n'a jamais été concerné par sa violence. Il était et est resté son ange, la chair de sa chair. Jade n'était pas sa fille, une sacrée différence. J'ai mis du temps à comprendre ce qui se passait à la maison, n'étant pas souvent là. Emily ne frappait pas Jade devant moi. Dissimulatrice jusqu'au bout… Jade a fini par mourir sous les coups de sa belle-mère.

Le dimanche 25 août, j'ai riposté pour la première fois de ma vie, un coup de poing en plein visage. Vous savez ce qu'elle m'a dit : « Merci, tu viens de me rendre un grand service. » Quand j'ai vu que je ne me contrôlais plus, j'ai mis trois affaires dans une valise, et je suis parti me réfugier dans un hôtel.

— Vous êtes prêt à vous battre pour prouver votre innocence ?

— Oui, je veux qu'Emily paye pour tout le mal qu'elle a fait subir à Jade, et à moi-même.

— Vous savez que cela va être un combat de longue haleine. Le dossier est vide de preuves matérielles pour le moment, et je crains que cela se termine en duel : c'est votre parole contre la sienne.

— J'en ai conscience. Je n'ai jamais porté plainte contre elle, ni téléphoné à une association, ni même signalé mon désarroi à un proche… Je n'ai rien de concret à vous donner. Et Emily ne va pas se gêner pour tout me coller sur les bras.

— Je suis là pour me battre à vos côtés. S'il y a la moindre faille dans le dossier de l'instruction, comptez sur moi pour la trouver.

— Merci, maître.

— Je vous rassure, mes honoraires seront conséquents.

❖

Peu de bruit émanait des bureaux du cinquième étage. Le groupe d'Alexane avait obtenu la permission de s'offrir une grasse matinée après l'accumulation des journées et des nuits passées non-stop sur l'affaire Rousset. En sortant de l'ascenseur, Stéphane fut accueilli par une odeur de café qui flottait dans le couloir. Il sourit. Alexane l'avait devancé. La cafetière devait marcher à plein régime. En entrant dans la pièce, il la surprit un mug fumant à la main, le regard fixé sur le téléphone.

— Tu guettes un coup de fil important.

Alexane bondit de sa chaise, renversant quelques gouttes de café sur son jean.

— Ah, tu m'as fait peur !

— Excuse-moi, je ne voulais pas t'effrayer. Cela fait longtemps que tu es là ?

— Depuis 7 heures… Insomnie !

— Je vois. Il reste du café, ou tu as englouti un litre à toi seule ?

— Il en reste… un fond !

Stéphane traversa la pièce et se versa une tasse.

— Bon, si tu me disais ce qui se passe avec Thierry ?

— Comment as-tu su ?

— Radio moquette !

— Évidemment. Eh bien, malheureusement, les rumeurs sont véridiques. Thierry a demandé sa mutation à la BRI, et j'ai accepté.

— Le Quai des Orfèvres lui manque à ce point ?

— Si c'était aussi clair…

— OK, je comprends. Il part à cause de toi.

— Cela fait partie de ses motivations, en effet.

— Et toi ? Comment le vis-tu ?

— Que veux-tu que je fasse ! On se serait rencontrés plus tôt… mais j'ai Charles, les enfants…

— Pourquoi on n'a jamais couché ensemble tous les deux ?

— Tu ne vas pas t'y mettre !

— Je te fais marcher. Il va me manquer. Il part quand ?

— Quand on aura bouclé ce dossier.

— À propos, tu as pu discuter avec Côme, hier ? Il a déconné avec le témoin.

— Oui, ne t'inquiète pas. Je pense qu'il a compris.

— On a tous eu un coup de sang un jour. Je suis mal placé pour lui jeter la pierre.

La sonnerie du téléphone retentit dans la pièce. Alexane resta figée.

— C'est le coup de fil que tu attends ?

— Je crois. Les résultats des analyses du matelas et du pyjama doivent tomber aujourd'hui. Si nous pouvions avoir des biscuits à mordre.

D'un geste ferme, elle s'empara du combiné.

— Commandante Laroche.

— Bonjour, Alexane, c'est Sandra.

— Bonjour, Sandra. Comment vas-tu ? Les enfants vont bien ?

Stéphane haussa les sourcils. Ce n'était pas le genre de discussion auquel il s'attendait. Amusée, Alexane posa une main sur le microphone pour masquer sa voix.

— Elle est ingénieure à la PTS[1]. C'est une vieille copine.

Dans l'écouteur, Alexane entendait son amie lui raconter en deux mots les joies de la rentrée scolaire.

— … Mais bon, j'imagine que tu es impatiente de recueillir les résultats de notre labo.

— Dis-moi que tu es porteuse de bonnes nouvelles !

1. Police technique et scientifique.

— Je ne sais pas trop ce que tu espérais, mais je te donne les résultats les plus probants. Nous avons consacré beaucoup de temps au matelas en mousse saisi dans le salon de la victime, le scellé 26. Je te confirme la présence d'urine provenant d'un félin. Nous avons retrouvé des poils qui nous ont permis de déterminer la race du chat en question. Ils correspondent à un Singapura, le plus petit chat domestique du monde, particulièrement adapté à la vie en appartement. Il possède une fourrure soyeuse et, pour l'anecdote, c'est le chat préféré des Canadiens.

Alexane tiqua sur ce détail. Emily était canadienne, cela tenait la route. Elle n'avait pas menti sur ce point. Vu le regard interrogateur de Stéphane, elle enclencha le haut-parleur. Autant partager les infos avec son capitaine.

— Sur le matelas, nous avons aussi relevé de l'urine d'origine humaine, des traces de salive et des cheveux. Mon équipe a obtenu un profil ADN. Il matche avec l'ADN de la victime : Jade Rousset. Pas d'autre profil ADN décelé.

L'ingénieure laissa passer quelques secondes. L'image de la petite fille dans l'armoire, recroquevillée sur ce matelas souillé d'excréments câlinant son compagnon de mésaventure, envahissait son esprit.

— Le scellé 5 nous a donné du fil à retordre. Il s'agit du pyjama que portait la victime le jour de son décès. Là encore, présence de traces d'urine et d'excréments en quantités minimes. Je pense que la fillette ne pouvait se laver. Sur l'extérieur, nous avons découvert des particules qui correspondent au tapis du coffre de la voiture où se trouvait le corps. Rien d'anormal là-dessus. Si cela peut te consoler, aucune trace de sperme n'a été détectée tant sur le matelas que sur le pyjama. Quelques gouttes de sang, toutefois, appartenant à la victime, mais en faible quantité. Cela pourrait provenir d'une blessure minime au visage comme d'un saignement de nez. Je ne peux rien affirmer.

— Des traces d'ADN n'appartenant pas à Jade sur le pyjama ?

— On a retrouvé un cheveu foncé qui ne correspond pas à la chevelure de Jade, mais sans bulbe, donc inexploitable d'un point de vue génétique.

— Merci pour tout ce travail, Sandra.

— Je ne suis pas seule, tu sais. Nous avons achevé aussi l'analyse des coussins et des oreillers cette nuit. Nous les avons comparés aux fibres retrouvées dans la trachée de Jade. Il n'y a aucune correspondance.

— Et merde ! Nous n'avons pas l'arme du crime, alors.

— J'ai peut-être une piste à te donner. J'ai gardé le meilleur pour la fin.

— Je suis tout ouïe.

— Le pyjama présentait de nombreuses taches qui laissent supposer que Jade le portait depuis plusieurs jours. Or je n'ai pas identifié de traces de mousse en polyéther sur le vêtement qui matcheraient avec le matelas retrouvé dans l'armoire. Si elle y dormait, on aurait dû en retrouver. J'ai donc approfondi mes investigations, et j'ai prélevé des particules provenant de mousse polyuréthane. Cela peut offrir un autre angle de vue.

— Où veux-tu en venir ?

— Il s'agit d'un produit polyvalent que l'on trouve dans l'insonorisation acoustique ou l'isolation thermique. La mousse polyuréthane est utilisée dans l'isolation des murs d'une cave, par exemple.

37

Jeudi 12 septembre 2019, 10 h 34, cave 311, villa Rochefoucauld, 12 rue Moreau-Vauthier, Boulogne-Billancourt

Alexane souffla dans ses mains. La température était glaciale. Avec une simple veste en cuir sur le dos, elle était frigorifiée. À la suite des retours du laboratoire d'analyse, elle avait contacté le juge d'instruction Gruyez. Une perquisition dans les sous-sols de l'immeuble des Rousset s'imposait. Le juge lui avait remonté les bretelles. Le parking, les caves, les poubelles du vide-ordures auraient dû être fouillés, et ce, dès le premier jour de l'enquête. La découverte du matelas dans l'armoire du salon avait stoppé leurs investigations à la frontière de l'appartement. La policière avait admis son erreur et assumé son entière responsabilité. Depuis qu'elle avait raccroché avec son amie ingénieur, elle était nerveuse. Il y avait de grandes chances pour que l'arme du crime se soit retrouvée dans le local à ordures, et ils étaient passés à côté. Les poubelles avaient été vidées dix fois depuis leur première visite à Boulogne. Ils arriveraient trop tard. Cette faute risquait d'être lourde de conséquences.

Le savon passé, le juge avait autorisé la perquisition de la cave et en attendait les résultats. La commission rogatoire réceptionnée, la commandante avait enclenché les hostilités. Nicolas Rousset, par son statut de mis en examen, était attendu sur les lieux. Vingt-quatre heures plus tard, tout était en règle et orchestré pour mener à bien cette descente dans les sous-sols.

Alexane progressait dans le couloir sombre et humide, suivie d'un technicien d'identification criminelle, de quatre de ses hommes et de Nicolas Rousset menotté à l'un d'eux. Devant eux, sa femme, Emily, un trousseau de clés à la main, guidait les policiers vers la cave portant le numéro 311. La concierge et un voisin, réquisitionnés comme témoins, terminaient cette file indienne.

— Voilà, c'est ici.

Emily s'arrêta devant une porte grise. De la tôle en acier avait été vissée sur le bois d'origine. Alexane nota le blindage et la présence de trois verrous. Elle recula, et observa le couloir. Un alignement de rectangles en bois aux couleurs criardes, faciles à fracturer avec quelques coups de pied bien placés, et dont les charnières pouvaient être arrachées à l'aide d'un pied-de-biche. Au milieu de ce couloir, cible privilégiée des cambrioleurs, la porte des Rousset sortait du lot.

— Vous entreposez des bouteilles de vin de grands millésimes dans votre sous-sol ? questionna Vincent.

— J'avais oublié l'existence de cette cave, répondit Emily. J'ai dû m'y rendre une fois, le jour de notre emménagement. Ici, c'est l'univers de Nicolas. Il y emmagasine ses vieux livres et ses vinyles, je crois.

— Monsieur Rousset ? Qu'avez-vous à dire ? renchérit Vincent.

— Emily connaît très bien l'existence de cette cave et y descend régulièrement. Et vous n'y trouverez pas de vin.

Alexane coupa court à cette conversation qui risquait d'être stérile, chacun des protagonistes se renvoyant l'ascenseur. Pénétrer à l'intérieur de cette cave serait plus révélateur.

— Nous allons procéder à l'ouverture de la pièce. Stéphane, à toi l'honneur.

Emily tendit les clés au capitaine, qui déverrouilla une à une les serrures. Une forte odeur de Javel accueillit le policier.

— Un sacré ménage a été fait ici, l'endroit est entièrement vide.

❖

— Pourquoi ai-je l'impression de toujours me faire avoir dans ces cas-là ?

— Parce que tu es un gentleman avec ta boss !

— Je vais encore puer le poisson pourri. Je prends le métro le soir, moi, pour rentrer. Merci la honte !

Alexane sourit. Vincent venait de sauter dans le vide-ordures et se retrouvait immergé jusqu'aux genoux dans un monticule de détritus.

— Si je me prends une bouteille sur la tête, je te jure, je te pose des jours de congé.

— Cela n'arrivera pas. Dès que tu perçois un bruit suspect, tu bouges.

— Et les rats, tu as pensé aux rats ? Je déteste ces bestioles !

— Tu ne vas pas pleurnicher devant un rongeur, un grand gaillard comme toi !

— Bon, qu'est-ce que je cherche exactement ?

— Un coussin, un oreiller, tout ce qui peut servir à étouffer quelqu'un.

— L'arme du crime, en gros

— Tu as tout compris. Bon, je te laisse fouiller. Je vais faire un point avec les gars.

Alexane laissa son lieutenant se dépatouiller avec les déchets ménagers des habitants de l'immeuble. Une heure s'était écoulée depuis l'ouverture de la cave, les premiers indices devaient tomber. Une porte antifeu passée, elle se retrouva dans l'obscurité. Elle actionna l'option torche de son portable et progressa mètre par mètre, concentrée sur les voix qui résonnaient jusqu'à elle. Elle devina le bouton d'un interrupteur sur sa droite. Elle n'y toucha pas. Le polilight devait envoyer ses faisceaux luminescents à la recherche de fluides corporels, fibres et produits chimiques. L'éclairage des néons stopperait leurs effets.

Elle arriva à destination. Le technicien se leva et actionna le plafonnier. Il retira ses lunettes d'un air dépité.

— La scène est souillée. J'ai vaporisé du Luminol sur les murs et le sol. La réaction est immédiate : fluorescence partout. On a vidé un bidon de Javel, je ne vois pas d'autre explication.

Alexane ne se laissa pas abattre pour autant. Elle entra dans la pièce. L'odeur du détergent la happa, mais elle resta concentrée sur son objectif. L'endroit était étroit et désespérément vide. Seule une colonne de tuyaux meublait ce rectangle de béton. Elle s'en approcha, se mit à genoux et réclama une lampe torche.

— Vous voyez ces éclats, comme si on avait gratté la peinture à cet endroit.

Le technicien vint près d'elle.

— Effectivement. Je n'ai pas vaporisé de Luminol sur cette surface. Je vais utiliser les ultraviolets pour faire ressortir les empreintes digitales. On ne sait jamais.

L'homme s'exécuta. Une trace apparut.

— J'ai quelque chose.

Une minute passa dans un silence religieux.

— Il s'agit d'un pouce d'enfant.

38

Dimanche 15 septembre 2019, 11 h 30, cimetière Pierre-Grenier, 48 avenue Pierre-Grenier, Boulogne-Billancourt

Bien que l'endroit fût immense, simple, froid, on ne risquait pas de s'y perdre. Une succession de tombes alignées les unes à côté des autres, sans chapelle ni végétation florale, sans statuaire. Elles étaient érigées selon les principes d'un plan d'urbanisme moderne. Chaque mètre carré avait son coût et son utilité. C'était un cimetière fonctionnel de banlieue comme il en existe tant. À son ouverture à la fin du XIXe siècle, les gens du quartier l'appelaient « le Marécage » parce que la Seine toute proche l'inondait à chaque crue. Emily tenait cette anecdote du prêtre chargé de célébrer la messe. Elle l'avait écouté poliment. Seul un jardin de méditation avec une petite mare où venaient s'abreuver les pigeons tentait en vain d'égayer l'endroit. En cette fin de matinée, les sépultures étaient baignées de soleil.

Les obsèques de Jade, fortement médiatisées, avaient attiré beaucoup de monde. Emily aurait voulu une cérémonie sans artifice, dans la plus grande intimité possible. Elle redoutait de voir son nom et son visage étalés dans les tabloïds, jetés en pâture, dès le lendemain, à un lectorat avide de sensationnel. À son arrivée dans l'église, elle avait eu la désagréable surprise d'y trouver une foule compacte venue comme au spectacle. Non seulement tous les bancs avaient été pris d'assaut, mais les allées étaient bondées. Un homme avait dû lui céder sa place pour qu'elle puisse s'asseoir. Sans la consulter au préalable, la directrice de l'école, confite de pseudo-bonnes intentions, s'était fait un devoir de diffuser un message sur la page d'accueil du site Internet de l'établissement, pour annoncer la cérémonie. Le communiqué demandait « par respect pour la famille » qu'il n'y ait « ni banderoles, ni signes distinctifs d'associations ». Il invitait élèves et parents à participer à un « moment de communion et de recueillement ». Pour la soutenir !

Emily ne se berçait d'aucune illusion. Tous étaient là pour apercevoir « la femme du monstre » ; et ensuite pouvoir dire : « J'y étais. » Elle s'était mordu les lèvres jusqu'au sang pour ne pas crier. Elle n'avait qu'un désir : les mettre tous dehors. Mais il lui fallait ronger son frein et rester digne. Noah, enfermé dans son mutisme, paraissait indifférent à ce qui se tramait autour de lui. Il ne voyait que le petit cercueil en bois de chêne sur lequel il avait déposé des fleurs cueillies dans le square en bas de son immeuble un peu plus tôt dans la matinée. Emily était sur les nerfs. La messe avait été une épreuve. Elle n'était pas croyante. Elle ne désirait ni chants, ni discours. Hormis Noah, elle n'avait pas de famille, n'espérait personne. En définitive, plus de deux cents quidams dont elle n'avait que faire étaient venus larmoyer à son côté.

Afin qu'elle boive la coupe jusqu'à la lie, le cauchemar jouait les prolongations au cimetière « pour un dernier adieu ». Elle avait dû dépenser beaucoup d'argent pour un cercueil, le transport du corps, les prestations et taxes d'inhumation, la cérémonie… Cela la mettait hors d'elle. S'il n'avait tenu qu'à elle, Jade aurait fini dans un trou au fond d'un bois. Pour calmer sa rage, elle fixa toute son attention sur son unique source de joie, Noah. Il était blanc comme un linge, les yeux cernés, les cheveux crasseux. Il refusait de se laver et de s'alimenter depuis une semaine. Il n'avalait que des yaourts et quelques tranches de pain de mie. Il ne souriait plus, ne parlait qu'en cas de nécessité absolue et se réveillait toutes les nuits en criant. Emily était perdue. Noah n'avait jamais manifesté un grand intérêt pour sa demi-sœur. Elle était comme un meuble pour lui, ou une potiche. Mais depuis sa mort, il dépérissait.

Légèrement à l'écart, Pauline observait le manège qui se déroulait sous ses yeux. Derrière ses lunettes noires, elle scannait la foule qui encerclait le petit cercueil. Cet attroupement lui assurait l'incognito. Elle ne doutait pas de l'accueil que lui réserverait cette assemblée si elle avait connaissance de son statut. N'était-elle pas l'avocate qui défendait l'assassin de cet enfant s'apprêtant à se retrouver six pieds sous terre ? Le juge d'instruction avait rejeté la demande de Nicolas Rousset d'assister à l'enterrement de sa fille. Il craignait un lynchage public.

Que recherchait Pauline dans cet endroit sinistre, en cette fin de matinée ? Madame Rousset se cachait – elle aussi – derrière des lunettes de soleil. Pleurait-elle ? Jouait-elle à la perfection un rôle de pure composition, celui de la belle-mère éplorée ? Ou était-elle réellement abattue ? Qui était le machiavélique Joker dans ce drame familial ? Son client accusait son épouse, laquelle lui retournait le compliment… L'un comme l'autre prêtait à son conjoint les pires vices. Un point partout, la balle au centre. D'autant plus que, dans cette affaire, les preuves tardaient à venir. Fallait-il attendre que l'un des deux craque pour découvrir la vérité ? Interroger le petit garçon pourrait être un point de départ. N'avait-elle pas elle-même réussi à faire plonger son père aux assises sur son simple témoignage ? Mais un enfant restait un être manipulable. Devant la peur de se retrouver seul, il pouvait mentir. Pauline avait besoin d'un miracle pour débloquer ce dossier. Un coup de pouce ne serait pas de refus.

Le prêtre adressa un signe à Emily. Il était temps de dire au revoir à Jade avant de laisser les hommes des pompes funèbres sceller le caveau. Emily aspergea d'eau bénite le cercueil. Timidement, Noah reproduisit à son tour le geste de sa mère, puis il alla se blottir dans ses bras. La gorge de Pauline se serra. Elle se revoyait vingt-cinq ans en arrière, seule, debout, dans le vent et le froid, prostrée devant la boîte en bois qui allait être la dernière demeure de sa maman. Elle n'avait pas eu de bras tendres et aimants dans lesquels se réfugier ce jour-là. Avec un père en prison, elle n'avait pu puiser ni force ni amour dans son entourage pour surmonter son chagrin.

Par un signe de croix, un jeté de fleurs ou une aspersion d'eau bénite, le reste de la foule s'acquitta des gestes rituels. Puis le cimetière se dépeupla au compte-gouttes. L'avocate remarqua les flics chargés de l'enquête de l'autre côté de la tombe. Eux aussi s'étaient déplacés pour renifler la vermine. Les meurtriers aiment voir la famille de leur victime souffrir, en tout cas, cela arrive dans les films. Alexane Laroche était là, droite comme un I. Pauline ne trouvait pas le couple qu'elle formait avec Charles bien assorti. Elle jugeait cette femme antipathique alors que l'homme qui partageait sa vie était une crème. Fallait-il chercher à comprendre ? Xavier ne correspondait pas non plus à ses critères, et pourtant, elle n'avait jamais autant vibré dans les bras d'un homme qu'avec lui… Elle se dirigea vers la sortie, le spectacle était fini.

Au bout de l'allée centrale, Alexane l'attendait. Quand l'avocate arriva à sa hauteur, la policière retira ses lunettes de soleil, laissant entrevoir des yeux rougis. Elle s'était laissé porter par l'émotion de la cérémonie et ne s'en cachait pas. Pauline s'arrêta et se mit à la dévisager sans retenue. Cette attitude quelque peu déplacée troubla la commandante. Décidément, elle ne parvenait pas à cerner cette avocate. Elle avait serré les dents en voyant le petit cercueil s'enfoncer dans la terre, et la jeune femme qui se tenait debout en face d'elle projetait l'image d'un glaçon sur pattes. Alexane brisa le silence qui les enveloppait.

— J'ai toujours détesté les enterrements et quand cela touche un enfant, je redeviens la mère, et…

— Vous n'avez pas à vous justifier, commandante.

Alexane toussa pour se donner une contenance, et baissa son regard. Elle remit ses lunettes de soleil sur son nez. Cette jeune trentenaire l'impressionnait et l'énervait au plus haut point. Elle respira profondément.

— Cela vous dit que nous enterrions la hache de guerre cinq minutes ?

Pauline esquissa un léger sourire.

— Je ne savais pas que nous l'avions déterrée ! Vous vouliez me parler de la perquisition de jeudi dans la cave, je suppose. La pêche a été bonne ?

— La cave avait été entièrement vidée et nettoyée. Cependant, nous avons retrouvé l'empreinte d'un pouce. Vu sa taille, nous pensons à un enfant...

— Vous suggérez que la victime a séjourné dans la cave de ses parents ?

— J'attends le retour du labo, mais c'est une éventualité.

— Mon client aurait enfermé sa fille de 10 ans dans cette pièce sordide, si je résume.

— C'est ça. Entre la mort de Jade et la découverte de son corps, une semaine s'est écoulée. Cela lui laissait tout le temps de revenir dans l'immeuble et de faire le ménage derrière lui.

— Et que vous dit votre instinct de flic concernant la belle-mère ?

— Qu'elle est aussi une victime dans cette histoire. J'ai récolté son témoignage cette semaine. Les charges contre votre client s'accumulent.

— Pourquoi mon petit doigt me dit-il que vous ne croyez pas une seconde à ce que vous venez de me révéler !

— Je ne vous suis pas.

— Moi aussi, je vous observe, commandante Laroche, et j'ai bien vu comment vous dévisagiez Emily Rousset pendant la messe. Vous doutez d'elle, c'est flagrant. Cette femme est une manipulatrice et elle vous balade depuis le début. Pensez à ce que je vous ai dit dans l'ascenseur… Regardez au-delà des apparences…

— C'est comme cela que vous faites quand vous défendez vos clients pédocriminels ? Vous recherchez leur part d'humanité pour pouvoir vous regarder dans une glace après avoir allégé leurs peines au tribunal ?

— Vous voyez, commandante, nous n'avons pas tenu cinq minutes…

Alexane regagna la sortie du cimetière sans ajouter un mot. Son esprit était en ébullition. Cette avocate avait l'art et la manière de la faire sortir de ses gonds en un rien de temps. Elle était énervée, car cette gamine la perçait à jour. En son for intérieur, elle dut reconnaître que cette Pauline était magistrale et qu'elle irait loin.

Pauline regarda Alexane s'éloigner et décida d'attendre que le cimetière se vide. Elle voulait rester seule pour analyser à chaud le comportement des protagonistes qu'elle avait pu observer pendant la cérémonie. Alors que son regard se perdait dans le champ des tombes, elle remarqua un individu qui semblait agité. Il marchait d'un pas alerte, passait d'une allée à l'autre, tordait la tête dans tous les sens. Était-il perdu ? Elle l'interpella :

— Vous venez pour l'enterrement de la petite Jade Rousset ?

L'homme sursauta, il ne l'avait pas vue arriver.

— Oui, mais j'arrive trop tard, j'ai l'impression.

— La cérémonie vient de se terminer. Mais vous pourrez vous recueillir cinq minutes devant la sépulture. La famille est encore là-bas, je crois. Prenez sur votre gauche, puis toujours tout droit. Vous devriez retrouver votre chemin. Je vous accompagne si vous voulez ?

— Non, c'est gentil. Je devrais y arriver ! Merci beaucoup.

— Très bien. Bon courage !

L'homme parti, Pauline s'interrogea. Qui était-il ? Un centième père de famille de l'école ? Sans trop savoir pourquoi, elle fit demi-tour et talonna discrètement l'inconnu. Quand il arriva à la hauteur d'Emily et de Noah, Pauline se cacha. La situation était grotesque : se retrouver accroupie entre deux pierres tombales, comme si elle était une criminelle ou une journaliste en attente d'un cliché volé ! Tant pis, elle assumait.

Elle avait un pressentiment… Après tout, elle fonctionnait à l'instinct… Et ça lui réussissait…

❖

Cela faisait trois jours qu'il écumait les églises et les chapelles de Boulogne à la recherche d'une note paroissiale annonçant les obsèques de la petite Jade. Sa recherche avait payé quelques heures plus tôt à l'Immaculée Conception. À la lecture d'une feuille de messe qui traînait sur un banc, Samuel avait découvert la date et l'heure de la cérémonie. Il avait ressenti une excitation dans le bas du ventre. Il allait revoir Emily, cette garce, après quatorze ans de silence radio. Samuel avait dû s'asseoir et reprendre son souffle. La rencontre aurait lieu dans quelques heures dans un cimetière. Quel lieu magique et plein de symboles ! L'endroit idéal pour des retrouvailles… leurs retrouvailles. N'avait-elle pas souhaité sa mort ? Elle ne l'avait pas tué au sens littéral du terme, mais elle avait réussi à l'envoyer derrière les barreaux. Une mort lente, à petit feu, où sa joie de vivre, ses espérances, son avenir s'étaient évanouis jour après jour. Le plus cruel des châtiments. La mort aurait été plus douce, plus immédiate. Sans parler de la honte, des sévices infligés par ses codétenus, de l'isolement… Plusieurs fois, il avait pensé mettre fin à ses jours. Des veines coupées, un drap noué autour du cou, un matelas qui prend feu, une fourchette avalée… Les idées ne manquaient pas. Mais Samuel n'en avait pas eu le courage. Aujourd'hui, il était un mort-vivant, et seule la haine le maintenait debout.

Il avança dans l'allée. Il tremblait. L'émotion était trop vive. Il devait se contrôler, ne pas faiblir, ne pas dévoiler sa nervosité. Sinon elle prendrait le dessus, elle comprendrait qu'elle avait encore de l'emprise sur lui après toutes ces années, et ça, c'était hors de question. Il respira un grand coup. Deux silhouettes se dessinèrent au loin. Vingt mètres les séparaient. Emily se tenait droite, le visage tourné vers un petit garçon qui lui tenait la main. Ils marchaient l'un à côté de l'autre. Un moment, l'enfant s'arrêta. Emily fouilla dans sa poche et en sortit un paquet de mouchoirs. Elle s'accroupit et, avec une infinie tendresse, essuya les joues de son fils. Samuel ne pouvait détacher son regard de cette scène émouvante. Il avait envie de vomir. Elle venait d'enfouir sous terre une petite fille qu'elle avait dû tuer de ses propres mains, et là, elle consolait l'autre enfant avec douceur. Une psychopathe ! Samuel ne doutait pas un instant de la culpabilité de la femme qui se tenait à quelques mètres de lui. N'avait-elle pas noyé sa propre fille de deux ans dans leur baignoire ! Leur petite Maya.

Il avait payé à sa place. Il n'avait pas vu venir le coup. Elle avait combiné un stratagème d'une main de maître jusqu'à aller se fracasser le visage sur le bord de leur lavabo pour faire croire à une agression. Qui avait été désigné comme le bourreau de ce carnage ? Lui, tout simplement. Les policiers avaient découvert ce jour-là le corps inerte d'une fillette, bercé dans les bras de sa mère en état de choc et le visage tuméfié… Elle l'avait désigné comme l'auteur de cette tragédie. L'histoire qu'elle avait racontée aux officiers était simple : après l'avoir frappée, il avait noyé leur petite Maya dans la baignoire. Il avait clamé son innocence, mais… Quelles preuves avait-il entre les mains pour la démontrer ? Sa bonne foi ! Bien maigre, vu les circonstances. Emily avait été prodigieuse dans son rôle de femme battue ! Comment réagir devant une telle ignominie ? À vingt ans, il n'était pas armé pour se défendre face à une telle machination. Il s'était retrouvé happé par la folie de cette femme, et en avait payé le prix fort. C'était à elle d'en endurer les conséquences à présent.

Revigoré, Samuel avança. Plus que quelques pas à franchir. Emily se redressa. Avait-elle senti sa présence, ce regard hostile qui transperçait son cou ? Elle se leva et se retourna lentement. Leurs yeux se télescopèrent. Samuel n'articula pas un mot. Emily ne bougea pas les lèvres. L'effroi qu'il put lire sur son visage récompensa ses années d'attente. Elle le reconnaissait et savait ses intentions. Il n'y avait rien à ajouter.

39

12 h 35, avenue Édouard-Vaillant, Boulogne-Billancourt

Pauline ne pouvait dire pourquoi elle le suivait. La curiosité, sans doute. Ce qu'elle avait surpris dans les allées du cimetière, entre Emily et cet inconnu, l'avait interpellée. Il avait suffi d'un regard. Ils n'avaient pas échangé un seul mot. Ils étaient restés l'un en face de l'autre sans bouger, à se dévisager. Un duel silencieux où des éclairs invisibles fusaient de leurs yeux. Puis Emily avait saisi le bras de Noah et ils avaient pris la fuite. L'homme n'avait pas bronché. Il était resté un moment ainsi, perdu dans ses pensées, figé dans ses émotions. Pauline avait regagné la sortie.

Quand l'homme avait daigné quitter les lieux à son tour, elle avait mis ses pas dans les siens. Elle marchait depuis dix minutes, en se demandant comment elle allait l'aborder. Que lui dire ? Était-ce un membre de la famille ? un ancien amant éconduit ? un ami ? Pauline était dans le flou le plus total. L'homme tourna à gauche au carrefour. Elle accéléra pour ne pas le perdre de vue.

Arrivée au croisement, elle le vit passer un portillon en fer forgé. L'inconnu pénétrait dans le square Roger-Coquoin. Pauline y entra à son tour. Elle suivit l'allée principale composée de sable et de gravillons. Elle longea des tables de pique-nique occupées par des familles heureuses de profiter des rayons de soleil de cette belle journée, puis un espace avec des agrès mis à la disposition des sportifs.

Au détour d'un arbuste, elle découvrit l'homme assis sur un banc, seul, la tête entre ses mains. L'attitude d'un être brisé. Le moment était arrivé. Pauline s'assit à côté de lui. Il tourna son visage vers elle et la reconnut aussitôt. Il se releva brusquement, blessé d'avoir été surpris dans un moment de faiblesse.

— Que faites-vous là ? Vous m'avez suivi ?

— Pour être franche avec vous, oui. Je me présente, Pauline Carel.

— Laissez-moi deviner ! Vous êtes journaliste et vous êtes en manque de scoop. Vous m'avez vu déboussolé au cimetière et vous vous êtes dit : « Tiens, ce mec est fragile. Je vais lui faire mon numéro de charme, lui montrer un peu de compassion, et lui tirer les vers du nez sur cette histoire sordide ! » Vous savez quoi ? Vous vous êtes trompée de gars. Dégagez !

— C'est vous qui vous trompez sur mes intentions. Je suis avocate pénaliste. Je ne défends pas les intérêts de madame Rousset, je représente Nicolas Rousset, le père de cet enfant qui vient de perdre la vie, et accessoirement le principal suspect.

L'œil de l'inconnu se mit à briller. Elle avait capté son intérêt. Son instinct ne l'avait pas trompée.

— Continuez.

— J'ai surpris votre attitude à l'égard de madame Rousset après la cérémonie, et je me suis dit que nous avions un point commun : l'envie de connaître la vérité derrière cette tragédie.

— Je ne fréquente pas votre client, mais j'ai côtoyé Emily dans une autre vie. Tout ce que je peux vous dire, c'est de vous méfier d'elle.

— Qui êtes-vous ?

— Quelqu'un qui ne peut vous aider. Je sors de taule. Quoi que je dise, mes paroles seront mises en doute. Nous savons tous les deux comment se déroule un procès aux assises. Mon témoignage sera discrédité en deux secondes. Il vous faut trouver une autre personne, je suis désolé.

— Laissez-moi en juger. Racontez-moi votre histoire.

— Non, elle ne regarde que moi… et Emily. Vous arrivez trop tard, maître, le mal est fait. Au revoir, et arrêtez de me suivre.

— Prenez ma carte. Si vous changez d'avis, vous saurez où me trouver.

❖

— *Penne all'arrabbiata* ! J'espère que tu apprécies la cuisine italienne.

Pauline surgit de la cuisine les mains chargées de deux assiettes fumantes. Elle les déposa sur la table basse du salon, puis s'installa en tailleur sur le tapis. Xavier, assis en face d'elle, huma l'odeur savoureuse qui se dégageait de son plat.

— Tu m'avais dissimulé tes talents de cuisinière ! Je sens que l'on va se régaler. Il y a quoi dans la sauce ?

— Tu as une base de tomate mijotée avec de l'ail et du piment, le tout agrémenté d'un peu de basilic frais et saupoudré de pecorino. Pour être honnête, c'est le seul plat que je maîtrise ! Les pennes « à l'enragée », comme on dit à Rome, la ville dont cette recette est originaire. J'adore l'Italie, sa cuisine, ses peintres. Tu devrais m'y emmener un jour.

Pauline et Xavier savourèrent leur dîner en silence, heureux de partager ce moment ensemble.

— Tu veux un peu de vin ? Je dois avoir une bouteille de blanc au frais.

— C'est un bourgogne ?

— Tu es incorrigible, Pauline ! Il n'y a pas que cette région qui produit du vin d'exception, tu sais ! En Italie, on trouve aussi des vins de grande qualité…

— J'ai mes petites habitudes, que veux-tu !

— Bon, et ta journée ? Tout s'est bien passé ?

— C'était une cérémonie sobre et émouvante. Les gens étaient bouleversés. Ce n'est jamais très facile de voir un cercueil si petit au milieu d'une nef.

— J'aurais dû t'accompagner pour te soutenir.

— Non, ne t'inquiète pas. C'est bien que j'y sois allée seule. J'ai croisé un homme qui serait susceptible de me fournir des informations utiles pour mon dossier. Je dois juste le convaincre de parler, en premier. Il sort de prison.

— Tu côtoies un monde à part.

— Je sais, et c'est pour cela que j'adore le soir me retrouver dans les bras d'un homme beau, gentil, droit, honnête.

— Tu as oublié fort, intelligent, prévenant.

— Modeste !

Xavier, à quatre pattes, contourna la table qui le séparait de Pauline.

— Oh toi, tu vas être privée de dessert !

Le portable de l'avocate sonna, coupant court à l'étreinte des deux amants. Pauline se leva, au regret de Xavier.

— Cela ne peut pas attendre ?

— Dans mon métier, il n'y a pas de dimanche.

Un e-mail venait d'arriver dans sa boîte. L'objet du message l'interpella : *L'inconnu du cimetière*. Pauline l'ouvrit. L'excitation courait dans ses veines. Le message qui s'afficha était succinct : *Faites des recherches sur l'affaire Tremblay, Montréal, en 2005. L'histoire se répète…*

40

Lundi 16 septembre 2019, 16 h 29, école Saint-Alexandre, 23 boulevard Jean-Jaurès, Boulogne-Billancourt

Le thermomètre affichait des températures estivales. Le trottoir était bondé pour un début de semaine. Poussettes, trottinettes, parents, nounous, enfants se mélangeaient dans un marasme assourdissant. Samuel, qui observait ce manège de l'autre côté de la rue, était nerveux. Derrière ses lunettes de soleil, il guettait Noah et Emily. Tout ce petit monde se bousculait devant le portail, il était ardu pour lui d'y voir clair. Trop de visages, trop de bruit. En plus, il n'était pas certain d'être au bon endroit. En arrivant au cimetière, la veille, il avait surpris une conversation entre deux hommes évoquant l'école du frère de la petite défunte. Il avait retenu le nom Saint-Alexandre. La cérémonie religieuse avait eu lieu à Boulogne. Il avait misé sur le fait qu'Emily vivait sans doute près de la paroisse et que son fils était scolarisé non loin de là. Ses déductions étaient-elles justes ? Il serait fixé dans les prochaines minutes.

Soudain, il aperçut une femme habillée d'un jean et d'une chemise blanche. Un petit garçon essayait de la suivre. Il les reconnut aussitôt : Emily et Noah. Tête baissée, traînant les pieds, l'enfant donnait l'impression de vouloir se fondre dans le paysage. Samuel l'observa avec compassion. Une autre victime d'Emily… Il devait se reprendre. Ne pas tomber dans la mièvrerie. Il était là avec un but précis et ne devait pas en dévier.

Déterminé, il déserta son lieu d'observation et fila la mère et le petit garçon. Il devait maintenir une distance raisonnable entre eux et lui pour ne pas se faire remarquer. Emily savait qu'il n'était pas loin, et devait être sur ses gardes. À plusieurs reprises, il la vit regarder par-dessus son épaule. Elle n'était pas sereine. Soupçonnait-elle sa présence ? Par chance, les rues grouillaient de monde. Le soleil poussait les Boulonnais à se déplacer à pied. Ils avaient délaissé leurs voitures. Samuel n'éprouva aucune difficulté à se fondre dans la foule. Ils tournèrent à gauche, rue Bartholdi. Il connaîtrait bientôt l'adresse d'Emily.

Quelle serait la prochaine étape ? Lui faire peur, la harceler, se venger, l'éliminer ? Il était perdu. Sa rencontre fortuite avec l'avocate du mari d'Emily l'avait perturbé. Il s'était réfugié dans un cybercafé en sortant du parc cet après-midi-là, et avait rentré le nom de maître Carel dans la barre de recherche. Les articles qu'il avait pu parcourir étaient élogieux. Cette jeune femme pouvait croire en son histoire. Pour lui, il était trop tard, sa vie était brisée, mais tout était encore possible pour ce Nicolas. Et, contrairement à lui, quatorze ans plus tôt, cet homme conservait une bonne raison de se battre : son fils Noah. Sur un coup de tête, Samuel avait sorti la carte de l'avocate de sa poche et lui avait envoyé un e-mail. À elle d'en faire un bon usage !

❖

Emily marchait d'un pas alerte. Elle avait hâte de rentrer chez elle, et de se retrouver en sécurité dans son appartement. Elle ne voulait pas alarmer Noah en partageant avec lui ses inquiétudes, mais, mon Dieu, qu'il était lent ! Elle lui prit son cartable pour alléger ses épaules et mit sa main dans la sienne. Elle esquissa un sourire pour le rassurer.

— On va se faire un bon goûter en rentrant ! J'ai acheté des cookies avec des pépites de chocolat.

Noah ne partagea pas son enthousiasme. Il resta imperturbable, les yeux fixés sur ses baskets, enchaînant un pas après l'autre, tel un robot. Emily était déboussolée. Elle ne savait plus que faire pour lui rendre le sourire. Reprendre le chemin de l'école, revenir à une vie normale lui était apparu comme une solution acceptable ce matin quand son réveil avait sonné. Rester enfermés tous les deux, à ruminer tels des lions en cage, n'allait pas aider son petit garçon à faire son deuil. Il devait conserver un pied dans la réalité pour ne pas sombrer. Maintenant qu'elle se retrouvait dans la rue, elle se sentait vulnérable. Samuel rôdait dans les parages, il n'abandonnerait pas. Emily jetait des regards dans tous les sens. Elle devait absolument surveiller ses arrières : les vitres d'une boutique, le reflet dans le panneau en plastique d'un arrêt de bus. Elle n'avait pas aperçu la silhouette de Samuel sur son trajet, tant à l'aller que sur le chemin du retour. Son ventre se dénoua, quand elle franchit le hall de son immeuble.

Ils empruntèrent l'ascenseur pour monter les trois étages. La porte d'entrée franchie, elle soupira de soulagement. Elle s'efforça d'offrir à son fils un visage serein et enjoué.

— Alors, on l'attaque par quoi ce goûter ?

— Maman, je n'ai pas faim. Je vais aller dans ma chambre. Je me sens fatigué.

Emily se décomposa. Elle se mordit les lèvres en regardant la porte de la chambre de Noah se refermer derrière lui. Abattue, elle entra dans la cuisine. Elle avait besoin d'un remontant. Elle ouvrit un placard et en sortit une bouteille de whisky. Il restait un fond, cela serait suffisant. Elle prit un verre propre dans le lave-vaisselle et se versa le reste du pur malt écossais. Première gorgée, la brûlure de la liqueur revigora son corps. Elle ouvrit la fenêtre. Le soleil était au rendez-vous, elle désirait sentir la chaleur de ses rayons sur son visage. Elle passa la tête dans l'embrasure. Un air printanier souffla dans ses cheveux. Elle savoura une deuxième gorgée, promenant son regard dans la rue.

Un uppercut dans l'estomac. Elle cracha son whisky et recula brutalement. Non, ce n'était pas possible ! Elle vivait en plein cauchemar. Il ne pouvait pas être là sur le trottoir. Elle avait dû se tromper, avoir une vision. C'était une hallucination ! Elle était à bout de nerfs, ne dormait plus depuis des jours, son esprit lui jouait de mauvais tours. Tremblante, elle avança d'un pas. Elle cacha la moitié de son visage à l'aide du voilage de son rideau, puis se pencha légèrement. Samuel était bien là en chair et en os. Elle n'avait affaire ni à un mirage, ni à un hologramme, encore moins à un ectoplasme. Il était en bas, une cigarette à la bouche, campé devant chez elle. Emily tomba à la renverse sur le carrelage de sa cuisine. Tout son corps fut pris de spasmes convulsifs. Elle était perdue…

41

Mardi 17 septembre 2019, 9 h 37, bureau du juge d'instruction Bruno Gruyez, Tribunal de Paris, XVIIe arrondissement, Paris.

Alexane toqua à la porte du bureau. On l'invita à y entrer. Elle fut accueillie par un magistrat au visage fermé. Ses sourcils froncés n'annonçaient rien de bon. Le juge était agacé et ne le cachait pas.

— Je vous en prie, commandante Laroche, asseyez-vous.

— Monsieur le juge. Vous vouliez me voir ?

— Oui, je désirais faire un point avec vous concernant le dossier Rousset. Je suis mécontent de la tournure que prend l'affaire ces dernières heures. Je note des négligences et des comportements de vos hommes que je ne cautionne pas. Je ne vais pas vous remonter les bretelles ce matin. Vous êtes un officier de police compétent et je connais votre réputation. Je ne dessaisis pas votre groupe, mais sachez que ma patience a des limites. Dorénavant, je souhaite que nous travaillions à ma manière.

— Très bien, monsieur le juge. Votre message est clair et bien enregistré.

— Venons-en aux faits. Vous avez évoqué une empreinte sur la tuyauterie de la cave hier au téléphone.

— Oui, et le technicien pense à un pouce d'enfant.

— Vous espérez une concordance avec la victime, j'imagine. Quand les résultats tomberont-ils ?

— Le laboratoire a parlé d'une explosion des demandes d'analyses cette semaine. Je crains que le délai soit long.

— Nous n'avons pas de temps à perdre. Je ne veux pas que cette affaire s'enlise. Commandante, je vous autorise à faire appel à un laboratoire privé. Cela représente un coût supplémentaire, mais nous obtiendrons un retour sous 48 heures. De plus, je vais mettre madame Rousset sur écoute. J'ai lu son témoignage. Pour le moment, nous avons deux parents, et deux versions des faits.

— Excusez-moi, monsieur le juge, mais les versions concordent. Les deux désignent le père comme le meurtrier.

— Monsieur Rousset est revenu sur sa déposition hier soir, et il accuse… sa femme. D'où votre présence ce matin. Je souhaitais vous mettre à la page, et examiner avec vous les prochaines étapes. Par conséquent, comme je vous le disais, Emily Rousset ne sait pas que son mari s'est retourné contre elle. On aura peut-être une chance de comprendre la situation à travers ses conversations téléphoniques. De plus, je souhaiterais entendre le frère de la victime, Noah. Vous transmettrez la convocation en main propre à madame Rousset dès aujourd'hui. Sa parole peut être précieuse. Je peux compter sur vous ?

— Je vais demander à l'un de mes lieutenants de s'en charger dès que je quitterai le tribunal.

— Parfait. Je vous ai préparé une commission rogatoire. Sachez aussi que j'ai reçu un coup de fil ce matin de maître Carel, l'avocate de notre suspect principal.

— Oui, je vois très bien de qui nous parlons.

— Un sacré personnage ! Elle a demandé d'ajouter des pièces au dossier d'instruction. Il est capital que vous en preniez note. « L'affaire Tremblay » au Canada, cela vous évoque-t-il quelque chose ?

— Pas du tout.

— Je vous laisse découvrir un article que j'ai reçu sur le sujet. Tenez. Cela vous donnera un avant-goût de cette histoire.

Alexane saisit la feuille présentée par le magistrat. Elle s'enfonça dans son siège, et lut attentivement :

Un père condamné à vingt ans de prison pour avoir assassiné sa fille.

Épilogue d'une histoire effroyable devant la cour de Montréal. Samuel Tremblay, 21 ans, a été condamné jeudi à vingt ans de réclusion criminelle pour avoir assassiné sa fille âgée de deux ans lors des faits en février 2005. La peine a été assortie d'une obligation de suivi sociojudiciaire de dix ans à la sortie, incluant une obligation de soins.

Emily, la mère de la victime, dont la dignité a sidéré l'assistance durant tout le procès, s'est déclarée auprès du Journal de Montréal « soulagée » par le verdict. Elle était soutenue par toute sa famille et l'opinion publique. Elle avait essayé de rompre avec l'accusé dès décembre 2004, après trois ans de vie commune, en raison de la violence de celui-ci et de son addiction à l'alcool et aux stupéfiants. Craignant des représailles pour elle et sa fille, Emily avait réintégré le domicile conjugal après trois semaines de séparation. Le deuxième week-end de février 2005, les paramédics intervenaient au domicile des Tremblay. Emily fut retrouvée dans la salle de bains, le visage tuméfié, sa petite fille, Maya, morte dans ses bras. Samuel reconnaît avoir noyé dans la baignoire la fillette – ce qu'a confirmé l'autopsie.

Qualifiant cette affaire de « crime conjugal par procuration », l'avocat général a apparenté ce meurtre au complexe de Médée, consistant à « utiliser son enfant comme un objet de vengeance et de sadisme pour faire souffrir son conjoint toute sa vie ».

Avant que le jury ne se retire pour délibérer, Samuel Tremblay, un jeune homme fort aux traits réguliers, s'était adressé à son ex-femme. « Je ne peux pas te demander pardon pour ce qui s'est passé, mais je veux te dire que je ressens la même peine que toi, car c'était ma fille, ma princesse. » Son avocat, Maître Jean François, a dénoncé « les réquisitions d'une radicalité absolue » de l'avocat général, accusant la société d'être « passée à côté » du mal-être de son client, soumis à diverses addictions, et qui souffrirait d'un « syndrome abandonnique » qui l'aurait envahi au moment de la rupture.

Un autre feuillet complétait le dossier. Il s'agissait d'un article datant de 2016, soit dix ans après la fin du procès.

De sa prison, il ne cesse de clamer son innocence. En 2006, Samuel Tremblay écopait d'une peine de vingt ans pour le meurtre de sa petite fille de 2 ans. Des éléments nouveaux ébranleraient le verdict.

Depuis la prison Rivière-des-Prairies à Montréal où il purge sa peine, Samuel Tremblay travaille d'arrache-pied pour faire réviser son procès. « Ils m'ont enlevé ma vie », lance, en pleurs, le détenu aux policiers ayant mené l'enquête sur la mort de sa fille, Maya.

Le 12 février 2005, les urgentistes de Montréal avaient découvert le corps sans vie de Maya Tremblay, alors âgée de deux ans, dans les bras de sa mère. La petite fille aurait été noyée dans son bain. Lors du procès, le jury a reconnu Samuel Tremblay coupable de meurtre prémédité de sa fille Maya, et l'a condamné à vingt ans de prison.

« Après mon analyse du dossier, j'en arrive à la conclusion qu'il est innocent », affirme aujourd'hui le criminologue Dominique Gagnon, auteur d'un livre sur cette affaire. « La mère n'a jamais subi de bilan sanguin alors que les policiers ont retrouvé des ordonnances de clozapine dans ses affaires. Il s'agit d'un antipsychotique utilisé dans le traitement de la schizophrénie résistante et des troubles bipolaires. Avec ce nouvel élément à décharge, nous nous battrons pour que le procès soit révisé. »

Alexane reposa les documents sur ses genoux, sonnée par ce qu'elle venait de découvrir.

— Ce matin, j'ai pris la liberté de contacter des confrères à Montréal. Samuel Tremblay n'a jamais été rejugé. Il vient de sortir de prison pour bonne conduite après avoir passé quatorze ans derrière les barreaux. Il a disparu des radars depuis.

Le juge la fixait du regard, dans l'attente de son retour.

— Nous pensons la même chose, commandante ?

— Deux enfants assassinés dans la vie d'une même femme… Peut-on évoquer la malchance ?

❖

Emily déchira le plastique de l'emballage et en extirpa une bouteille de lait. Elle plia l'embout en carton à plusieurs reprises, puis tira dessus. Quelques gouttes tombèrent sur le plan de travail. Elle ne prit pas la peine d'utiliser le torchon qui pendait au crochet et s'essuya les mains directement sur son peignoir en coton. L'horloge du four indiquait 9 h 46. Elle posa une casserole sur le feu et y déversa le litre de lait. Elle disposait de trois minutes avant que le liquide atteigne la température escomptée. Elle profita de ce laps de temps, pour se rendre dans sa salle de bains. Elle passa devant son lit dont la moitié de la couette reposait à terre. Ses vêtements de la veille dormaient eux aussi sur la moquette. Alors que le soleil était éclatant dans le ciel, les volets étaient fermés. Elle ne voulait pas tomber sur la silhouette de Samuel posté sur le trottoir. Sa nuit avait été cauchemardesque. Dans ses rêves, Samuel entrait par la fenêtre et lui plantait un couteau dans le cœur après avoir égorgé Noah devant elle. Elle ne lui offrirait pas ce plaisir.

Arrivée dans la salle de bains, elle grimpa sur le marchepied qui permettait à son fils d'atteindre le lavabo pour se brosser correctement les dents le soir. Elle posa un pied sur le rebord de la vasque et se hissa, s'aidant du robinet comme point d'appui. À cette hauteur, en tendant le bras sur la droite, elle accédait à la bouche d'aération. L'officier de police qui avait fouillé la salle de bains n'était pas passé par la case des Stups. Il n'aurait pas négligé une telle cachette. En tirant dessus, la grille en plastique céda. Sur la pointe des pieds, Emily passa la main dans le trou et arracha une boîte scotchée contre la paroi en placo. Des comprimés blancs s'entrechoquaient à l'intérieur. Elle retourna dans sa cuisine, son trésor dans les mains.

Le lait frémissait dans la casserole. Elle éteignit le gaz, puis versa le liquide chaud dans deux tasses. Elle broya les médicaments à l'aide d'un verre puis dilua la poudre obtenue dans le lait. La boîte y passa. Pour être sûre que Noah finisse son breuvage, elle compléta sa mixture avec des cuillères de chocolat en poudre. La potion magique était prête. Les tasses dans les mains, elle entra dans la chambre de son petit garçon. Noah dormait, malgré l'heure tardive. Elle posa les boissons sur la table de nuit, puis frôla le visage de son enfant. Noah ouvrit les yeux.

— Tiens, mon ange. Maman, t'a préparé un chocolat chaud.

— Quelle heure est-il ?

— Bientôt 10 heures, mon cœur.

— Je suis en retard pour l'école.

— Ne t'inquiète pas, Noah. J'ai téléphoné à ta maîtresse, et je lui ai dit que je te gardais à la maison aujourd'hui. Madame Levreur a compris. On va rester là tous les deux au calme, d'accord ?

— Ça sent bon !

— Regarde, je m'en suis fait un aussi. Tu as la permission de le boire au lit !

Noah s'assit et trempa ses lèvres dans son chocolat.

— Délicieux, merci Maman. Mais il y a un petit goût, non ?

— Ce sont des vitamines. Il faut que tu reprennes des forces. Hum, tu as raison, il est parfait ce chocolat.

Gorgées par gorgées, la mère et l'enfant vidèrent leurs tasses, puis Emily invita son fils à se lover dans ses bras. Ils fermèrent les yeux et, ensemble, partirent loin. Très loin.

42

10 h 35, villa Rochefoucauld, 12 rue Moreau-Vauthier, Boulogne-Billancourt

Côme trouva une place à quelques mètres de l'entrée de l'immeuble. Son créneau fini, il bondit hors de son véhicule, avec la convocation du juge dans la poche de sa veste. Il pestait dans son for intérieur. Entrer dans la brigade criminelle pour finir par jouer le facteur ne l'enchantait guère. Sa cheffe voulait lui faire payer son erreur de comportement lors de l'audition d'Emily Rousset. Là, il avait compris la leçon ! Alexane lui avait tendu le papier du juge en l'invitant à présenter ses excuses auprès du témoin par la même occasion. Son orgueil avait été piqué. Il avait saisi le courrier sans articuler un mot et avait tourné les talons. En quittant le Bastion, il était tombé nez à nez avec le commissaire divisionnaire Noiret. Devant son attitude froide, il avait courbé la tête. Côme devait se faire un peu oublier. Ils avaient beau être 1 700 fonctionnaires de police à se croiser dans les locaux de la DPJ, les nouvelles allaient bon train.

Il soupira en appuyant sur l'interphone. Emily Rousset devait être seule chez elle. N'obtenant pas de réponse, il insista. Il ne pouvait se permettre de glisser la convocation sous la porte. Il sonna chez la concierge. Une minute plus tard, une dame élancée l'accueillait dans le hall. Côme montra sa carte d'officier de police et précisa la situation à son interlocutrice en quelques mots.

— Quelle affreuse histoire ! Vous imaginez. Je vis dans l'immeuble depuis cinq ans, et je n'ai jamais soupçonné l'existence de cette pauvre enfant. Tout le monde est chamboulé dans la résidence. On croit connaître ses voisins, et…

— Vous posséderiez un double des clés ? coupa Côme.

La concierge, vexée, mit quelques secondes à répondre.

— Je vais chercher mon trousseau.

— J'appelle l'ascenseur en attendant.

Ils montèrent les trois étages en silence. Arrivé devant la porte des Rousset, Côme sonna de nouveau. Personne ne vint leur ouvrir.

— Donnez-moi les clés.

La concierge s'exécuta, ravie de vivre un moment aux antipodes de sa routine. Quand Côme sortit son arme de son étui, son sourire s'effaça.

— Vous, ne bougez pas !

Le policier pénétra dans l'entrée sans faire de bruit, son pistolet en joue. L'appartement était plongé dans l'obscurité. Un silence glaçant l'accueillit. Il scruta pièce après pièce. L'endroit paraissait déserté de ses occupants. Il entra dans la chambre de Noah et discerna deux corps allongés sur le lit. Il actionna l'interrupteur. Emily et Noah semblaient dormir paisiblement. Côme s'approcha et sentit la panique l'envahir en découvrant les deux bols renversés sur le sol. Il avança d'un pas. Une fine mousse blanche sortait de la bouche du petit garçon.

— Appelez les secours, hurla Côme.

❖

Pauline éteignit la radio puis appuya sur le bouton pour ouvrir sa fenêtre. Elle avait besoin d'air frais. Son ventre se noua, sa gorge devint sèche, ses mains se crispèrent sur le volant. Elle avait franchi le panneau de la commune de Vire cinq minutes auparavant et elle sentait une vague d'angoisse déferler en elle. Qu'est-ce qui lui avait pris, de revenir dans la ville de son enfance ? Le lieu où sa vie de petite fille avait basculé dans l'horreur ! Elle s'était fait la promesse de ne plus jamais remettre les pieds dans ce patelin. Et là, vingt-cinq ans après le procès de son père, sur un coup de tête, elle venait d'avaler plus de trois heures de route pour se replonger dans son passé. Que cherchait-elle à travers ce pèlerinage morbide ? À se replonger dans la violence malsaine que lui faisait subir son père au quotidien ? À comprendre le meurtre de sa mère ? Suffoquant dans cet habitacle étroit, elle donna un coup de volant et se gara sur le bas-côté de la route. Elle défit sa ceinture, prit une grande inspiration puis déverrouilla la portière.

À sa descente de voiture, un rayon de soleil l'accueillit. La rue était paisible. Une succession de pavillons construits sur le même modèle s'alignait sur le trottoir de droite. Quelques toitures présentaient des panneaux solaires. Les jardins en bordure, séparés par de fines haies, étaient bien entretenus : des pelouses tondues et accueillantes, ici ou là un portique, un toboggan ou une cabane en plastique. Des familles avec de jeunes enfants devaient vivre dans ce quartier. Pauline entendit une sonnerie suivie de cris de bambins. Elle tourna la tête et découvrit une grille blanche derrière elle.

Comme envoûtée par cette barrière, elle s'approcha. Les rires des écoliers augmentèrent. Elle aperçut une cour de récréation où des élèves couraient dans tous les sens dans un joyeux chahut. Une marelle était dessinée à la craie sur le bitume. Deux petites filles sautaient à tour de rôle à pieds joints après avoir lancé un caillou. Le cœur de Pauline s'accéléra. Elle reconnaissait cet endroit. Son subconscient l'avait ramenée devant son ancienne école primaire : l'établissement Pierre-Mendès-France. Elle laissa ses émotions l'envahir, des larmes inondèrent son visage tandis qu'un sourire imperceptible naissait à la commissure de ses lèvres. Elle avait connu des moments joyeux entre ses murs, loin de la violence de son foyer. Ici, elle redevenait une gamine comme les autres, heureuse de s'évader à travers ses lectures, et entourée d'amies qui ne pouvaient soupçonner son calvaire une fois le portail franchi. Elle essuya son visage avec sa manche puis tourna le dos à cette partie de son innocence. La maison de toutes ses souffrances était située à cinq minutes à pied, dans une rue perpendiculaire.

Elle s'aventura sur le trottoir. Combien de fois avait-elle parcouru ce trajet ? Elle observa les alentours. Rien ne correspondait à ses souvenirs. Les crépis des maisons étaient blancs et en bon état, les volets en bois vernis et vissés à leurs gonds, les haies taillées. Dans sa mémoire, les habitations étaient miteuses, les jardins mal entretenus, les fleurs ternies par la pollution. Elle était désorientée. Le quartier qu'elle traversait ne correspondait pas à celui de son histoire. Tout était trop parfait. Deux cents mètres plus loin, une bifurcation l'invitait à prendre à droite. Elle déchiffra le panneau bleu qui lui faisait face : Rue Saint-Vincent-de-Paul. Elle était arrivée à destination…

Numéro 3. Une maison en parpaing, des années 1960, avec son escalier extérieur : le garage en bas, l'habitat en haut. Pauline serra les dents. L'endroit n'était pas austère, au contraire. Le pavillon avait subi un ravalement de façade et la couleur choisie dans les tons jaunes était chaleureuse. Elle frissonna. Son regard se porta sur la fenêtre de son ancienne chambre. Des stickers en forme d'étoile décoraient les vitres. Les nouveaux propriétaires, connaissaient-ils la tragédie qui s'était jouée entre ces murs ? Probablement pas, et c'était mieux ainsi. Le bruit d'un klaxon la sortit de sa contemplation.

— Excusez-moi, mais vous êtes devant mon entrée de parking.

Pauline se poussa sur le côté. Une femme d'une trentaine d'années lui sourit derrière son volant. Pauline revint sur ses pas après avoir fait un geste d'excuse à la conductrice. Elle entendit un chien aboyer, la voix d'une petite fille réclamant son goûter. Sa mère avait été assassinée dans cette maison… Vingt-cinq ans plus tard, la vie suivait son cours avec ses bons et mauvais côtés. La gorge nouée, elle regagna sa voiture. Pourquoi était-elle revenue ? Elle ne détenait toujours pas la réponse à sa question.

Alors qu'elle s'apprêtait à rejoindre la route en direction de Paris, elle freina violemment. Elle n'avait pas parcouru tout ce chemin pour si peu. Elle mit son clignotant et fit demi-tour dans un crissement de pneus. Elle repassa devant son ancienne école, et continua tout droit sans jeter un œil à sa vieille adresse. Elle laissa l'office de tourisme puis l'hôtel Saint-Pierre dans son rétroviseur et prit à droite rue Alfred-le-Nouvel. Au bout de la rue, elle chercha une place et gara sa voiture.

La clôture bordant le cimetière était toujours aussi imposante. Elle marcha quelques pas. Une porte colossale, vestige de l'ancien couvent des Ursulines de Vire, l'accueillit. Ébranlée, elle franchit ce portail classé aux monuments historiques. Devant la multitude de tombes qui s'étendaient en face d'elle, elle eut un geste de recul. Elle n'avait foulé cette terre que le jour de l'enterrement de sa mère. Depuis ce matin tragique, personne ne lui avait proposé de l'y accompagner de nouveau. Émue, elle s'avança dans l'allée centrale. Par où commencer ? Elle se dirigea vers une tombe mal entretenue, non recouverte de fleurs. Qui vient entretenir votre dernière demeure quand vous n'avez plus de famille ? À la troisième tentative, elle trouva la sépulture qu'elle cherchait. Elle s'agenouilla et effleura la pierre tombale. Elle était bouillante, chauffée par le soleil. De la mousse avait poussé ici et là, dissimulant partiellement les lettres gravées sur la stèle : un nom, un prénom, deux dates. La vie de sa mère se résumait à cela : une année de naissance, une date de décès. Pauline déglutit péniblement. Les premiers mots sortirent avec difficulté :

— Bonjour, maman. Ça fait longtemps…

❖

Alexane enfouit une main dans son sac à la recherche de ses clés. Elle sentit le cuir de son portefeuille, le plastique d'un paquet de mouchoirs, le papier d'une vieille liste de courses qui traînait là depuis des lustres... Tout, sauf le métal froid et rassurant de son trousseau de maison. Elle pesta. La journée avait été compliquée, elle ne rêvait que de se détendre dans un bain chaud. Charles, qui avait entendu des bruits dans le couloir, lui ouvrit.

— Ah, mais tu es déjà rentré ! Je pensais que tu étais à ton dîner avec tes vieux copains de promo.

— Il a été annulé ! Tu as de la chance que je sois là, non ? Tu n'aurais pas oublié tes clés par hasard ?

— Si, tu me sauves. Journée de m...

Alexane passa devant son mari en lui posant un baiser furtif sur les lèvres. Elle prit le chemin de son salon où elle se jeta sur le canapé. Elle retira ses chaussures, puis étendit ses jambes en soufflant. Elle sentait monter un mal de tête. Charles fit son entrée dans la pièce, un verre d'eau dans une main, une aspirine dans l'autre.

— Tiens, j'ai comme l'impression que tu as besoin de ça.

Alexane prit le comprimé qu'il lui tendait, le goba et vida le verre d'eau d'une traite. Dans quinze minutes, le médicament agirait. Elle reposa sa nuque sur l'accoudoir et ferma les yeux. Elle sentit des doigts masser ses pieds. Elle soupira, la tension qui crispait tout son corps se dissipait.

— Si tu me racontais ce qui te tracasse ?

— Je ne sais pas par où commencer...

— Toujours ton affaire de la petite victime de la fourrière ?

— La mère a tenté de mettre fin à ses jours ce matin, en entraînant son fils de 8 ans avec elle.

— En effet, dure journée !

— C'est mon jeune officier, Côme, qui a contacté les secours. Il était à Boulogne ce matin pour leur remettre une convocation pour une audition chez le juge d'instruction. Il est encore secoué.

— Ils ont pu intervenir à temps ?

— La mère est dans le coma. Le petit avait vomi une partie des médicaments dans son lit avant de sombrer. Cela l'a sauvé.

— Qu'ont-ils avalé ?

— On pense à du bromazépam. Un ambulancier a retrouvé une boîte vide sur la table de la cuisine.

— C'est un anxiolytique, non ?

— Il semblerait. Le médecin qui les a pris en charge m'a parlé d'un médicament utilisé aussi lors de sevrage alcoolique. Je te jure, je me sens complètement perdue dans cette affaire. J'ai l'impression de tout analyser de travers.

— Tu n'es pas la seule !

— Pardon ?

— J'ai pris un verre avec Pauline Carel cette semaine. Je te rassure, elle n'a pas violé le secret de l'instruction. Je ne suis au courant de rien dans cette enquête, mais j'ai bien vu qu'elle était paumée.

— Ce n'est pas l'impression qu'elle m'a donnée quand je l'ai croisée au cimetière ! Mais bon ! Tu as une petite fille retrouvée morte dans un coffre, qui subissait des sévices quotidiens. Des parents qui n'assument pas leurs responsabilités et qui accusent l'autre dès qu'une occasion se présente. Si tu les écoutes, ce sont tous des victimes !

— Le père n'a pas avoué ?

— Il est revenu sur sa déposition, et prétend être un homme battu !

Charles perdit ses couleurs.

— Que se passe-t-il, chéri ? Tu es blanc comme un linge !

— Quand est-il revenu sur ses déclarations ?

— Je l'ai appris ce matin de la bouche du juge Gruyez. Attends, ne me dis pas que tu as partagé ton dossier en cours avec Pauline Carel ?

43

Mercredi 18 septembre 2019, 4 h 14, service de réanimation, hôpital Ambroise-Paré, 9 avenue Charles-de-Gaulle, Boulogne-Billancourt

Le couloir était désert, plongé dans une obscurité oppressante. Tout semblait calme, trop calme pour le flic qu'il était. Stéphane haïssait les hôpitaux. Une concentration de toutes les blessures humaines coincée entre quatre murs avec la mort pour principale compagne. Et cette odeur : de la Javel mélangée à… de l'incertitude et de l'angoisse, avec un soupçon de douleur et de larmes. Stéphane sourit. Il se sentait ridicule. Ne côtoyait-il pas la misère humaine et la grande faucheuse tous les jours ?

Chambre 16, il passa une tête dans l'embrasure de la porte. Emily Rousset reposait dans un lit, branchée à une multitude de tuyaux et de machines qui émettaient des bips réguliers. Au fond de la pièce, son coéquipier s'était endormi dans un fauteuil. Sa tête était penchée sur le côté, un filet de salive coulait le long de sa bouche. Stéphane hésita à le réveiller. Il était là pour prendre la relève. Côme avait vécu des émotions fortes en découvrant la mère et l'enfant inconscients dans l'appartement. Il culpabilisait depuis. Il n'avait pas cru en l'histoire de cette femme qui avait clamé sa détresse, et voilà le résultat ! Elle avait attenté à ses jours en emportant dans son désarroi le dernier enfant qui lui restait. Les médecins étaient confiants concernant Noah. Son pronostic vital n'était pas engagé. Il s'en sortirait. Le diagnostic pour la mère était plus mitigé. Côme en était bouleversé.

Le capitaine Revalon ne voulait pas voir son jeune collègue affronter cela tout seul. Il le secoua gentiment. Côme émergea d'un sommeil agité et se redressa sur son fauteuil. Son visage afficha une grimace, son cou lui faisait mal.

— Salut. Rentre chez toi. Je vais veiller sur elle.

— Non, je reste. Je veux être présent quand elle ouvrira les yeux.

— Côme, tu as besoin de reprendre des forces. Cela fait combien de temps que tu n'as pas eu une nuit de sept heures d'affilée ?

— On se moque de ma fatigue !

— Viens, je t'offre un café au distributeur, puis tu passeras chez toi prendre une douche, et te changer. Je vais te commander un Uber. Tu ne touches pas à ta voiture dans cet état.

Côme se laissa convaincre. Il se souleva de sa chaise, et remit son cuir sur les épaules. Les deux policiers quittèrent la chambre, laissant le respirateur et le moniteur veiller sur Emily. Le distributeur était à une vingtaine de mètres. Ils garderaient un œil sur la porte. Ils croisèrent un médecin, la tête plongée dans un dossier. Côme fit la réflexion que cet individu ne comptait pas son temps pour ses patients. Il n'y a pas d'heure pour sauver des vies.

❖

Samuel inclina son visage. Il ne devait pas paniquer. Il avait enfilé une blouse blanche oubliée par un interne sur une chaise de la cafétéria. Il se fondait dans le décor. Seule sa gestuelle pouvait le trahir. Il sentit le regard du plus jeune policier s'attarder sur lui. Il poursuivit sa progression dans le couloir, d'un pas tranquille. Arrivé devant la porte 16, il se retourna légèrement, gardant la tête plongée dans son faux dossier. Les deux compères lui tournaient le dos, concentrés sur la sélection du liquide brunâtre qui réchaufferait bientôt leurs estomacs. D'un geste alerte, il s'engouffra dans la pièce et referma derrière lui.

L'endroit qu'il découvrit était froid, fonctionnel. Il inspira un grand coup. Son rythme cardiaque, qui venait de vivre les montagnes russes, retrouva progressivement son calme. Il s'approcha du lit. La tête d'Emily reposait sur un oreiller. Ses orifices étaient obstrués par des tuyaux en plastique qui la maintenait en vie. Une pression prolongée sur l'un d'eux, et son cauchemar serait terminé. Une fin douce et sans cri… Ironie du sort, quand on connaissait leur histoire. Il l'avait aimée dans une autre vie. Il se revoyait à la sortie du lycée, la première fois qu'elle lui avait adressé la parole pour lui taper une cigarette. Ses cheveux étaient retenus en une queue de cheval par un chouchou, elle portait un jean trop haut à la taille. Un clown sur baskets… mais un regard bleu azur qui vous emportait à des milliers de kilomètres.

Une semaine plus tard, leurs lèvres s'étaient rencontrées derrière les murs de son immeuble. Puis le ventre d'Emily s'était arrondi. Elle n'était pas majeure mais voulait garder l'enfant. Ils s'étaient enfuis en bus une nuit, en emportant le peu de choses qu'ils possédaient. Après une trentaine d'heures à rouler, le panneau de Montréal était apparu sur le bord de la route. L'immensité de la ville les avait rassurés. Les retrouver parmi ces milliers de personnes ne serait pas une chose aisée. Samuel avait décroché un boulot de mécano. Il bricolait sur les mobylettes depuis son adolescence, et ne se débrouillait pas trop mal avec ses mains. Le patron du garage l'avait pris sous son aile, et lui avait enseigné les bases du métier. La vie était rude, mais ils avaient un toit pour accueillir leur bébé et de quoi subvenir à leurs besoins. Avec le recul, Samuel se rendit compte que ce furent là les mois les plus heureux de son existence. Maya avait pointé le bout de son nez un matin de mai. Il avait senti son cœur exploser d'amour pour ce petit être sans défense.

Emily n'avait pas partagé son enthousiasme. Les médecins de l'hôpital avaient évoqué un baby-blues. Tout rentrerait dans l'ordre bientôt, il devait se montrer patient avec la jeune maman. Samuel avait tout assumé la première année : les nuits, les couches, les biberons, les courses… En plus de son travail au garage. Alors qu'il s'épuisait à la tâche, Emily se transformait en un fantôme au fur et à mesure des mois qui s'écoulaient. Elle passait des journées entières à traîner en pyjama, sans mettre le nez dehors ni prononcer le moindre mot. Samuel craignait pour sa petite fille. Elle avait des retards moteurs et de langage. À force d'être négligée par sa mère, l'enfant se recroquevillait sur elle-même. Un soir, il avait découvert une multitude de boîtes de médicaments vides dans la poubelle. Emily ingurgitait par dizaines des gélules de toutes les couleurs. Ils étaient inexpérimentés, sans famille pour les épauler. Il n'avait pas su vers qui se tourner pour solliciter une aide.

Puis le drame était arrivé… Emily avait « oublié » leur fille dans son bain. Encore une de ses absences… Ce jour-là, Samuel avait été menotté dans la seconde qui avait suivi l'annonce de la mort de sa princesse. Hébété, il n'avait pas opposé de résistance, et s'était retrouvé sur le banc des accusés, sans comprendre les enjeux qui se tramaient. Trop choqué par le décès brutal de sa fille, il avait évolué dans un monde parallèle, nourri aux calmants qui l'abrutissaient davantage. Quand il avait repris ses esprits, l'engrenage judiciaire était lancé. Il avait été broyé par les accusations d'Emily et l'opinion publique. Quatorze ans derrière les barreaux par la faute de cette femme, tel était le constat de sa vie tragique.

Rongé par la haine, il s'empara du tuyau qui reliait son ex-compagne au respirateur. Il serra de toutes ses forces. Ses phalanges devinrent blanches, la rage coulait dans ses veines. Un bip s'arrêta d'émettre.

44

4 h 48, parking visiteur de l'hôpital Ambroise-Paré, Boulogne-Billancourt.

Alexane gara sa voiture au plus près de l'entrée. Elle ne voulait pas s'éterniser dehors, la température avait chuté. La lune était haute dans le ciel, éclairant de ses rayons les allées du parking. Elle verrouilla sa portière derrière elle, puis d'un pas alerte gagna le hall du centre hospitalier. L'insomnie avait eu raison de sa nuit, autant aller soutenir son coéquipier.

Sa soirée avait été houleuse. Elle avait eu du mal à contenir sa colère quand elle avait compris que Charles s'était épanché sur son dossier d'homme battu auprès de Pauline. Il avait apporté à sa consœur sa ligne de défense sur un plateau d'argent. Alexane revoyait en boucle le petit manège de maître Carel à l'enterrement. L'avocate avait délibérément semé le doute dans son esprit pour donner corps au nouveau positionnement de son client dans son rôle de victime. La garce ! Elle avait tout prémédité, et elle, la flic, avec plus de vingt ans de carrière, s'était laissé berner ! Elle avait dû la trouver pathétique avec ses yeux rougis à la sortie de l'inhumation. Alexane enrageait. Charles avait passé un sale quart d'heure. Ils s'étaient couchés énervés, chacun de son côté. Ne réussissant pas à trouver le sommeil, elle avait quitté le lit conjugal à 4 heures et s'était mise en route pour l'hôpital.

À l'accueil, on lui indiqua l'étage et le numéro de chambre d'Emily Rousset. Quelques jours auparavant, elle franchissait les portes d'un autre hôpital pour veiller sur l'époux qui sortait d'un malaise vagal. Le couple faisait la paire. Elle nota dans un coin de sa tête de contacter le docteur qui avait ausculté leur suspect. Il serait pertinent de savoir s'il avait effectué des analyses plus poussées sur Nicolas Rousset.

Elle accéda à l'étage de la réanimation, perdue dans ses pensées. Un cri… Elle sentit une épaule heurter violemment sa poitrine et fut projetée en arrière. Déséquilibrée, elle tomba à la renverse sur le sol. Elle vit son capitaine l'enjamber en hurlant : « Occupe-toi de Côme ! ». Sonnée, Alexane se redressa. À quelques mètres, elle discerna un corps allongé dans le couloir. Elle se précipita et découvrit son jeune collègue à terre en chien de fusil gémissant en se cramponnant le ventre. Elle s'agenouilla à son côté, et vit le sang sur ses mains.

❖

Une porte, une succession de marches, un couloir… Stéphane courait à perdre haleine sans perdre de vue l'homme à la blouse blanche. Il ne devait pas le laisser filer. Il avait suffi d'une minute d'inattention pour que tout bascule. Un gobelet fumant dans les mains, ils étaient retournés dans la chambre 16 où Côme avait oublié son portefeuille sur un coin de table. Alors qu'ils entraient dans la pièce, un homme s'était jeté sur son jeune collègue et lui avait planté un couteau dans le ventre. Le temps de comprendre ce qui se tramait, l'agresseur avait déserté les lieux. Stéphane s'était lancé à sa poursuite. Il avait vu sa chef tomber à la renverse au bout du couloir. Que faisait-elle là ? Alexane allait pouvoir porter secours à Côme, c'était là le plus important.

Une porte coupe-feu… L'homme disparut de son champ de vision. Stéphane se précipita et ouvrit un des battants avec son épaule. Il se retrouva devant un alignement de voitures, plongées dans une obscurité relative : le parking souterrain. Le policier marqua un arrêt et tendit l'oreille. Le silence l'enveloppa. Il plia le bras et sortit son Sig Sauer de son étui. Il retira le cran de sécurité, pointa l'arme devant lui et progressa dans la première allée. L'homme pouvait surgir à n'importe quel moment. Il était aux abois, armé d'un couteau, donc potentiellement dangereux.

Un bruit sourd. Stéphane se retourna. Deux phares s'allumèrent et l'éblouirent. Un moteur qui s'emballe, des roues qui crissent sur le sol, la lumière qui se rapproche, Sans perdre son sang-froid, Stéphane pointa son pistolet droit devant lui et tira à deux reprises. Après une embardée, la voiture s'écrasa contre un pilier. Stéphane courut vers le véhicule accidenté et ouvrit la portière côté passager d'un coup sec, le Sig Sauer toujours pointé devant lui. La tête du conducteur penchait sur le côté. Un filet de sang coulait de son nez. L'airbag s'était enclenché, et s'évanouissait sur le volant. Avec prudence, Stéphane appuya un doigt sur le cou de l'inconnu à la recherche d'un pouls. Des pas précipités se firent entendre derrière lui. Il reconnut la musique des bottines d'Alexane sur l'asphalte.

— Ça va, tu n'as rien ?

— C'est plutôt à lui qu'il faudrait poser la question.

45

*Mercredi 18 septembre, 21 h 55, bureau du commissaire divisionnaire Alexis Noiret, direction régionale de la police judiciaire de Paris, 36 rue du Bastion, XVII*e *arrondissement, Paris*

Une pluie fine s'était abattue sur les toits de Paris en début de soirée et ne semblait pas vouloir s'arrêter. Le temps était à l'image de l'ambiance qui régnait entre les quatre murs du bureau du commissaire : maussade. La journée avait été fastidieuse et accompagnée de nouvelles peu réjouissantes. Depuis l'aurore, l'équipe d'Alexane remontait le temps pour comprendre l'enchaînement des derniers événements. Le bilan n'était pas glorieux. Emily Rousset s'était éteinte dans son lit peu après 5 heures du matin. Elle avait succombé à une insuffisance respiratoire. Son ex-mari avait obtenu sa vengeance après quatorze ans d'attente. Il n'avait pu jouir de sa victoire, le pylône du parking ayant eu raison de sa nuque. Les médecins avaient évoqué le coup du lapin. Deux morts tragiques au sein de l'hôpital : la direction n'avait pas apprécié cette mauvaise publicité. Côme ne s'en était pas trop mal sorti. Deux heures passées au bloc opératoire, cinq centimètres d'intestin grêle en moins, seul organe perforé dans l'attaque à l'arme blanche qu'il avait subie. Les séquelles auraient pu être plus lourdes. Dans cinq jours, il rentrerait chez lui, mais il faudrait compter trois mois de convalescence, rééducation comprise.

Alexane éprouvait un sentiment d'inachevé. Comment appréhender cette affaire ? Une petite fille avait été retrouvée dans le coffre d'une voiture deux semaines auparavant, et quel était le bilan ? Le père, Nicolas Rousset, dormait à la Santé et clamait son innocence. La belle-mère venait de mourir, assassinée dans son lit d'hôpital après une tentative de suicide. Le frère se remettait doucement des médicaments ingurgités dans un chocolat chaud qui devait l'endormir à jamais. Le mari accusait sa femme de tous les vices, elle n'était plus là pour se défendre. Qui battait qui ? Telle était la question. Ils se présentaient tous comme des victimes, mais l'un d'entre eux était un meurtrier. Comment le découvrir ?

Alexane soupira. Il restait Noah, témoin clé de cette tragédie. Parlerait-il ? Et quand ? Cette histoire connaîtrait-elle un dénouement ou la vérité s'était-elle envolée dans le dernier souffle d'Emily ? Alexane baissait les bras pour la première fois de sa carrière. Le commissaire Noiret venait de lui retirer l'affaire, elle ne se battrait pas pour la conserver. Elle ne discernait rien depuis le début. Tout était brumeux dans son esprit. Le cœur lourd, elle referma la porte du bureau de son patron. Le couloir était désert, le « 36 » dormait. Elle devait tourner la page, passer à autre chose. Le nouveau groupe qui prendrait l'affaire en main déchiffrerait peut-être ce mystère. Elle ne voulait pas s'enliser dans cette histoire. Dans une carrière, un policier vit au moins un cas qui le marque au fer rouge. Elle ne souhaitait pas que ce dossier devienne sa croix. Savoir dire stop, admettre ses faiblesses est aussi une forme de courage. Elle franchit les portes du Bastion. La pluie tapota ses joues. Elle leva les yeux et choisit une étoile dans le ciel : « Pardon Jade, je n'y arrive pas. »

Elle traversa la rue et, après quelques pas, s'engouffra dans le métro. Charles l'attendait à la maison. Ce soir, elle réserverait des billets pour la Chine, poserait des jours de congé et s'envolerait pour quelques jours retrouver son fils Raphaël. Elle éprouvait le besoin de sentir les siens près d'elle pour reprendre foi en l'espèce humaine.

❖

Pauline fixait un point lumineux au loin. Elle devinait le sommet de la tour Eiffel, mais n'était sûre de rien. Elle ne savait pas comment réagir au flot d'informations qui avaient inondé sa journée. L'affaire Rousset était ponctuée d'épisodes regrettables et de retournements de situation. Elle évoluait dans un feuilleton où le dénouement pouvait emprunter toutes les directions possibles. Lui restait à opérer des choix judicieux pour ne pas s'engluer dans un procès sans fin. L'équipe d'Alexane Laroche n'était plus sur le coup. Pauline rêvait de demander à Charles de l'accompagner sur ce dossier. Sa femme n'étant plus dans l'équation, une collaboration pouvait s'envisager. Elle devrait peut-être l'inviter à aller boire un verre dans les prochains jours. À quoi bon être ennemies ? Elles étaient parties sur de mauvaises bases, chacune avec ses *a priori*. Alexane avait un joli palmarès et était respectée de ses hommes. C'était une femme de caractère, ne l'était-elle pas elle-même ? Avec le temps, elles deviendraient peut-être amies. Pauline soupira. Ce n'était pas gagné ! Parviendraient-elles seulement à rester dans la même pièce sans sortir les griffes… ? L'avenir le dirait.

Et Nicolas Rousset qui réclamait la garde de son fils ! Pauline lui avait dit qu'il ne pouvait pas se battre sur plusieurs fronts à la fois. « Occupons-nous de vous sortir de là, on avisera pour Noah ensuite », lui avait-elle répondu. Nicolas avait accepté ; avait-il le choix ? Le cœur de Pauline se noua. Le petit Noah allait emprunter le chemin de sa propre histoire : une maman assassinée, un père en prison… Il allait se retrouver seul, ballotté d'une famille d'accueil à une autre. Quel serait son avenir ? Et elle ? Qu'avait-elle fait de sa vie jusqu'à aujourd'hui ? Quel avenir l'attendait ? Elle décrocha son regard de l'horizon et focalisa son attention sur sa main droite. Une bague avec un diamant scintillait sur son annulaire. Xavier l'avait surprise au petit-déjeuner avec un plateau ne comprenant qu'un café et un croissant. « Mange doucement, mâche bien », lui avait-il ordonné. Elle avait respecté ses recommandations à la lettre et senti le bijou sous sa langue. Elle avait dit « OUI ». Oui, à un futur à deux ou plus… À 36 ans, elle voulait goûter au bonheur. Elle était prête.

46

Cinq semaines plus tard, jeudi 24 octobre 2019, 19 h 52, boulevard de l'Hôtel-de-Ville, résidence Cadet-de-Vaux, Franconville, région Île-de-France

Stéphanie débarrassa la dernière assiette qui traînait sur la table de la cuisine. Elle ouvrit le lave-vaisselle et la glissa à l'intérieur. Elle jeta une pastille, sélectionna le programme quotidien, et appuya sur le bouton de démarrage. Le ronronnement de la machine ne se fit pas attendre et envahit la pièce de son chant rassurant. Une éponge humide dans une main, elle s'attaqua au plan de travail. Des gouttes de sauce tomate constellaient le bois autour de la plaque de cuisson. Une fois cette tâche accomplie, elle pivota sur elle-même. Tout était propre, et à sa place. Il ne restait plus qu'à nettoyer la casserole où avaient cuit les pâtes, et elle pourrait aller s'installer dans le canapé du salon.

Le journal télévisé du soir allait commencer dans cinq minutes, et pour rien au monde elle ne louperait l'annonce des principaux titres. Ses rituels la rassuraient. Son mari lui avait conseillé à plusieurs reprises d'aller consulter pour ses « troubles du comportement ». Elle préférait le mot « tic » et ne désirait pas changer ses habitudes dont elle s'accommodait très bien. Elle jeta le reste des pâtes dans la poubelle en soupirant. Noah n'avait pas touché à son dîner. Ce petit garçon se nourrissait comme un moineau, alors qu'il avait besoin de reprendre des forces. Il avait perdu un peu de poids depuis qu'elle l'avait accueilli dans son foyer. Pour autant, elle ne l'obligeait pas à finir son assiette. Il avait vécu suffisamment de traumatismes ces derniers mois.

Quand ses propres enfants avaient quitté le nid, Stéphanie et son mari avaient entrepris des démarches pour devenir famille d'accueil. Depuis, ils ouvraient leur porte à des enfants en souffrance psychologique et physique. Noah était entré dans leur vie trois semaines auparavant. C'était un garçon sage, poli, et envahi par une immense tristesse. Stéphanie lui laissait de l'espace, tout en lui montrant de nombreux signes d'affection. La gestion des cauchemars était le plus compliqué pour elle. Noah criait toutes les nuits dans son sommeil. Elle venait chaque fois dans sa chambre pour le rassurer et le câliner. Peine perdue, il refusait tout contact physique. Avait-il été abusé par ses parents ? Elle n'avait que des suppositions. Faire preuve d'une totale discrétion sur ce qu'avait vécu l'enfant et veiller à ne jamais porter de jugement sur sa famille, tels étaient les engagements auxquels ils avaient souscrit lors de l'obtention de l'agrément.

Le cœur serré, elle éteignit la lumière de la cuisine. Elle se rendit au salon où l'attendait Jean, assis sur le canapé. Comme chaque soir, la télévision était allumée sur la première chaîne. Le visage du journaliste Gilles Bouleau envahissait l'écran. Stéphanie rejoignit son mari et se blottit dans ses bras.

— Tu es allé le voir ?

— Oui. Il s'est bien brossé les dents et là, il est plongé dans son Harry Potter. Je lui ai donné la permission de 20 h 30.

— Comment l'as-tu trouvé ce soir ? Il semblait plus mélancolique.

— Stéphanie, si Noah nous a été confié, c'est qu'il ne pouvait plus vivre sereinement au sein de sa famille. Il n'a que 8 ans, et il vient d'arriver. Il a changé de ville, d'école, il a quitté ses parents. Cela fait beaucoup pour un enfant. Il nous connaît à peine. Laisse-lui du temps et tu verras, un matin, un sourire se dessinera sur son visage.

— Tu as raison. Demain, je lui ferai un bol de chocolat chaud pour son petit-déjeuner. Il a semblé apprécier celui que je lui ai préparé ce week-end.

— Fais-lui aussi des œufs. Je l'ai surpris louchant sur mon omelette ce matin. Allez, maintenant, chut ma chérie, j'aimerais écouter ce reportage.

❖

Noah referma son livre. Il avait lu un chapitre, mais ne parvenait pas à se concentrer sur l'histoire. La dame lui avait donné le premier tome de cette saga racontant les aventures d'un petit sorcier à lunettes. Elle lui avait vivement recommandé ce livre. Tout le monde l'avait dévoré dans sa famille. Ironie du sort, le héros, qui était orphelin, dormait sur un matelas dans un placard à balais.

Noah sentit sa gorge se serrer. La dame et le monsieur chez qui le juge l'avait placé, étaient donc au courant de son histoire ! Jade ne dormait-elle pas dans l'armoire du salon ! Noah avait peur. Stéphanie et Jean l'effrayaient. Ils avaient beau lui sourire, parler avec douceur, il se disait que le prix à payer pour ses fautes tomberait tôt ou tard. Le juge avait-il compris ?

Noah bâilla. Il paniqua. Il ne devait pas s'endormir, il lui fallait garder les yeux ouverts. Le fantôme viendrait de nouveau le hanter cette nuit. Il ne voulait plus l'affronter. Il n'avait plus la force de le combattre. Le ventre noué, il se leva. Être allongé dans son lit n'était pas la meilleure technique pour rester éveillé. Debout, en pyjama, il s'aventura jusqu'à la fenêtre. Le volet roulant était baissé. Sans émettre de bruit, il actionna la manivelle qui pendait sur le côté. Le volet remonta peu à peu, révélant un paysage de béton. Il déverrouilla la porte vitrée et posa un pied sur le balcon de sa chambre. Le sol était glacial. Il s'approcha de la barrière et contempla la ville à moitié endormie qui s'étalait à l'infini devant lui. Il frissonna. Les températures estivales avaient disparu. L'automne était là. Les platanes présentaient des bras nus et squelettiques. Noah perçut le miaulement d'un chat au loin. Une larme coula sur sa joue. Le souvenir du chat de Jade envahit son esprit. Bozo était passé par une fenêtre de leur appartement de Boulogne un matin, et n'était plus jamais revenu. Pourquoi ne faisait-il pas comme le chat ?

Il enroula ses bras autour de sa poitrine, il grelottait. Il ne sentait plus ses pieds sur le sol gelé. Tremblait-il de froid ou de peur ? Les deux… Il laissa les larmes couler sur ses joues pour mourir sur le haut de son pyjama.

Le chagrin qui comprimait sa poitrine était trop lourd à porter pour ses frêles épaules. Quel avenir l'attendait ? Jade était dans le ciel avec sa maman et son papa dormait derrière les barreaux. Le juge lui avait expliqué que sa sœur était morte à cause de son papa et qu'il devait être puni pour cela. Il avait voulu crier qu'il se trompait, mais aucun son n'avait franchi ses lèvres. Il s'était mis à pleurer comme ce soir. Le juge avait essayé de le consoler avec des mots. Si seulement il savait… Tous les adultes autour de lui étaient peinés de le voir triste et se comportaient avec gentillesse. Il ne méritait pas tant d'attention, tant de compassion. Les adultes n'écoutaient pas, ne voyaient pas. Ils portaient des œillères. Même sa maman n'avait rien compris. Et pourtant, il avait essayé de lui dire à maintes reprises. N'avait-il pas cessé de manger pour exprimer sa détresse ? Ses cauchemars incessants ne représentaient-ils pas une preuve de sa déroute ? N'avait-il pas laissé un dessin dans sa commode de vêtements ? Il savait que sa maman le trouverait. Mais elle ne l'avait jamais évoqué. Pourquoi personne ne voulait-il voir qu'il était un monstre ? Lui aussi devait être puni. N'était-ce pas ce que lui demandait le fantôme de Jade chaque soir : de crier la vérité ?

Noah ferma les yeux. Dans son esprit, le balcon, le froid de la nuit disparurent. Il était dans son lit à Boulogne, au chaud sous sa couette quelques jours avant la rentrée des classes. Soudain, des cris l'avaient alerté. À moitié endormi, il était sorti de sa chambre pour comprendre d'où venait ce raffut. Sur le pas de l'entrée du salon, il avait surpris une dispute entre son papa et sa maman. Ils criaient fort, très fort. Noah était resté cloué sur place, spectateur de la fureur qui envahissait les visages de ses parents. Les gros mots, qu'il n'avait pas le droit de prononcer à la maison, fusaient dans tous les sens. Il ne saisissait pas tout ce qui se déroulait sous ses yeux. Papa et maman n'étaient pas contents. Le reste était flou. Puis il comprit que la discussion prenait une autre tournure. Papa venait de frapper maman. Les cris avaient cessé. Choqué, Noah avait voulu courir dans sa chambre, regagner la chaleur de son lit, et s'y blottir avec ses peluches. Il n'avait pas réussi à bouger. Son papa avait sorti une valise et expliquait qu'il quittait la maison pour toujours. Noah avait émergé de sa torpeur. Il devait agir. Si papa désertait la maison, il devait prendre Jade avec lui. Maman était triste avec elle, ce n'était pas sa fille. Elle lui répétait depuis ses plus lointains souvenirs que Jade était le diable incarné, qu'elle avait tué sa maman en sortant de son ventre et qu'elle n'apporterait que le malheur dans leur famille. Voilà, papa partirait avec Jade, et lui resterait avec sa maman. La famille serait coupée en deux, mais chacun serait plus heureux ainsi. Papa non plus n'était pas bien à la maison. Il partait tout le temps et, quand il rentrait, maman s'énervait très fort car il n'était qu'un bon à rien. Tout était plus calme et serein quand Noah était seul avec sa maman. Dans ces moments-là, il n'y avait plus de cris, plus de larmes, plus de bagarres.

Estimant son idée lumineuse, Noah avait rejoint l'entrée à pas de loup. Trop happés par leurs colères, papa et maman ne remarqueraient pas son absence. Il avait fouillé dans la commode et avait récupéré les clés de la cave. Il n'était pas sot. Il savait que sa maman avait installé Jade en bas. Elle ne voulait plus la voir dans sa maison. Où la mettre, sinon à la cave ? Noah avait entrebâillé la porte, puis refermé derrière lui. Pieds nus, en pyjama, il avait utilisé l'ascenseur pour rejoindre les couloirs humides du sous-sol. Il devait agir à la hâte. Arrivé devant la cave, il avait actionné les verrous les uns après les autres. Jade l'attendait, assise sur un matelas, attachée aux tuyaux. Il l'avait délivrée avec le trousseau de clés volé à sa maman, et l'avait poussée vers la sortie.

Avec ses mots, il avait expliqué à Jade que papa partait, et qu'elle devait s'enfuir avec lui. Il resterait avec maman, et tout le monde serait plus heureux. Jade l'avait écouté. Elle paraissait saisir l'urgence de la situation. Sa sœur l'avait suivi jusqu'au parking où dormait la voiture de leur papa. Par chance, le véhicule n'était pas verrouillé. Noah avait ouvert le coffre, et avait invité Jade à s'y cacher. D'un coup, sa sœur était sortie de son inertie, la perspective de se retrouver enfermée dans cet espace si exigu l'effrayait. Pour la rassurer, Noah était parti dans le débarras dans l'espoir d'y déceler un vieil ours en peluche jeté par un voisin. Il était revenu avec un coussin éventré. Il l'avait mis dans le coffre. « Regarde Jade, tu as un oreiller, tu seras mieux installée. Vas-y, allonge-toi. » Elle avait répondu « non » de la tête. Noah avait paniqué. Papa allait arriver d'une minute à l'autre, sa maman allait remarquer son absence, son plan tomberait à l'eau. Ils devaient faire vite. Noah avait alors poussé Jade à l'intérieur. Elle n'avait pas de force, il était plus costaud qu'elle. En définitive, Jade s'était retrouvée allongée dans cet espace étroit. Mais elle s'était mise à hurler quand il avait refermé le coffre sur elle. Il avait rouvert. « Mais tu vas te taire ! » Sa sœur avait crié plus fort encore. Affolé par ce tapage, Noah avait agrippé l'oreiller et l'avait enfoncé sur la tête de Jade. « Mais tais-toi, tais-toi ! » répétait-il en boucle.

Tout était redevenu paisible. Jade s'était tue. Elle s'était endormie. Alors, délicatement, il avait positionné le corps de sa sœur sur le côté et fermé le coffre. Il était remonté par les escaliers pour ne pas croiser son papa et avait jeté l'oreiller dans la poubelle en chemin. Noah avait ouvert la porte d'entrée avec la clé de sa maman, remis le trousseau à sa place, et s'était faufilé dans son lit, heureux de la tâche qu'il venait d'accomplir.

Il n'avait compris que quelques jours plus tard que Jade s'était endormie pour toujours… Et par sa faute.

Noah ouvrit les yeux. Il ne voulait plus dormir avec le fantôme de sa sœur. Il devait la rejoindre dans le ciel pour lui expliquer son geste. Lui dire qu'il n'avait pas voulu lui faire du mal, mais au contraire, l'épargner, la sauver. Il retourna dans sa chambre et s'empara de la chaise de son bureau. Il désirait la transporter sur le balcon. Elle était lourde et encombrante, mais avec de la volonté il y parvint. Il l'installa près de la barrière et posa un pied dessus, puis un deuxième… La ville dormait dix étages plus bas. Tout était calme. Il sentit son cœur s'alléger. Bientôt, il serait près d'elle. Il lui parlerait, elle lui sourirait. Ils pourraient vivre dans les nuages, l'un à côté de l'autre, et s'amuseraient à bondir sur les étoiles, main dans la main.

Noah se pencha dans le vide. Il vola tel un oiseau, le sourire aux lèvres. Il était libre…

Remerciements

On dit souvent que le métier d'écrivain est un métier de solitaire. S'il est vrai que je suis seule devant mon ordinateur quand j'écris un roman, j'ai conscience que de nombreuses personnes sont derrière moi, aux différentes étapes de la vie de mes livres. Sans elles – sans vous –, je ne pourrais écrire ces quelques lignes…

Merci à vous, Christophe Hondelatte, qui tous les jours, à travers votre émission *Hondelatte raconte*, sur Europe 1, nourrit mon imaginaire de romancière. Ce dernier opus a pour origine un fait divers que vous avez raconté un matin d'avril 2018, narrant l'histoire de Maxime, martyrisé pendant deux ans par sa compagne Zakia. Cette histoire m'a interpellée, et j'ai souhaité incorporer dans ce roman ce fait de société si peu abordé dans l'univers du polar.

Merci à mes deux bêta-lectrices, Nathalie et Valérie, qui me relisent, m'écoutent, me soutiennent, me conseillent et me donnent leurs retours avec leurs tripes et leur cœur.

Merci à Michel Goujon, mon agent, qui croit en moi depuis le début. Merci pour nos coups de fil hebdomadaires, pour votre écoute et vos conseils avisés. Nous formons une belle équipe.

Merci à mon éditrice, Hélène Gédouin, qui n'est jamais très loin, me challenge, m'encourage et répond toujours présente ; et merci à toute l'équipe de Marabout et aux commerciaux d'Hachette Livre qui s'impliquent pour porter les livres.

Merci à vous libraires, blogueurs, influenceurs, chroniqueurs, comités de lecture, qui prenez le temps de découvrir mon univers et de le partager.

Un clin d'œil particulier à Aurélie, qui m'ouvre les portes de sa librairie, 36 Grande Rue à Sainte-Foy-lès-Lyon, à chaque nouveauté. Merci à la Librairie Noire de Bruxelles, qui s'est démenée pour faire vivre le salon Iris Noir version 2.0. Merci à vous, Marc-Olivier Rinchart, Jean-Pierre Verna et Salvatore Minni, pour vos sourires et votre enthousiasme sans faille.

À mon amie Aline qui, dès notre première rencontre dans un café en mars 2019, m'a proposé de nombreuses interviews et des chroniques sur son blog *Les bêtes à lectures*.

Un merci particulier aux sites de lecteurs sur Facebook, qui m'ont invitée à faire de nombreux *live* pendant le confinement : *Mordus de Thrillers, Thrill'Eure et Loir, Des Livres et des Spins, Les Plumes Noires*. J'apprécie beaucoup ces moments de rencontres virtuelles.

À tous les bénévoles férus de lecture et à tous les libraires qui organisent chaque année des salons du polar aux quatre coins de France, merci de nous recevoir comme des princes. Mille souvenirs !

Je tiens à faire une place bien particulière, à vous lecteurs, que je ne remercierai jamais assez pour votre soutien lors de cette année 2020 qui fut si particulière et si difficile pour chacun d'entre nous. Pendant le premier confinement, j'ai perdu l'envie de lire, mais aussi d'écrire. Je n'ai pas réussi à me mettre devant mon ordinateur pour m'évader à travers une nouvelle histoire. Mais cette période a été très riche en émotions grâce à vous. Je ne compte pas le nombre de messages de remerciements et d'encouragements que j'ai pu recevoir de votre part pendant ces semaines d'enfermement (et aujourd'hui encore !).

Merci pour vos mots qui me portent à chaque moment de doute. J'ai tellement hâte de reprendre le chemin des salons et des dédicaces et de pouvoir vous dire merci de vive voix ! Alors je vous dis à très vite.

Et encore : MERCI !

MARABOUT
s'engage pour l'environnement
en réduisant l'empreinte carbone
de ses livres.
Celle de cet exemplaire est de :
1 kg éq. CO_2
Rendez-vous sur
www.marabout-durable.fr

PAPIER À BASE DE
FIBRES CERTIFIÉES

Composition : Nord Compo

Imprimé en Italie par Grafica Veneta

Pour le compte des Éditions Marabout
(58, rue Jean-Bleuzen, 92178 Vanves)

Dépôt légal : mars 2021.
ISBN : 978-2-501-157636
8733954